Nos vemos à meia-noite

K. L. WALTHER

Tradução de Flora Pinheiro

Título original
WHAT HAPPENS AFTER MIDNIGHT

Copyright © 2023 *by* K.L. Walther

Todos os direitos reservados.
Nenhuma parte desta obra pode ser reproduzida ou transmitida
por meio eletrônico, mecânico, fotocópia ou sob
qualquer outra forma sem a prévia autorização do editor.

Direitos para a língua portuguesa reservados
com exclusividade para o Brasil à
EDITORA ROCCO LTDA.
Rua Evaristo da Veiga, 65 – 11º andar
Passeio Corporate – Torre 1
20031-040 – Rio de Janeiro – RJ
Tel.: (21) 3525-2000 - Fax: (21) 3525-2001
rocco@rocco.com.br
www.rocco.com.br

Printed in Brazil/Impresso no Brasil

Preparação de originais
BIA SEILHE

CIP-BRASIL. CATALOGAÇÃO NA PUBLICAÇÃO
SINDICATO NACIONAL DOS EDITORES DE LIVROS, RJ

W192n

Walther, K.L.
    Nos vemos à meia-noite / K.L. Walther ; tradução Flora Pinheiro. - 1. ed. - Rio de Janeiro : Rocco, 2024.

    Tradução de: What happens after midnight
    ISBN 978-65-5532-436-5
    ISBN 978-65-5595-260-5 (recurso eletrônico)

    1. Ficção inglesa. I. Pinheiro, Flora. II. Título.

24-89176
    CDD: 823
    CDU: 82-3(410.1)

Meri Gleice Rodrigues de Souza - Bibliotecária - CRB-7/6439

O texto deste livro obedece às normas do
Acordo Ortográfico da Língua Portuguesa.

Personagens e acontecimentos retratados neste livro são fictícios.
Qualquer semelhança com pessoas reais, vivas ou não, é mera
coincidência, não intencional por parte da autora.

Gêmeos Tibble:
Quantas vezes ele nos contou essa história?
Quantas vezes rimos?
Esta é para nós.

ANTES

UM

Medos existem para serem enfrentados. Eu só não esperava enfrentar um dos meus de manhã tão cedo. Talvez mais tarde, em outro momento do dia, mas antes das oito? Mal conseguia manter os olhos abertos enquanto bocejava no caminho até a cozinha, onde encontrei minha mãe. Ela lançava um olhar cauteloso para o canto mais distante, como se estivesse em um impasse com a máquina de café espresso em cima da bancada de pedra-sabão.

— Está na hora. — Ela olhou para mim. Sua boca era quase uma linha reta, mas um canto se curvou com otimismo. — A gente precisa tentar.

— Não, não precisa — respondi rapidamente. — A gente não precisa tentar nada.

Minha mãe se virou e segurou o Tupperware de biscotti que a sra. DeLuca, nossa vizinha, nos dera de presente no dia anterior. A máquina de café espresso também era presente dela; ela havia comprado uma maior, mas não queria jogar a antiga. Ainda estava em perfeito estado — supostamente. Nós nunca a havíamos usado.

— Lily, a gente precisa, sim — disse ela. — A sra. DeLuca disse especificamente que o biscotti fica mais gostoso depois de ser mergulhado em um cappuccino.

Olhei para os biscoitos de amêndoa dourados. Verdade seja dita, eles pareciam magníficos... e eu *estava* com fome.

— Ah, tudo bem — cedi. — Vamos tentar.

Abrindo um largo sorriso, minha mãe abraçou o Tupperware e apontou para a nossa Starbucks em miniatura de aço inoxidável.

— Acho que as instruções estão no armário de baixo.

Era a minha deixa. As habilidades culinárias da minha mãe se limitavam a armazenar sobras na geladeira, usar o micro-ondas e ligar a chaleira. Nós duas concordamos que era melhor ela se ater a essas tarefas. A cozinha era *minha*, então, naturalmente, os cappuccinos seriam minha especialidade.

Encontrei as instruções, que eram do tamanho de um manual de carro, e peguei o saco fechado de grãos de café antes de me dirigir até a máquina. *Um cappuccino é dois terços leite*, lembrei a mim mesma, examinando a vara de vapor. *Uma dose de espresso e depois leite vaporizado formando uma espuma no topo.*

Quase não era café!

Porque a questão era que minha mãe e eu não gostávamos de café. Não gostávamos nem um pouco.

Minha mãe subiu para tirar o pijama, mas já estava de volta quando terminei de moer os grãos. A cozinha estava tomada pelo cheiro de café espresso. Eu apontei para sua roupa através da fumaça pungente.

— Não é justo você poder usar isso.

Enquanto eu era obrigada a usar um vestido de verão e meu blazer da escola, ela estava de legging roxa camuflada e uma blusa lilás leve. A modelo perfeita para a Lululemon, ainda mais quando ela projetou o quadril dramaticamente.

— Bem, você sabe que vou pedalar na minha Peloton depois do primeiro tempo — provocou ela, ajeitando os cabelos compridos.

Eu a imitei sem pensar muito, mas o meu cabelo era ondulado e de um ruivo chamativo em vez de cacheado e loiro. Dava para me ver a quilômetros de distância. Eu imaginava que o tinha herdado do meu pai, mas nunca perguntei. Ele não fazia ideia de que eu existia, e tudo bem por mim. Eu não sentia *falta* dele; ele simplesmente não fazia parte da minha vida. E eu não imaginava que algum dia precisaria que ele fizesse. Eu tinha minha mãe.

— Belo esmalte — acrescentei com ironia. As sandálias mostravam os pés da minha mãe, com as unhas pintadas de cor de lavanda. Por que os estudantes tinham que seguir um rígido código de vestimenta, mas os professores não? Eu nunca entenderia. — Onde você encontrou?

— Ah, é da minha butique favorita — respondeu ela com uma piscadela e um sorriso. — Não é muito longe daqui. Na verdade, fica lá em cima...

Revirei os olhos, mas mantive minha atitude de barista. O café espresso ficou pronto sem problemas. Depois de pegar o leite na geladeira, eu o vaporizei até formar uma nuvem branca fofa.

— Nós mergulhamos o biscotti primeiro? — perguntou minha mãe depois de eu ter servido os cappuccinos em duas canecas. — Ou bebemos?

Decidimos beber.

— Dedos mindinhos levantados — disse minha mãe e, em uma contagem silenciosa até o três, levamos as canecas aos lábios.

— Café... — murmurei um instante depois, a língua queimada. — *Ainda* tem gosto de café!

Com o nariz franzido, minha mãe despejou seu cappuccino na pia e me convidou a fazer o mesmo.

— Chá — disse ela por fim. — Vamos fazer chá hoje à noite e podemos molhar o biscotti nele, que tal?

— Combinado. — Eu assenti. — Agora, que tal um café da manhã *de verdade*? — Atravessei a cozinha e abri a geladeira, onde dois potes de vidro estavam bem à vista. — Preparei aveia para nós ontem à noite. Acho que minha proporção de xarope de bordo para manteiga de amendoim e banana está muito boa, e desta vez adicionei sementes de chia também.

Minha mãe pensou um pouco.

— Hoje estou com mais vontade de comer panqueca — admitiu ela.

— Posso levar a aveia para comer no lanche mais tarde?

Suspirei e balancei a cabeça em reprovação enquanto lhe entregava um dos potes, mas sorri ao subir correndo para pegar minha mochila. Se ela queria panquecas, tínhamos que ir logo.

Meio minuto depois, saímos apressadas pela porta, ambas carregando material escolar pesado. O som do mar desejava bom-dia. Eu fechei os olhos e inalei o aroma salgado. Nossa casa — um chalé de madeira branco com venezianas verde-escuras — podia estar nos limites do bairro dos professores, mas tinha suas vantagens. Ter uma praia no quintal era uma delas. Eu pegava no sono ao som das ondas quebrando no oceano Atlântico havia dezesseis anos, desde meus dois anos. Vivi quase toda a minha vida na costa de Rhode Island. Ou, mais especificamente, vivi quase toda a minha vida *ali*, na Escola Ames.

— Olá, meninas Hopper! — cumprimentou alguém enquanto andávamos em um passo apressado, as sandálias da minha mãe batendo no pavimento e as minhas sapatilhas me avisando que meu dia terminaria com bolhas no pé. — Que bela manhã, não é mesmo?

— Maravilhosa! — gritou minha mãe de volta para Penny Bickford, a diretora da Ames, que estava caminhando em direção ao campus principal em um dos seus terninhos chiques.

Eu a vi analisar o traje esportivo da minha mãe, mas ela não disse nada. Ela nunca dizia nada porque minha mãe era a professora mais querida do departamento de inglês, talvez até de toda a escola, já que os prêmios do anuário não mentiam. Professora favorita? O título já tinha dona. Os almanaques da Ames ainda não haviam saído, mas faltavam apenas doze dias para a formatura, e todos sabiam que Leda Hopper já tinha conquistado a honra.

E, como filha dela, eu tinha a sorte de ser aluna da escola. Se a mensalidade não fosse gratuita para os filhos de professores, ou "filhotes", como a maioria das pessoas nos chamava, nunca poderíamos pagar uma escola preparatória como a Ames.

— Parabéns de novo, Lily — disse a diretora com um sorriso orgulhoso. Ela me conhecia havia tanto tempo que me tratava como uma neta. — Tenho certeza de que seu discurso será maravilhoso.

— Obrigada.

Sorri de volta, mas senti minhas bochechas corarem. Na semana anterior, em nossa conferência com toda a escola, eu havia sido anunciada como a suboradora do meu ano. Era uma honra, mas eu estava apreensiva; enquanto o orador tinha o palco principal na formatura, o suborador falava no jantar da turma formanda na noite anterior e deveria fazer um discurso mais humorístico do que sério. O objetivo era fazer os futuros ex-colegas *rirem*.

Eu não era exatamente conhecida por ser uma comediante.

— Certo, relaxa, relaxa — disse minha mãe em um falso sussurro depois de atravessarmos a ponte coberta que levava ao campus.

Diminuímos o passo para uma caminhada casual. Belos prédios acadêmicos e dormitórios de tijolos, madeira e cedro se erguiam à nossa frente, e havia estudantes por toda parte. Alguns estavam em suas corridas matinais, enquanto era visível que outros tinham acabado de sair da cama para se arrastarem até o refeitório para o café da manhã. Ouvi um grupo de garotas dando risadinhas sobre o baile do primeiro ano que estava por vir.

— É, o Ross me convidou ontem à noite — disse uma delas. — Foi superfofo. Ele pediu ajuda com o dever de matemática e, debaixo da última pergunta, escreveu "Você quer ir ao baile comigo?".

— Muito bem, Ross — murmurou minha mãe, sorrindo.

Os alunos dela não a procuravam para falar só sobre gramática e *O grande Gatsby*. Ela levava jeito para desenvolver um relacionamento com eles, incentivando-os a se abrirem. Insistir para ser chamada pelo primeiro nome em vez de "sra. Hopper" sempre fora um primeiro passo eficaz. Ela era uma professora bem rigorosa, mas os alunos a adoravam.

Logo, as alunas do primeiro ano nos viram.

— Leda, adivinha só?!

As meninas soltaram gritinhos e, enquanto minha mãe recebia todos os detalhes emocionantes, fingi ouvir também, mas na verdade comecei a me lembrar do meu próprio baile do primeiro ano. Ele tinha me telefonado, se apresentado como se não nos conhecêssemos e depois perguntado se eu queria ir com ele em um jorro nervoso de palavras. "Sim, seria legal", eu tinha respondido, e várias semanas depois meu vestido dourado estava sujo de água do mar e areia no final da noite. Enquanto ele me levava até em casa, tínhamos apostado corrida descalços na praia, e eu o beijei assim que ele me pegou em seus braços. Seus lábios estavam quentes apesar do vento.

— Tag — eu me lembrei de sussurrar em seguida, abrindo um sorriso. Nós dois estávamos sem fôlego.

— Está com você — terminou ele por mim, então riu antes que eu o beijasse de novo e saísse correndo na escuridão, torcendo para que ele viesse atrás de mim.

Quem dera pudéssemos voltar, pensei, as palavras um murmúrio na minha mente. *Quem dera pudéssemos voltar para aquela primeira noite...*

— Lily?

Pisquei e vi minha mãe olhando para mim. As alunas do primeiro ano haviam desaparecido; deviam ter ido para o refeitório, mas não tínhamos saído do caminho para o histórico Hubbard Hall. Minha mãe segurou a porta aberta e bagunçou meu cabelo quando passei por ela.

Com colunas brancas altas, chaminés de tijolos de aspecto requintado e inúmeras janelas, o Hubbard Hall parecia uma mansão que um dia pertencera à última grande dinastia americana. Tinha uma cobertura com varanda e abrigava os departamentos de relações com ex-alunos, de auxílio financeiro e de orientação universitária nos andares superiores, mas o Centro Estudantil dominava o térreo. Sofás de couro e poltronas de encosto alto com braços, além de uma variedade de tapetes persas, criavam um lobby com uma atmosfera de sala de estar, e toda vez que você olhava para as paredes creme, notava algo novo. Havia uma galeria exibindo as obras de arte dos alunos e os arquivos da biblioteca sobre a Ames: matérias antigas de jornal, fotografias e até bandeiras antigas da escola.

Além do lobby, a enorme lareira de calcário do salão era flanqueada por estantes embutidas e nichos de estudo. À esquerda ficavam as salas do jornal, do anuário e de correspondência, e à direita estava o que todos chamavam simplesmente de "o Hub". O pequeno restaurante era a principal atração do Centro Estudantil. Lanternas náuticas vintage pendiam sobre cada mesa com sofás, e as paredes brancas de madeira eram cobertas por uma impressionante coleção de fotos em preto e branco com gerações de pescadores exibindo suas capturas.

Ah, e a comida do restaurante dava água na boca. Todos sempre tentavam encaixar um lanche rápido entre as aulas ou durante os intervalos.

Mas apenas os alunos do terceiro ano e os professores tinham permissão para tomar café da manhã ali. Abrimos a porta e encontramos o lugar lotado.

— Bom, ainda bem que tomei providências especiais — disse minha mãe, me guiando até uma mesa no fundo, vazia por causa de um pedaço de papel dobrado que dizia "RESERVADA!".

Ela tirou o aviso da mesa de madeira de tom quente e o guardou na bolsa, mas o mandachuva do Hub surgiu ao nosso lado assim que nos acomodamos em nossas cadeiras pavão.

— Não permitimos reservas — disse Josh em tom inexpressivo, um lápis enfiado atrás da orelha.

— Eu vou querer as panquecas de canela — respondeu minha mãe em tom alegre. — Cobertura de baunilha no capricho, por favor.

Josh olhou para ela.

— Leda.

Ela inclinou a cabeça e sorriu.

— Josh.

Olhei ao redor do Hub, sem o menor interesse em ouvir aquele flerte. Para qualquer outra pessoa, pareceria uma discussão, mas minha mãe era o raio de sol que equilibrava a seriedade do namorado. Qualquer romântico de verdade concordaria que eram um par perfeito.

Metade do time de lacrosse masculino tinha se apertado em uma mesa com sofás e estava relembrando a recente derrota na fase eliminatória, "embalando" bolas invisíveis em tacos invisíveis. Sentada à mesa ao lado, Zoe Wright fez contato visual comigo e mexeu os braços em frustração. *Vocês perderam!*, os lábios dela formaram as palavras silenciosamente. *Superem!*

Sorri e balancei a cabeça, então avistei Tag Swell e Alex Nguyen sentados juntos no balcão. Alex falava a mil por hora e dava mordidas enormes em seus waffles enquanto Tag espalhava ketchup estrategicamente por cima dos ovos mexidos.

Que nojo, pensei, mas continuei a observá-lo com um nó no estômago. Ele gostava de colocar ketchup em tudo.

— Mas, tipo, você tem *certeza*? — perguntou Alex. — Porque...

Revirei os olhos. Eles deviam estar falando sobre o término mais recente de Tag. Ele e Blair Greenberg tinham começado a namorar no ano anterior, e o relacionamento deles tinha sido um prato cheio para os tabloides imaginários. Em um momento, estavam perdidamente apaixonados e, no minuto seguinte, davam um espetáculo, gritando um com o outro durante os bailes de sábado à noite. O corpo estudantil já estava farto daquele vai e vem, até que Tag terminara com Blair na noite passada. "Quem ainda se importa?", havíamos murmurado para nós mesmos, mas a verdade era que todos se importavam. Todos queriam saber o que tinha acontecido entre os dois. Seria a última vez? Seguiriam mesmo caminhos separados? Ou voltariam a ficar juntos em alguns dias?

Porque, mais uma vez, eram os últimos dias para os alunos do terceiro ano na Ames. Com menos de duas semanas restantes no período letivo, nós, os alunos mais velhos, nos importávamos com três coisas.

O baile era uma delas.

E Tag Swell tinha terminado com a namorada às vésperas do evento, sem motivo aparente.

— Sim, tenho certeza — respondeu ele. — Quero ir com outra pessoa.

Quem?, me perguntei ao mesmo tempo em que Alex indagava:

— Quem?

Tag largou o ketchup.

— Bem, não está óbvio? — Ele sorriu para o melhor amigo. — Você, Alexander.

Alex não perdeu tempo; ergueu seu copo de água em um brinde.

— Será um prazer, Taggart. O que acha de termos flores de lapela combinando?

Um pequeno nó se formou em minha garganta. A amizade de Tag e Alex era daquelas para entrar para a história; os dois eram tão próximos que às vezes pareciam a mesma pessoa.

— Nos conhecemos na aula de álgebra do primeiro ano e simplesmente *soubemos* — contara Alex certa vez. — Quem se casar com ele vai se casar comigo também.

Eu tinha respondido com um soco no braço dele.

— E ela vai ser uma mulher de *azar*!

Meu Deus, fazia tanto tempo.

Logo ouvi Josh suspirar em derrota. Minha mãe o havia vencido até o fim da manhã.

— Certo, Lily — disse ele para mim. — O que você gostaria para o seu café da manhã? Sua mãe — ele a olhou com repulsa — pediu panquecas de canela.

— Vou querer um suco de laranja, por favor — respondi enquanto abria minha mochila e começava a procurar lá dentro. — E uma colher.

— Vitoriosa, peguei meu pote de aveia. — Eu trouxe o meu próprio café da manhã hoje.

— Isso! — Josh estalou os dedos. Era irônico que ele comandasse o Hub, porque era um maníaco por saúde. — É isso aí, Lily. Gostei de ver.

Ele se virou para minha mãe:

— Você deveria comer mais do cardápio da sua filha.

Minha mãe juntou as mãos na mesa.

— Para sua informação, ela fez um excelente frango xadrez ontem à noite. Eu ajudei a preparar.

Josh se virou para mim em busca de confirmação, e eu assenti.

— Mas essas panquecas de canela parecem incríveis — acrescentei. — Posso pedir um garfo junto com a minha colher? Assim posso roubar umas mordidas.

Rimos quando Josh gemeu.

— Exasperantes — disse ele, balançando a cabeça em repreensão. — Vocês duas são infinitamente exasperantes. Primeiro, reservando a mesa. E agora isso?

— Como assim, infinitamente exasperantes? — questionou minha mãe depois que ele entrou na cozinha. — Eu diria que ele nos acha infinitamente *fascinantes*.

— Sim — concordei. Eu adorava aqueles cafés da manhã com ela. — Infinitamente fascinantes, com certeza.

— Não sei se você reparou, Lily, mas Blair estava olhando na sua direção como se você fosse um alvo durante a aula de cálculo hoje — comentou minha amiga Pravika.

Nós estávamos com Zoe no Crescente, um terraço arredondado coberto de conchas com vista para o mar e uma área verde adequadamente apelidada de "o Círculo". Era o coração da Ames, o lugar aonde todos iam antes, entre e depois das aulas. Cadeiras pavão brancas e redes pontilhavam o gramado. Era onde todos queriam se sentar, mas quase nunca estavam livres.

— É mesmo? E me acertou? — perguntei em tom inexpressivo. Nós três estávamos pegando sol no muro do Crescente. — Ela deveria melhorar a mira dela.

— Quem estava sentado ao seu lado na aula? — perguntou Zoe.
Eu não respondi. Na verdade, Blair tinha acertado em cheio.

— Lily... — cantarolaram minhas amigas.

— Ele chegou atrasado — expliquei. — Não havia outros lugares vagos.

Elas riram, e tentei não pensar nos olhos de Tag. Naquele dia, eles estavam acinzentados em vez de verdes, menos brilhantes que o normal.

— Você se importa se eu sentar aqui? — sussurrara ele, e eu precisara de toda a minha força de vontade para não correr meus dedos pelo cabelo castanho-escuro dele e acariciar suavemente sua nuca.

Fazia mais de um ano que não ficávamos tão perto um do outro; tínhamos uma espécie de dança para nos evitarmos no campus, e eu achava que tinha sido coreografada com maestria, pelo menos até Tag dar um passo em falso e termos que sentar juntos, o que me fez tropeçar também. Era doloroso não sentir sua mão no meu joelho por debaixo da mesa. Ou ele não beijar meu pulso antes de entrelaçar os dedos nos meus...

Por quê?, eu me perguntei pela milionésima vez. *Por que você fez aquilo?*

— Eu me pergunto com quem ele vai ao baile agora — refletiu Zoe.

— Não faço a menor ideia — disse Pravika. — Alguma aluna do segundo ano, provavelmente. Todos os jogadores...

— Podemos parar um pouco com as especulações sobre o baile? — resmunguei. — Quem se importa? Vamos descobrir logo.

Zoe e Pravika ficaram em silêncio, porque no início da semana Daniel Rivera, o presidente do conselho estudantil, me convidara para o baile depois das aulas com um lindo buquê de lírios. Mesmo sendo alérgica às flores, eu podia sentir as pessoas nos olhando, então convoquei um sorriso e abracei o buquê junto ao peito. *Não pense em nenhuma desgraça iminente*, mentalizei, sabendo que uma urticária estava por vir. *Você está animada! Mostre a todos como está animada!*

Suspirei.

— Desculpa. Não sei por que eu disse isso.

Minhas amigas assentiram devagar, como se *soubessem* o porquê. Senti meu rosto corar.

— Não é tarde demais para mudar de ideia — dissera Zoe outro dia. — Eu sei que você nunca quebrou uma promessa na sua vida, mas ir ao baile com Daniel não é uma promessa de verdade... você não jurou de pés juntos nem nada do tipo. Se não está animada para ir com ele, por que fazer isso?

Porque aceitei as flores, quase respondi. *Aceitei o buquê e joguei no lixo assim que cheguei em casa, então não posso devolver.*

Mesmo que pudesse, não devolveria. Um convite para o baile podia não ser uma promessa, mas era um compromisso. Eu não deixava de cumprir meus compromissos.

Vi algumas nuvens cobrirem a luz do sol.

— Certo, então mudando de assunto... — arriscou Pravika. — Os meninos na aula de biologia hoje de manhã não paravam de falar sobre o trote dos alunos do terceiro ano. — Ela pigarreou. — Quer dizer, sobre como parece que este ano *não* vai ter um.

— Ah, sim — murmurou Zoe. — Também estou duvidando. O Coringa anda muito quieto.

— Quieto é pouco — concordei.

O trote dos formandos era outra tradição de fim de ano, mas uma tradição não oficial. Os alunos eram obcecados por ela porque envolvia muitos segredos. Não era qualquer estudante do último ano que poderia pensar em um trote e colocá-lo em prática... só o "Coringa" podia fazer aquilo. Sua identidade era sempre anônima: apenas o Coringa anterior sabia quem seria o Coringa seguinte, passando o "bastão" para ele. E, se o mestre do trote precisasse de mais gente para executar o plano, várias outras pessoas passavam a fazer parte do segredo.

Mas elas nunca contavam a ninguém.

Zoe estava certa; parecia que não haveria um trote naquele ano. A ordem sempre era: trote, baile, formatura. E o baile estava quase chegando! As meninas já estavam com os vestidos pendurados nos armários e os horários de cabelo e maquiagem agendados no salão.

— Quem vocês acham que é? — perguntou Pravika. Ela apontou para o outro lado do Círculo, onde Blair Greenberg estava sentada, presidindo a corte. — Aposto que é ela.

Eu franzi o nariz.

— Sério, Veeks?

— Sério. — Pravika assentiu. — Essa daí já gosta de tramar...

Uma verdadeira campeã nisso, pensei antes de morder a unha do dedo mindinho. Quanto mais longe eu ficasse daquela garota, melhor.

— Eu espero que seja o Alex. — Zoe desviou o assunto de Blair. — Eu votei nele para o prêmio de Palhaço da Turma.

— Zoe, *todo mundo* votou nele — retrucou Pravika enquanto eu falhava em conter um sorriso.

Alex Nguyen seria o Coringa perfeito. Ele vinha criando pegadinhas e pregando peças havia muito tempo.

— Ele *não* vai parar — tinha dito Tag em nosso segundo ano. Estávamos fazendo o dever de casa juntos na biblioteca, as pernas entrelaçadas por baixo da mesa de estudo. — Tornar-se o Coringa seria o Oscar de Alexander Nguyen.

— Mas você ajudaria. Se ele fosse escolhido como Coringa e pedisse sua ajuda, você não pensaria duas vezes.

Tínhamos ficado olhando um para o outro por um momento antes de os lábios de Tag se curvarem em um sorriso travesso.

— É — respondera ele, os olhos verdes brilhando. — É verdade.

— Gostaria de saber o que Alex vai fazer. — Pravika deu uma risadinha. — A gente sabe que seria algo grande, então ele precisaria de uma equipe. — Ela ergueu uma sobrancelha. — Vocês participariam?

Zoe gemeu.

— Não me dê falsas esperanças!

Pravika se virou para mim.

— E você, Lily?

— Não — respondi sem hesitação.

— Por que não?

Dei de ombros.

— Por um milhão de motivos. O primeiro é que eu nunca conseguiria sair de casa escondida. Vocês sabem que a minha mãe dorme tarde. Ela corrige trabalhos até duas da madrugada. — Eu abanei a mão. — Me recrutar não ajudaria em nada.

— Espera aí, então é por isso que não tivemos um trote? — brincou Zoe. — Porque você não consegue sair escondida? — Ela baixou a voz. — *Você* é o Coringa?

Eu mostrei o dedo do meio para ela.

Minhas amigas riram.

— Não, não, a gente sabe. — Pravika sorriu. — Nunca seria você, Lily.

— Sim, nunca seria eu.

Eu sorri de volta, esperando que nenhuma das duas notasse que era um sorriso forçado. Não havia a menor chance de eu ser o Coringa, muito menos de me juntar ao Coringa, porque o corpo estudantil da Ames não tinha certeza de a qual lado eu seria leal. A eles? Ou aos professores que me criaram?

Como uma "filhote" de professora, eu estava dividida.

~

Josh iria lá em casa naquela noite fazer o jantar, então, sabendo que minha mãe estaria a salvo dos restaurantes que entregavam comida, fiquei no campus até mais tarde e jantei no refeitório com minhas amigas. Ficamos com um calor danado por causa das enchiladas, mas perseveramos apesar da pimenta e dividimos uma fatia de bolo de chocolate antes de nos despedirmos. Zoe e Pravika voltaram para o dormitório delas enquanto eu fazia uma última parada: a sala de correio. Os alunos verificavam as próprias correspondências com frequência na Ames, e não só por causa do frete de dois dias da Amazon Prime. Os professores devolviam deveres de casa, relatórios de laboratório, ensaios e provas pelo correio em vez de gastarem tempo durante as aulas. A administração também enviava notificações por lá. Naquela noite, destranquei a minha caixa e encontrei um trabalho de latim do sr. Hill — com um dez em sua caligrafia sinuosa — junto com um lembrete do escritório do Decano de Estudantes de que um rascunho do meu discurso de saudação deveria ser entregue três dias antes da formatura para aprovação. A sra. Epstein-Fox só deu um oito pelo meu relatório do laboratório de física, mas, antes de ler as observações, notei um pedaço de papel estranho. Era um envelope preto com **lily Hopper** escrito com letras coloridas recortadas de revistas.

Parecia um bilhete de resgate esquisito.

Meu estômago começou a se revirar enquanto eu rasgava o envelope e puxava um pedaço de cartolina. Mais uma vez, a mensagem não era manuscrita — era grafada com as letras de revistas recortadas. Dizia:

O jogo está prestes a começar.
Daqui a quarenta e oito horas, verá que tardo, mas não falho,
E você tem vinte e quatro horas para decidir
Se quer ser uma carta do meu baralho.
Mande um e-mail para coringa23@gmail.com com sua decisão,
E, se aceitar, em breve terá sua instrução.

— Ai, Alex — sussurrei para mim mesma, olhando para o cartão com tanta intensidade que as palavras pareciam borradas. Era ele; eu tinha certeza disso. O bilhete *soava* como ele! — Por que eu?

DOIS

Tentei manter a calma enquanto voltava para casa, mas falhei miseravelmente. Por sorte, a maioria dos alunos já tinha retornado para seus dormitórios e a patrulha da Segurança do Campus — também chamada de "Campo" — apenas sorriu e acenou para mim de dentro do carro, apesar do meu andar desajeitado, atordoado e *paranoico* que sugeria que eu era a nova traficante de drogas do campus sobre a qual as pessoas estavam comentando. *Maconha ou cocaína, qual você prefere? Não, eu não aceito transferências. Apenas dinheiro vivo.*

Antes de sair da sala do correio, enfiei o convite nas profundezas da minha mochila. Seria preciso escavar todos os meus livros didáticos pesados e cadernos com espiral para encontrá-lo. *Só chegue até a ponte coberta*, eu disse a mim mesma, os pulmões contraídos. *Assim que você passar pela ponte coberta...*

— Oi, Lily.

Eu me virei e encontrei Anthony DeLuca se aproximando. Ele era o outro "filhote" no campus naquele momento, um aluno do segundo ano e parceiro de vela de Daniel. Anthony havia substituído Tag na equipe depois de ele deixar a vela para nadar em um time local.

Tentei fazer meu coração desacelerar. Estava tudo bem.

— Oi, Anthony — respondi com naturalidade. — Teve um bom dia?

— Um *longo* dia — comentou enquanto atravessávamos a ponte juntos. — A semana de provas vai ser um completo pesadelo. — Ele gemeu. — Você tem sorte de estar se formando.

Eu ri. Os alunos do terceiro ano não faziam provas durante aquele trimestre na Ames. Já havíamos sido aceitos na faculdade, então qual seria o sentido? As últimas duas semanas eram mera formalidade; ainda tínhamos trabalhos a entregar, mas não fazíamos muito em sala. Nas aulas da minha eletiva "Reinventando Shakespeare", por exemplo, assistíamos a várias adaptações cinematográficas. Naquele dia, tínhamos assistido a *Romeu + Julieta*, de Baz Luhrmann.

Anthony e eu seguimos juntos até chegarmos à casa dele. Tinha uma varanda espaçosa e era muito maior que a minha, já que o pai dele era diretor de assuntos estudantis. As janelas estavam abertas, então eu conseguia ouvir algum programa da Disney que suas irmãs mais novas estavam assistindo.

— Você tem vaselina? — perguntou ele na hora de nos despedirmos.

— Hã, tenho, em casa. — Franzi a testa, curiosa. — Por quê?

Ele apontou para as sapatilhas que eu estava usando.

— Você está andando de um jeito estranho. Se estiver com bolhas, vai resolver. Ou ajudar, pelo menos.

— Ah, obrigada. — Engoli em seco, só então percebendo que meus calcanhares estavam *mesmo* doendo. Eu estava tão preocupada que nem tinha reparado. — Boa noite, Anthony.

— Boa noite, Lily.

Todas as luzes do chalé estavam acesas, um farol para me guiar na escuridão. O Ford Explorer de Josh estava na frente da garagem, e eu sorri, feliz por ele ainda estar lá. Além de administrar o Hub e ser o treinador do time de natação, ele era o orientador dos meninos do nono ano e morava em um apartamento no dormitório deles.

Não deve ter plantão na sala de estudos hoje à noite, pensei. Senão, ele teria ido embora horas antes para supervisionar os alunos.

— Oi! — gritei quando entrei pela porta da frente. — Cheguei!

— Lily! — respondeu um coro de vozes. Não era só minha mãe e Josh.

Fechei os olhos e fiquei parada na entrada por um momento. Eu trocaria viver em Ames por alguma coisa? Não, com certeza não. Mas era difícil ter como vizinhos e amigos os meus professores? Sim, às vezes. Eu jamais conseguia sair da escola de verdade.

Um, dois, três, contei, então entrei na sala de estar com um sorriso alegre.

— Hum, que cheiro delicioso — comentei. — Qual foi o jantar hoje?

— Sopa de cenoura com gengibre e pão de alho. — Josh se levantou do sofá em um pulo. — Quer que eu esquente? Guardamos um pouco para você. — Ele abriu um sorrisinho. — Sua mãe adorou.

— Eu também — disse Bunker Hill, meu professor de latim, da poltrona de veludo roxo perto da estante. — Achei um pouco outonal demais para o fim de maio, mas o sr. Bauer aqui provou que eu estava errado. — Ele fez um brinde a Josh com seu copo de uísque antes de se voltar para minha mãe. — Leda, eu sempre apreciei muito o uísque escocês, mas este bourbon é bem suave.

— Obrigada — respondeu ela. — A marca é Bulleit. Bourbon Bulleit.

— Bem, devo dizer que você pode ter me convertido esta noite.

Minha mãe riu.

— Vou lhe dar uma garrafa — disse ela. — Ou o meu contato vai cuidar disso para você.

— Você quer dizer eu? — perguntou Josh da cozinha.

— Depende! Você sabe que tenho muitos contatos!

Bunker Hill era um deles, seu mentor. Ele era professor na Ames fazia sabe-se lá quanto tempo e era como três em um: pai, avô e tio excêntrico postiço de minha mãe. Algumas pessoas diziam que ele estava ali havia duas décadas, outras diziam meio século. Talvez fosse tanto tempo quanto a macieira gigante do Círculo...

Eu sempre ficava de boca fechada quando pressionada por meus colegas, sem querer estragar as lendas do campus para eles. O velho merecia permanecer um enigma.

— Só conta pra gente o nome *verdadeiro* dele! — suplicavam Tag e Alex. — Porque Bunker não pode ser um nome de verdade. É legal demais!

Nossa sala de estar estava lotada para uma segunda-feira à noite. Vários outros membros do corpo docente e seus parceiros haviam transformado o jantar casual de minha mãe e Josh em uma festa. Minha mãe adorava receber visitas, era uma dessas pessoas que deixam a porta destrancada.

Eu socializei por um tempo, mas, assim que terminei de jantar, levantei-me da mesa de centro de madeira reaproveitada. Minha mãe devia ter dado uma arrumada, já que nossas revistas velhas da *Vogue*, *Cosmopolitan* e *People* haviam desaparecido.

— Estava delicioso — falei para Josh, segurando a tigela vazia. — Eu daria um BPC.

Sempre dávamos "notas" para as receitas de Josh. BPC, ou "bom pra cacete", era a maior distinção.

Então, me despedi de todos, dizendo que precisava fazer meu dever de casa. Josh me seguiu até a cozinha.

— Me leve junto — sussurrou ele enquanto eu colocava a tigela e um copo na máquina lava-louça. — Por favor.

— Só se você fizer meu dever de casa — retruquei.

Josh soltou um longo suspiro.

— Mal posso esperar pelas férias de verão.

A maioria dos professores viajava durante as férias mais longas. Como moravam de graça no campus, muitos tinham casas em outros lugares. Josh tinha um chalé incrível em Montana.

— Doze dias — relembrei antes de dar uma piscadela e ir para meu quarto, no segundo andar.

Meu quarto era pequeno, com paredes rosa-pêssego, a cor que eu escolhera vários anos antes. Tanto tempo depois, o cômodo estava ainda mais estiloso graças a todas as fotos e à coleção de pôsteres de parques nacionais. Minha mãe e eu tínhamos feito uma promessa de visitar cada um deles antes de eu começar a faculdade. Naquele verão, concluiríamos nosso circuito no Alasca.

Eu liguei minhas luzinhas decorativas e acendi uma vela com aroma floral antes de vestir uma calça de moletom e uma camiseta da *Georgetown*. Depois, fiz uma trança frouxa no cabelo e peguei vaselina e Band-Aids no banheiro para cuidar das bolhas. Até meus mindinhos estavam inchados.

— Muito melhor — falei para mim mesma depois de alguns minutos. Eu não era nenhuma enfermeira, mas sabia que ia sobreviver.

Chegava o momento de ter uma hora de estudo autoimposta. Soltei um gemido, abrindo o zíper e esvaziando a mochila. Laptop, livros, estojo de lápis superlotado. *Argh*. Eu não estava com a menor vontade de fazer dever de casa naquela noite, nem mesmo o mais leve. Alguns alunos nunca estudavam à noite; em vez disso, acordavam absurdamente cedo para estudar.

— Você é louca — eu tinha dito para Pravika depois que ela começou a acordar às quatro da manhã. — Eu preferiria *ficar acordada* até quatro da manhã.

Franzi as sobrancelhas enquanto mexia no fundo da mochila. *Certo, cadê meu chiclete?*, pensei. Quer eu estivesse em casa ou na biblioteca, o Orbit Sweet Mint sempre se fazia necessário. Ele me ajudava a me concentrar.

Quando encontrei o pacote de chiclete amassado, meu coração pulsou de felicidade... mas logo se apertou quando encostei em outra coisa.

O convite do Coringa. Com as visitas, eu tinha me esquecido, mas ele não tinha se esquecido de mim. Mordi a unha do mindinho e li a carta de Alex outra vez.

Se quer ser uma carta do meu baralho, dizia, e eu jurava que dava para ouvir um relógio tiquetaqueando. Menos de vinte e quatro horas — eu tinha menos de vinte e quatro horas para decidir se entraria na brincadeira.

Será que seria divertido?, uma parte de mim se perguntou, mas outra parte logo cortou o pensamento. *Não, seria perigoso*.

Perigoso *demais*. E se fôssemos pegos?

Minha mãe iria me *matar*.

Rasguei o envelope ao meio e o enterrei no fundo da lixeira, depois peguei um chiclete e comecei a fazer o dever de física.

Mas, antes de terminar, tirei o convite do lixo e colei os pedacinhos de volta.

Talvez, pensei quando fui me deitar mais tarde. *Quem sabe*.

Eu falaria com Alex no dia seguinte.

TRÊS

Falar com Alex não foi tão fácil quanto imaginei que seria. Em vez de tomar café da manhã no Hub na manhã seguinte, fiz omeletes de clara de ovo, engolidas às pressas por mim e minha mãe antes de irmos de carro para o campus. Era um dia chuvoso, nublado.

— É melhor eu tocar música na aula hoje para ninguém dormir — comentou minha mãe enquanto estacionava na vaga para professores, próxima ao prédio de inglês. — Está um dia perfeito para dormir.

Ri, bocejando em concordância antes de abrir meu guarda-chuva e seguir para a aula de história. Meu professor adorava chamar os alunos aleatoriamente, então eu sabia que ninguém iria cochilar. Os alunos estariam abastecidos de café ou energéticos para evitarem o constrangimento. Pravika nunca ficava sem seu chai latte "incrementado" — seja lá o que aquilo significasse.

Mais tarde, durante as reuniões entre alunos e professores do meio da manhã, fui correndo até o Centro Estudantil, imaginando que Alex estaria lá. A chuva estava muito forte, então nenhum aluno do último ano estaria no Círculo.

— Por favor, esteja aqui, por favor, esteja aqui — entoei enquanto abria a larga porta da frente do Hubbard Hall.

O primeiro andar estava lotado de estudantes, o que não era uma surpresa. Depois de dar uma volta no chão escorregadio, eu o vi: Alex Nguyen, acomodado em um dos sofás com Tag e outros amigos.

Merda, pensei. *Tag*.

Ele também tinha vindo com a chuva.

Se Alex era o Coringa, sem dúvida Tag tinha sido escolhido para ajudá-lo. Não poderia ser diferente, certo? Alex era leal a Tag e Tag era leal a Alex.

— Apesar dessas circunstâncias infelizes, eu ainda acho você fenomenal, Lily — comentara Alex depois de Tag e eu terminarmos. — Sério. — Ele tentara sorrir. Estava subentendido que não passaríamos mais muito tempo juntos. Alex e Tag eram Alex e Tag. — Sinto muito.

— Obrigada. — Eu sorrira de volta. — Mas tudo bem, ele é seu melhor amigo.

Alex havia assentido.

— Sim, ele é.

Meu coração doeu. Uma noite inteira com Tag. Eu não conseguia decidir se aquilo era um pró ou um contra de participar do trote. Sentar ao lado dele durante a aula no dia anterior tinha sido doloroso, mas também um desejo atendido. Porque eu sentia saudade dele. *Muita* saudade.

Eu assisti a várias garotas mais jovens e confiantes se aproximarem do sofá deles, cada uma usando sobretudo e galochas coloridas caríssimos. Não era difícil entender o que queriam. Em uma poltrona próxima, vi Blair Greenberg revirando os olhos e jogando o cabelo castanho brilhoso por cima do ombro. Ao contrário do que acontecera comigo e Tag, o grupo de amigos deles não sofria um arranhão quando Tag e Blair brigavam ou terminavam. Todos conseguiam se manter tranquilos e agir como se nada tivesse acontecido.

Senti meu estômago revirar. Será que Alex havia chamado Blair também? Será que havia chamado todo o seu círculo mais próximo? E, se sim, para que me chamar?

Eu precisava saber. Eu nunca fui o tipo de garota que "só se deixa levar". Eu precisava de mais informações. Qual seria o trote? Quem mais estava participando? Eu queria tempo para estudar a questão.

Alex e eu temos aula de física juntos, lembrei, mas, como era típico de Alex Nguyen, ele chegou na sala de aula bem quando o sinal tocou. Era como se estivesse anunciando sua chegada em vez de indicar o início da aula.

A sra. Epstein-Fox passou a aula escrevendo várias equações no quadro branco. Equações que copiei no meu caderno, mas sem entendê-las de verdade. Se precisasse de ajuda, perguntaria a Daniel; sentávamos um ao lado do outro e éramos parceiros de estudo em algumas matérias. Física era a melhor matéria dele, e ele não perdia uma oportunidade de lembrar a todos disso. Sua tendência a macho palestrinha me deixava tentada a despejar minha garrafa de água na cabeça dele, mas pelo menos ele tirava minhas dúvidas.

Eu me preparei para sair correndo e alcançar o Alex depois que a turma foi liberada para o almoço, mas ele já estava com a mochila nas costas e o celular pressionado contra a orelha quando eu estava na metade do caminho.

— Boa tarde, Paul! — disse ele, antes de desaparecer no corredor. — Sim, vou querer o de sempre, por favor, e obrigado. Taggart vai mudar um pouco o pedido dele. Ele está com vontade de...

Provisions, percebi. Alex estava pedindo o almoço na Provisions, uma loja na cidade que vendia sanduíches. Josh dizia que a comida deles era superestimada, mas o resto da Ames discordava.

Mandei uma mensagem rápida para Zoe e Pravika dizendo que não iria almoçar no refeitório.

— Para onde você vai? — perguntou alguém, e me virei e encontrei Daniel a meu lado. Ele inclinou a cabeça para poder ver a tela do meu celular. — Ah, Provisions?

— Ah, hã... — Endireitei as costas. Não era a primeira vez que Daniel olhava minhas mensagens. — Sim — respondi, guardando o celular antes de pegar minha sombrinha. — Vou enfrentar a chuva.

Daniel ergueu a dele.

— Eu vou enfrentar com você — ofereceu ele.

Não, obrigada, pensei. *Eu tenho uma missão!*

Eu também não queria almoçar com Daniel. Aquilo só ia piorar as coisas.

— Aceitar ir ao baile com ele passa a ideia errada — apontara Pravika. — Todo mundo sabe que ele gosta de você há um tempão, e aí você aceita ir com ele... — Ela balançara a cabeça em negativa. — Você precisa ser sincera sobre só querer ser amiga dele.

— Tudo bem. — Eu me ouvi responder a ele. — Vamos lá.

Daniel sorriu, e saímos juntos. Mas, enquanto eu apertava o passo para uma caminhada rápida — eu não podia perder a chance de falar com Alex —, Daniel se movia em um ritmo mais casual.

— Caramba, por que tanta pressa? — perguntou ele antes de chegarmos aos portões da Ames, bem quando ouvi alguém chamando meu nome.

— Lily!

Era Gabe, que trabalhava na guarita de tijolos.

— Olá, Gabe — respondi, me afastando dos portões com relutância. — O que foi?

— Algo muito importante. — Ele sorriu. — A escola finalmente vai me dar uma chance de brilhar.

— Brilhar? — Daniel pareceu cético.

— A Campo vai me tirar do posto de isolamento — explicou Gabe, gesticulando para a guarita. — Você sabe que o Harvey vai se aposentar, então eles vão me dar o carro dele e contratar um cara novo para me substituir aqui. — Ele estendeu a mão para batermos os punhos fechados. — Finalmente vou fazer parte da patrulha.

— Parabéns! — exclamei. Gabe sempre quis estar nas "ruas" com o restante da Campo. — Aposto que você mal pode esperar pelo ano que vem.

— Ah, sim, com certeza. — Ele assentiu. — Na verdade, meu primeiro turno é depois de amanhã. Vou acompanhar Harvey pelo resto do semestre.

Eu mudei o peso de um pé para o outro. O sr. Harvey não estava no comando da Campo, mas sem dúvida era quem tinha mais experiência no "submundo" da Ames. Ele havia pego estudantes saindo escondidos dos dormitórios, fazendo sexo nos campos esportivos, cantando serenatas bêbadas para a lua após os bailes e negociando drogas na quadra de tênis.

Ele talvez fosse minha maior preocupação sobre me envolver com o Coringa. Todos estavam convencidos de que o trote do ano anterior só tinha ocorrido sem problemas porque o sr. Harvey não estava no campus naquela noite, e sim em casa, se recuperando de uma cirurgia de prótese de joelho.

Depois de parabenizar Gabe mais uma vez, Daniel e eu fomos para a cidade. A Provisions, com suas paredes amarelas e seu toldo azul-escuro e branco, não estava muito lotada.

Mas Alex não estava ali.

— Olá! — cumprimentou o dono enquanto eu examinava a loja novamente, embora estivesse óbvio que Alex havia pegado sua comida e ido embora. Meus ombros desabaram. — O que vai querer hoje?

Daniel me cutucou.

— Já sabe o que quer? — Ele levantou seu cartão de débito. — Pode deixar que eu pago.

Tentei não fazer careta. Eu não queria que Daniel pagasse meu almoço, mas estava com medo de parecer mal-educada se dissesse que não.

Em vez disso, verbalizei uma versão do mesmo sentimento. Algo que minha mãe diria:

— Está bem, eu transfiro pra você depois.

Então, pedi meu sanduíche antes que ele pudesse protestar. Cinco minutos depois, estávamos em uma mesa alta com sanduíches de peito de peru e rosbife, batatas chips e copos de refrigerante. Também pegamos brownies com caramelo salgado para a sobremesa.

Os sanduíches da Provisions eram tão gigantescos que só dava para comê-los em silêncio, então não conversamos até fazermos uma pausa.

— Tenho algumas novidades para contar — disse Daniel enquanto eu tomava um longo gole de refrigerante.

Meu pulso acelerou. *Novidades? Que novidades?*

— Boas ou ruins? — perguntei.

— Bem, não tão *incríveis* quanto a promoção do Gabe — disse ele em tom inexpressivo —, mas eu diria que são boas. — Ele abriu um sorrisinho. — Eu dei uma passada na sala do anuário hoje de manhã, e os almanaques *finalmente* chegaram.

Botei o refrigerante na mesa, franzindo as sobrancelhas.

— Como assim, finalmente? Eles já não estavam aqui?

Os anuários da Ames deveriam ser distribuídos na sexta-feira depois das aulas... dali a dois dias.

Daniel se inclinou para mais perto de mim. Ele não fazia parte da equipe do anuário, mas distribuir os almanaques era uma de suas últimas atribuições como presidente do conselho estudantil.

— Não, não estavam — sussurrou ele, para o caso de alguém estar entreouvindo a conversa. — A editora ficou adiando a impressão e depois disso o frete foi um caos. Só na semana passada o Swell ligou para a FedEx e disse para eles que... — Ele fez uma pausa para revirar os olhos. — Bem, você sabe como ele é às vezes.

— Aham — falei com naturalidade.

Tag era muitas coisas, e, quando a situação pedia, "ousado" e "obstinado" eram duas delas. Ele era só o editor de fotos assistente do almanaque, mas óbvio que tinha sido ele a resolver a confusão.

Daniel continuou falando sobre os anuários, sobre como o editor-chefe ficou aliviado e propôs que abrissem uma caixa para terem uma prévia, e sobre como ele recusou porque...

Eu não percebi que estava batendo os dedos na mesa até que Daniel colocou sua mão por cima da minha.

— Ei, no que você está pensando? — perguntou ele.

— No piano — respondi, piscando algumas vezes.

Daniel inclinou a cabeça.

— Eu não sabia que você tocava piano.

— Um pouco. — Dei de ombros. — Mas não com muita frequência, nem muito bem.

Eu retirei minha mão para pegar meu brownie. Tag nunca tentara impedir meu hábito de tamborilar distraidamente. Em vez disso, sua mão esquerda se juntava à minha direita, então parecia que éramos a mesma pessoa tocando teclas invisíveis.

— Qual é a música? — perguntava ele, sorrindo e tentando acompanhar meu ritmo.

Em geral, terminava com a gente diminuindo bastante o ritmo e tentando tocar "Hot Cross Buns" juntos.

— Vocês deveriam fazer uma turnê — dizia Alex, sarcástico, do outro lado da mesa. — Os ingressos esgotariam em *segundos*.

Então todos ríamos, e eu contava a Tag o que estava me incomodando. Até o ano anterior, eu contava tudo para ele, porque depois disso o que passara a me incomodar era *ele*.

Ele e *elas*. Todas as garotas que um dia acordaram e decidiram que estavam perdidamente apaixonadas por Taggart Matthew Swell e fariam qualquer coisa para conquistá-lo, mesmo que ele fosse meu. Em vez de tê-lo, de repente eu tinha que *competir* por ele.

Ou era assim que eu me sentia, pelo menos.

Desembrulhei o brownie e, nada elegante, enfiei metade dele na boca. Uma coisa bem "Leda comendo na calada da noite".

Daniel voltou a falar dos almanaques.

— Mas Manik e eu abrimos uma caixa e demos uma olhada nos premiados — admitiu ele com um sorriso travesso. — Você ganhou algumas categorias, aliás.

— É mesmo? — perguntei enquanto mastigava meu brownie, curiosa. — Quais?

— Filhote Favorita.

Eu engoli.

— Isso porque eu sou o único filhote do último ano. O prêmio de Filhote Favorito ficou em branco na divisão masculina, certo?

Daniel assentiu, então *melhorou ainda mais* as coisas ao dizer a próxima categoria:

— Queridinha dos Professores.

— Que maravilha — murmurei.

— Eu também ganhei o de Queridinho dos Professores — comentou Daniel, visivelmente empolgado com aquilo. — Você ganhou Amiga de Todo Mundo. — Ele riu. — Ah, e Melhor para Apresentar aos Pais. — Ele tomou um gole de refrigerante. — Foi uma grande seleção.

Sim, pensei, meu sangue de repente queimando nas veias. *E como*.

Não havia escolha a não ser devorar a outra metade do brownie. Era minha única opção. Filhote Favorita? Queridinha dos Professores? Amiga de Todo Mundo? Melhor para Apresentar aos Pais?

O tema era claro para cacete. Eu era legal, aceita por meus colegas, respeitada e educada.

Mas também era certinha demais.

Depois das aulas naquela tarde, fui direto para casa. *Só volto depois do jantar*, dizia a mensagem que minha mãe havia enviado mais cedo. *Tenho uma reunião de departamento e devo ficar até tarde para começar a elaborar algumas provas.*

Meh, respondi.

Bleh, retrucou ela, o que era compreensível. Elaborar provas não era nada divertido, mas fiquei aliviada por ter a casa só para mim por um tempo. Eu estava obcecada por um assunto desde o almoço com Daniel e não queria que nada nem ninguém interrompesse meus pensamentos acelerados. Fiquei tão distraída que acabei esquecendo o guarda-chuva na escola, então, quando entrei no meu quarto, estava encharcada. O mundo parecia estar desabando lá fora. As ondas do oceano estavam agitadas como meu estômago.

— Certo — disse para mim mesma quando me sentei à escrivaninha e liguei meu laptop. — Certo, aqui vamos nós...

Abri uma nova janela do Chrome com uma das mãos enquanto usava a outra para vasculhar a gaveta de cima. Meus dedos enrugados formigaram quando encontraram o convite colado com fita adesiva. A janela de vinte e quatro horas estava quase chegando ao fim, e minha confiança logo chegaria também.

Mande um e-mail para coringa23@gmail.com com sua decisão, li pela centésima vez, mas, antes de responder, saí da minha conta LHopper@ames.edu e decidi criar outra, só para ter certeza de que não haveria um rastro eletrônico me denunciando.

Várias tentativas de criação de e-mail depois, rainha82@gmail.com nasceu. Alex era o nosso Coringa, e eu era uma das cartas de seu baralho. Pronta para ajudar a executar o plano, pronta para ajudá-lo a *entreter*.

Não acredito que estou fazendo isso, pensei com os dentes cerrados.

Para: coringa23@gmail.com
De: rainha82@gmail.com
Assunto: Resposta ao seu bilhete de resgate perturbador

Olá,
    Sim, estou dentro... desde que a gente não tenha que usar aqueles chapéus coloridos idiotas, que nem o Coringa do baralho.

— Lily

Fechei os olhos e cliquei em enviar, depois os abri e fiquei olhando para a tela por um bom tempo. Até atualizei minha caixa de entrada vazia. Quando nenhuma resposta apareceu, admiti a derrota e fui tomar um banho quente.

Foi só depois de eu estar com roupas secas e prestes a requentar o chili que havia sobrado que meu celular se iluminou com um novo e-mail. Eu tinha feito login na minha nova conta.

Para: rainha82@gmail.com
De: coringa23@gmail.com
Assunto: Re: Resposta ao seu bilhete de resgate perturbador

Lily,

Bem-vinda. Não, não vamos usar chapéus (eles NÃO são idiotas). Pensei nisso, mas infelizmente eles são muito barulhentos. Não queremos chamar a atenção.

Atenciosamente,
O Coringa

PS: Por favor, não critique seu convite. Foram necessários muito tempo e muita paciência para fazer cada um deles. O auge das habilidades de artesanato, não é?

Revirei os olhos. Alex.
Quem mais vai participar?, perguntei.
Por favor, Blair Greenberg não, por favor, Blair Greenberg não...
Um novo e-mail chegou menos de um minuto depois.
Não sei, respondeu ele. Nem todo mundo respondeu ainda.
Fiquei surpresa. Achei que seria a última a responder.
Tudo bem..., digitei. O que a gente vai fazer, então?
Ah, isso é segredo.
Meus polegares voaram frustrados pela tela.

Mas o bilhete dizia que, se eu aceitasse, em breve teria minha instrução!

Exato, o Coringa escreveu. EM BREVE terá sua instrução. Não IMEDIATAMENTE.

Mexi o chili no fogão. É a mesma coisa.

Será mesmo?, veio a resposta dele quando o chili começou a ferver, e vi que havia definições do dicionário logo em seguida para "EM BREVE" e "IMEDIATAMENTE".

As pontas das minhas orelhas formigaram. Não eram sinônimos, mas é claro que eu já sabia disso. O que estava mexendo comigo era a mensagem em si. Não soava como Alex. Ele não era... um bobalhão. Ou, pelo menos, não um bobalhão que usasse o dicionário.

Alex não é o Coringa, percebi. Era outra pessoa.

Com o coração acelerado, dei alguns passos para trás, me afastando do fogão para me apoiar na pequena ilha da cozinha.

Eu te odeio, escrevi, para ver se minha intuição estava certa. Eu vivia dizendo a Tag que o odiava, e ele sempre tinha a mesma resposta.

Não acredito em você, foi a resposta no e-mail seguinte.

As lágrimas arderam nos cantos dos meus olhos. Por que não?

O minuto que se passou depois de eu apertar enviar parecia ter durado um dia inteiro.

Vinte e quatro horas.

Meu coração quase saiu pela boca quando uma resposta apareceu um minuto depois.

Porque você está com meu sorriso favorito no rosto, escreveu Tag.

Tag. Taggart Swell, o Coringa daquele ano.

QUATRO

Não respondi ao último e-mail de Tag, e ele não mandou mais nenhuma mensagem, nem qualquer tipo de "instrução". A conversa terminou, então voltei a mexer o chili, piscando para afastar as lágrimas idiotas e com raiva de mim mesma por não ter considerado a possibilidade de Tag ser o Coringa. Sua outra metade era a escolha óbvia — popular, brincalhão e sempre pronto para se divertir —, e eu sabia quanto Alex queria o título. Acho que eu queria que aquele sonho se tornasse realidade para ele.

Mas Tag — ah, fazia sentido. Ele também era popular, e talvez o Coringa anterior tivesse visto algo *especial* nele. Embora tanto Alex quanto Tag fossem inteligentes, Tag também era esperto e calculista. Alex às vezes era espontâneo demais, mas Tag era o complemento perfeito, planejando tudo com cuidado. Ninguém era mais engraçado do que eles juntos. Mas Alex era um piadista vinte e quatro horas por dia, enquanto Tag às vezes freava o senso de humor e ficava mais pensativo e sério. "Aquele garoto é um líder", ouvi Josh dizer a minha mãe durante a temporada de natação. "Ele nunca brinca na piscina; dá o melhor de si na competição. Poxa, os discursos motivacionais que ele faz são melhores do que os meus."

O Coringa o conhecia, pensei. *Quem quer que tivesse escolhido Tag sabia de tudo isso.*

Odiei o fato de pensar imediatamente na garota do último ano com quem ele tinha saído no ano anterior, sempre que ele e Blair não estavam juntos. Ela havia sido uma estrela da equipe de natação e era absolutamente linda e...

Cale a boca, me disse o chili fervendo. Eu me mexi para tirar a panela do fogão. *Você terminou com ele, lembra? Ele pode namorar quem quiser. Não é da sua conta.*

Eu não gostava que meus medos tivessem se tornado realidade. Com garotas se atirando em Tag de todos os lados, vinhas espinhosas tinham se enrolado ao redor do meu coração, fazendo com que eu ficasse preocupada, achando que ele ia me trocar por uma delas, porque ele não estava protestando contra toda aquela atenção. "Ele é um cara legal, Lily. Você sabe que ele só está sendo simpático", dissera Alex tentando me tranquilizar. Mas logo as vinhas ficaram apertadas demais. Três semanas depois de Tag e eu terminarmos, ele e Blair foram vistos se beijando perto da quadra de basquete após um baile. A partir daí, ele estava sempre com ela ou com a garota da equipe de natação.

Mas será que ele sente minha falta?, eu me perguntava às vezes.

Nós namoramos por quase dois anos. Eu era tão apaixonada por ele, e nossas memórias — até as discussões bobas — eram como meu filme favorito. Eu as repetia de novo e de novo na minha cabeça.

O que, lá no fundo, eu sabia, significava que eu ainda estava apaixonada por ele.

Afastei o pensamento e comi meu jantar sozinha. Minha mãe não voltou para casa até darem quase oito horas.

— Vou colocar o pijama! — anunciou enquanto corria escada acima.

— Depois, que tal a gente maratonar *Mentes criminosas*?

— Excelente ideia!

Mentes criminosas era a nossa série reconfortante. Logo estávamos acomodadas no sofá, minha mãe usando seu pijama de fogos de artifício explodindo. Durante um episódio, atrevi-me a perguntar:

— Como foi sua reunião?

— Um completo caos — respondeu ela, já tendo devorado a própria porção de chili. — Discutimos a estrutura e o conteúdo da prova final dos alunos do nono ano.

— Ah... Seguindo o modelo da prova clássica de língua inglesa do quinto ano?

Minha mãe assentiu.

— Vai ter uma questão de correspondência logo de cara.

— Verdadeiro ou falso?

— Claro.

— Respostas curtas?

— Não, seria muito difícil — brincou ela. — Vai ser para preencher os espaços em branco... a partir de uma *lista* de palavras.

Ambas rimos.

— Então vai ser bem puxado, hein? — perguntei, pensando nas minhas provas de inglês anteriores. Cinco questões de múltipla escolha muito capciosas, algumas de respostas curtas e, em seguida, duas redações.

Caramba.

— Eles vão se sair bem — disse minha mãe. — Ou pelo menos *meus* alunos vão. Foi decidido que o conteúdo deve ser o mesmo para todas as turmas, mas... — Ela suspirou. — O sr. Rudnick não gosta de Arthur Miller, então ele nunca passa muito tempo falando sobre *A morte do caixeiro viajante*.

— E esse é o tema da redação — adivinhei.

Ela sorriu.

— Se alguém perguntar, você não sabe de *nada*.

Eu assenti solenemente antes de apoiar a cabeça no ombro dela.

— Não se preocupe, mãe — murmurei, sentindo minhas pálpebras se fecharem. Aquele tinha sido um dia e *tanto*. — Minha boca é um túmulo.

Mas será que era? No dia seguinte — o dia do misterioso trote do Coringa —, senti que estava sendo devorada pela ansiedade.

— Você está se sentindo bem, Lily? — perguntou Zoe no almoço. — Porque, sem ofensa, estou te achando um pouco estranha...

Eu disse que estava com dor de cabeça, o que era verdade. Na noite anterior, eu tinha ficado me revirando de um lado para o outro na cama, sem ter certeza se queria participar do trote depois de ter descoberto quem era o Coringa. *Será que me atrevo a passar uma noite inteira com ele?*, eu me perguntava.

Só consegui dormir de verdade quando percebi que a resposta era "sim". Porque eu já tinha me comprometido... e porque estava curiosa. Alex tinha pensado em tantos planos ao longo dos anos, então o que será que Tag tinha na manga?

Independentemente do que fosse, eu queria assistir a tudo se desenrolar. Tag Swell tinha o toque de Midas.

No entanto, aquilo não me deixou menos inquieta. Durante o dia, eu evitava Tag e Alex a qualquer custo. Costumávamos nos esbarrar de vez em quando, mas eu ia desmoronar se os visse naquele dia específico. *O que você está esperando?*, me imaginei interrogando Tag em público. *Cadê a "instrução" que você prometeu "em breve"?*

Não recebi nenhum e-mail do Coringa, e eu sabia que ele não estava procrastinando ou atrasado; não, ele estava *cronometrando*. Tudo estava planejado. Se eu ainda não havia recebido uma mensagem dele, era por algum motivo.

O motivo foi revelado às quatro da tarde enquanto eu tentava fazer o rascunho do meu discurso de saudação, sentada à grande escrivaninha de carvalho da sala de aula da minha mãe. O ambiente era uma verdadeira maravilha; parecia que você tinha viajado no tempo de volta a um salão literário parisiense dos anos 1920. Tapetes persas cobriam o chão e as paredes eram de um roxo profundo, decoradas com um número impossível de quadros a óleo emoldurados. Eu sempre sorria ao ver o dos cachorros jogando pôquer. Também havia livros por toda parte, escondidos em estantes altas e empilhados em prateleiras baixas. Um toca-discos ficava perto de uma das pilhas, mas, em vez de Cole Porter, Leda Hopper preferia Dave Matthews.

— Você não faz seus trabalhos aqui há um tempo — comentou ela enquanto eu digitava RASCUNHO 1 no início de um documento em branco do Word.

— Bem, os alunos mais novos tomaram conta da biblioteca — expliquei. — Não tem uma só mesinha de estudo livre, e os alunos mais velhos...

Parei de falar para olhar pela grande janela da sala de aula. O Círculo e o Crescente pareciam um circo com meus colegas de último ano por toda parte. Alguns jogavam frisbee, outros se equilibravam em uma corda bamba estendida entre as árvores, e a maioria relaxava nas cadeiras pavão. Todos pareciam despreocupados.

— Eles parecem estar se divertindo — disse minha mãe, sorrindo.

— Porque eles não são a suboradora da turma — murmurei, com um suspiro. — Mãe, meu discurso vai ser um completo desastre...

Meu computador de repente emitiu uma notificação de e-mail.

— Ah, uma carta de amor de um admirador nem um pouco secreto? — brincou minha mãe.

Ela dizia que qualquer pessoa com olhos conseguia ver como Daniel gostava de mim e que eu estava fazendo um bom trabalho fingindo sentir o mesmo.

Ela também vivia me aconselhando a dizer a verdade para ele.

— Não, só um lembrete de que a Anthropologie está tendo uma liquidação — menti rapidamente. A Anthropologie sempre estava em liquidação. Suas roupas passavam de caríssimas para menos caras.

— Hum, me avise se houver algo que precisa ir para os nossos armários... — A voz da minha mãe se dirigia ao teto da sala de aula.

Eu olhei para ela e vi que estava absorta lendo um livro com um marca-texto na mão.

Então, aproveitei a chance para abrir o e-mail do Coringa, torcendo para que a mensagem não me fizesse desmaiar.

Para: rainha82@gmail.com
De: coringa23@gmail.com
Assunto: Hoje à noite

Querida Lily,

Dizem que coisas boas vêm em três, então...

- Esteja no Pátio Real à meia-noite em ponto.
- Vista-se toda de preto.
- Por favor, por favorzinho, traga as chaves de Leda.

Vejo você daqui a várias horas.

Tudo de bom, felicidades,
O Coringa

Coisas boas vêm em três? Bem, senti como se tivesse acabado de levar três tapas na cara. Se eu não tivesse descoberto no dia anterior que Tag era o Coringa, aquele e-mail teria sido a revelação. *Tudo de bom, felicidades.* Era típico dele colocar uma referência a *Schitt's Creek* no meio da mensagem.

Meia-noite. *Certo*, cerrei os dentes. Eu poderia bancar a Cinderela fugindo do baile real. Eu já tinha planejado *como* sair de casa escondida? Não, mas eu encontraria um jeito. E eu tinha muitas roupas escuras. Aquilo não seria um problema.

Mas levar as chaves da minha mãe... Quer dizer, *roubá-las*. Meu coração começou a bater mais forte. De repente, era óbvio o motivo de eu ter sido recrutada: o trote de último ano exigia que o Coringa e seus capangas entrassem escondidos nos prédios do campus. Até aquele momento, todos os trotes tinham acontecido do lado de fora, mas ali estava Tag, querendo ir um passo além.

Ele precisava de mim para fazer aquilo acontecer.

Mais uma vez, a curiosidade deixou minha mente um turbilhão.

Mas a curiosidade também matou o gato, lembrei a mim mesma.

Tentei ignorar o pensamento.

Todos os alunos tinham um cartão de identificação da Escola Ames que nos permitia entrar nos prédios acadêmicos, mas perdíamos o acesso quando o sol se punha. Tirando os alojamentos, a Ames ficava trancada à noite. Apenas os cartões de identificação dos professores funcionavam vinte e quatro horas por dia.

Tag tinha ido à nossa casa um milhão de vezes. Ele sabia que minha mãe sempre jogava o crachá com cordão do Red Sox na cestinha da cozinha quando chegava em casa, e sabia também que, além do cartão de identificação, ela havia recebido chaves físicas de metal de vários departamentos.

— Por que você precisa de uma chave para o prédio de manutenção e paisagismo? — perguntei uma vez.

— Ainda não sei — respondeu, despreocupadamente.

Eu estava com vontade de berrar. Tag esperava que eu roubasse as chaves da minha mãe?!

ME DIGA AGORA MESMO O QUE VAMOS FAZER, respondi.

Não precisa gritar, sra. Caps Lock, **respondeu ele.** Vai ser fácil.

Fácil?, **digitei.** Acha que pegar as chaves da minha mãe vai ser fácil? Em um horário em que ela provavelmente nem vai estar dormindo ainda?

SIM, ISSO. VOCÊ CONSEGUE!

Revirei os olhos quando "o Coringa" ficou off-line. Eu esperava que estivesse indo criar um plano alternativo caso eu aparecesse sem o chaveiro.

A culpa se remexia em meu estômago quando fechei meu laptop e olhei para minha mãe.

— Mãe... — sussurrei, mas, para minha surpresa, fiz silêncio antes de poder acrescentar: *Eu tenho uma coisa para contar.*

Eu contava tudo para minha mãe, absolutamente *tudo*. As notas boas e ruins, as fofocas dos estudantes e até meu primeiro beijo com Tag. Caramba, eu tinha até contado sobre minha primeira vez com ele no primeiro ano.

— Mãe, eu e o Tag dormimos juntos! — Eu havia deixado escapar depois de chegar em casa e encontrá-la na sala de estar. Nem tinha tirado o casaco de inverno pesado ou sacudido os flocos de neve do cabelo. — E foi legal! — continuei antes que ela pudesse responder. — Bem legal! Nós usamos proteção, então não precisa ficar preocupada! Mas foi legal!

Então eu quase desmaiei, sem fôlego.

— Bem, certo — dissera minha mãe, assentindo com uma expressão de perplexidade e preocupação no rosto. — Fico feliz que tenha sido *bem legal*. — Seus lábios se curvaram em um sorriso. — Mas que tal tirar o casaco e sentar aqui um pouco... — Ela dera um tapinha no assento do sofá ao lado. — Porque eu imagino que haja uma versão mais romântica desta história, certo?

Sim, havia, e também contei a ela. Não todos os detalhes, mas a maioria. O musical de inverno daquele ano tinha sido *A noviça rebelde*, e, por algum motivo, eu tinha sido escalada para interpretar Liesl von Trapp. O que a sra. DeLuca, chefe do departamento de teatro, estava pensando?

Tag sempre me buscava depois dos ensaios, mas um dia ele chegara atrasado porque uma competição de natação tinha levado mais tempo do que o planejado. Todo mundo já tinha ido embora.

— Quantos anos você tem, *junge Dame*? — perguntara ele, irreverente, ao me encontrar no sofá ainda usando meu vestido rosa esvoaçante e lendo o roteiro. O espetáculo estrearia na semana seguinte, mas eu continuava errando algumas falas. — Dezesseis, talvez?

Eu o encarara.

— Boa tentativa, Herr Swell.

Tag se sentara no braço do sofá, rindo. Na época, ele ainda era só braços e pernas; foi depois do seu primeiro estirão, mas antes de ele começar a malhar. Alex e eu o chamávamos de Bambi. Eu tinha ficado observando ele se equilibrar com os braços esticados e começar a cantar "Sixteen Going on Seventeen".

— Certo, já deu. Sério.

— Por quê? — Ele estava precariamente empoleirado no encosto do sofá. — É um ótimo banco de gazebo improvisado.

Eu tinha suspirado.

— Nós ensaiamos muito essa cena hoje.

— Mas não comigo.

Negando com a cabeça, eu havia sorrido.

— Vamos lá, Lily. — Ele se agachara e beijara minha bochecha. — Nós cantamos essa música juntos tantas vezes. — Seus olhos verdes brilharam porque era verdade. Tag sempre se oferecia para fazer o dueto comigo quando eu precisava aprender as letras. — *Por favor*, me dê uma chance de brilhar.

Meu coração se enchera de calor.

— Você é tão bobo. — Em vez de dizer não, eu tinha colocado a música e o expulsado do sofá. — É *Liesl* que dança nos bancos do gazebo.

A voz de Tag estava rouca depois da competição, então seu desempenho como cantor naquele dia estava péssimo, e eu não conseguia parar de rir. Mas ainda podíamos dançar; éramos tão bons dançando juntos, mesmo que não fosse nem de longe a coreografia certa. E, é claro, o beijo de Liesl e Rolf deveria ser leve e rápido como uma borboleta, mas em vez disso Tag havia colocado uma das mãos na minha cintura e passado a outra pelo meu cabelo. Eu me erguera na ponta dos pés, passando os dois braços em volta do pescoço dele.

— Esse beijo não foi apropriado para o palco. — Nos afastamos alguns centímetros para respirar. Nossa respiração estava pesada, mas sincronizada.

— Ainda bem que estamos nos bastidores, então — retrucara Tag, e logo depois acabamos enroscados juntos no sofá.

A pele quente dele cheirava a cloro.

— Você quer? — sussurrara ele depois de um tempo.

— Quero. — Eu sentia suas mãos deslizando sob minha saia. — Sim.

— Eu também — dissera ele, assentindo quando beijei seu pescoço.

— Eu também quero.

Então fomos em frente, porque nós nos amávamos.

~

Não fiz progresso algum em meu discurso naquela tarde, atormentada pelo nervosismo. Minha mãe pediu comida italiana para o jantar, mas eu estava sem apetite, então só remexi o ravióli. Ela não reparou porque estava preocupada demais com os próprios planos para a noite. A diretora Bickford era membra de um clube de vinhos local, e minha mãe também era... teoricamente. O clube se encontrava uma vez por mês, mas minha mãe havia conseguido evitar os últimos oito encontros.

— Você sabe que não sou etarista, Lily — dissera ela certa vez —, mas sou a integrante mais jovem, pelo menos trinta anos mais nova do que os outros, e aquelas mulheres... — Ela bufara. — Eu não tenho nada em comum com elas.

— Como você sabe? — Eu havia provocado. — Você não foi a uma única reunião.

— Sei porque Penny me levou àquele almoço das senhoras, lembra? — Ela revirara os olhos. — Elas só falavam sobre os acontecimentos no clube de campo delas. Foi uma sessão de fofoca. Penny teve que ficar me explicando as coisas para eu conseguir acompanhar a conversa.

Eu tinha feito uma careta.

— A Penny é membra?

— Sim, quase todas as famílias da cidade são.

Ah, verdade. A maioria dos professores era de fora, mas Penny Bickford era uma nativa de Rhode Island; tinha toda uma comunidade fora da Ames.

Infelizmente, não havia como minha mãe escapar do clube de vinho naquela noite, porque, com o recesso de verão, só voltaria em setembro. Além disso, Penny não aceitaria "Estou atolada de trabalho para a escola" ou "A família do Josh está visitando" como desculpas, e até insistiu, com educação, em dar uma carona até a casa da anfitriã.

Mais tarde, quando as duas se afastaram no Jaguar preto e brilhante de Penny, vi a oportunidade perfeita para cometer o crime impossível da noite. Avistei o crachá com o cordão do Red Sox largado no cesto da cozinha, junto com as tralhas habituais. Gloss labial, trocados, elásticos de cabelo, post-its, canetas gel coloridas e um montão de cupons da Bed Bath & Beyond. Senti um frio na barriga de empolgação.

Pode dar certo, pensei enquanto abria o bolso frontal da minha mochila e pegava meu crachá com cordão vermelho, branco e azul. *Nem acredito, pode dar certo...*

Josh tinha nos dado os cordões combinando de presente no ano anterior. Assim como minha mãe, eu também usava para pendurar meu cartão de identificação da Ames e a chave de casa. Mas, *ao contrário* da minha mãe, eu não tinha uma centena de outras chaves e chaveiros bregas.

Hora de entrar em ação.

Eu precisava do cartão de identificação da minha mãe e das chaves-mestras, mas também sabia que não podia ser um roubo absurdamente óbvio. Deixar meu crachá e o chaveiro dela no lugar de sempre seria um disfarce bom o suficiente... certo?

Meus dedos se atrapalharam enquanto eu soltava os chaveiros e os transferia para o meu cordão, mas depois fui pegando o jeito. O único empecilho foi um chaveiro do Chicago Cubs. Minha mãe havia tentado convencer Tag a torcer pelos times de Boston, mas ele permanecera fiel à sua cidade natal. Muito tempo antes, aquele chaveiro tinha sido um presente para sua "professora preferida".

Ele não saía de jeito nenhum. Forcei o máximo que pude, mas o logotipo dos Cubs estava determinado a permanecer ligado ao do Red Sox.

Deixa pra lá, falei a mim mesma. *Um chaveiro não vai ser decisivo nessa missão!*

Soltei um suspiro profundo quando terminei. Se você não olhasse a foto no cartão de identificação, nossos crachás se confundiam bem. Tudo o que eu precisava fazer era posicioná-lo com cuidado no cesto. Minha intuição me dizia que minha mãe não tocaria nele quando chegasse em casa, mas o logotipo do Red Sox precisava estar visível caso ela olhasse naquela direção. Eu tive o cuidado de esconder minha foto debaixo de um cupom. Afinal, meu cabelo vermelho chamava a atenção como um incêndio florestal.

Então corri até o andar de cima e escondi as chaves dela debaixo do meu travesseiro.

O Jaguar de Penny voltou para a nossa garagem às nove e quarenta e cinco.

— Não, foi maravilhoso! — disse minha mãe depois de sair e fechar a porta do carona. — Não, você com certeza devia encomendar uma caixa do Sancerre. E não, a reforma do banheiro da Cynthia estava deslumbrante. Eu amei o espelho dourado!

Ih, muitos "nãos", pensei. *Ela deve ter odiado mesmo.*

— Certo, certo, estou mentindo — admitiu ela depois que a diretora Bickford questionou o último comentário. — Aquele espelho era uma *tragédia*. — Ela riu. — Obrigada pela noite, Penny!

Assim que ouvi seus saltos fazendo "clic-clic" na entrada da casa e, em seguida, o giro da maçaneta da porta, assumi minha posição no sofá: enrolada sob uma manta com *Orgulho e preconceito* na TV.

A versão de 2005, é claro.

— Oi — cumprimentei. — Como foi?

— Vamos ver — começou ela. — Extremamente desinteressante, com alguns momentos de tédio insuportável.

— Ah, fala sério — retruquei enquanto ela tirava os saltos e bagunçava os cachos loiros. Estava linda com o macacão lilás sem alças. — Deve ter acontecido algo engraçado.

— Bem... — Ela fingiu pensar. — Ah, todas as mulheres lá pediram meu número...

— Eu *sabia* que elas fariam isso.

— ... para passarem para seus filhos divorciados.

— Ai, credo. — Eu fiz uma careta. — Você contou sobre o Josh para elas?

— Não, mas elas logo vão descobrir.

Arqueei as sobrancelhas.

— Mãe, não acredito!

Ela chutou os saltos para longe.

— Ei, eu não ia passar o *meu* número para elas, né?

— Certo, mas agora o Josh vai receber um monte de mensagens estranhas dizendo que ele é *linda* e *maravilhosa* e perguntando se ele gostaria de tomar uma bebida um dia no clube deles.

— Eu sei. — Ela estava radiante. — Vai ser incrível.

— Você bebeu alguma coisa? — perguntei.

Ela não parecia bêbada. Só estava sendo boba.

— Quem me dera — respondeu ela com um sorriso de dentes cerrados. — Mas, aparentemente, você só bebe *vinho* em um clube de vinho. Eles escondem todas as bebidas boas.

— Hum, que estranho — respondi com ironia.

Minha mãe preferia uísque.

— Por favor, me lembre de marcar uma consulta no dentista — continuou ela. — A única taça que tomei era tão doce que vou precisar de algumas obturações... — Ela parou, notando Elizabeth Bennet e o sr. Darcy na tela. — Poxa, perdi a hora em que ele flexiona a mão.

Eu fiz uma careta. *Sua idiota*, pensei. *Se você não tivesse passado a parte em que ele flexiona a mão, ela teria caído direitinho.*

Orgulho e preconceito era a isca perfeita para a minha mãe. Sempre que estava passando na TV, ela assistia, obcecada pela cena em que o sr. Darcy flexiona a mão após ajudar Lizzy a entrar na carruagem.

— Mostra como ele está emocionado — diria ela em tom reverente — só de tocar na mão dela...

Se ainda estivesse esperando ansiosamente pela flexão de mão, ela teria se jogado no sofá e se perdido no filme, em vez de abrir um Red Bull e começar a corrigir os trabalhos dos alunos.

Eu *realmente* não queria sair de casa com ela acordada, alerta e cheia de cafeína em seu escritório minúsculo.

— Bem... — disse ela alguns segundos depois. — Vou para a cama.

Meu pulso disparou, como se eu tivesse levado um choque.

— O quê?

— Vou para a cama — repetiu ela. — Esta noite foi muito cansativa para mim. Vou fazer um chá de camomila...

— Que tal eu fazer um para você? — ofereci, o coração acelerado. Se dependesse de mim, não queria que ela fosse à cozinha. — Eu estava pensando em fazer um e ir deitar também. Quer mel?

Dez minutos depois, subi a escada com duas canecas de chá quente. Minha mãe estava na cama com um livro. Seu celular estava carregando em cima da mesinha de cabeceira.

— Obrigada, querida — disse ela e me deu um beijo na testa. — Eu te amo muito.

— E eu te amo muito, muito mesmo — respondi, sufocando minha culpa súbita com um gole de chá. — Durma bem.

— Você também. — Ela sorriu, mas antes de eu sair do quarto ela perguntou se eu tinha trancado as portas e apagado todas as luzes lá embaixo. Só fechávamos a casa de verdade à noite.

— Sim — menti. As luzes estavam apagadas e a porta da frente estava trancada, mas eu tinha deixado a porta dos fundos entreaberta para poder sair escondida mais tarde. — Tranquei tudo.

Ela se aconchegou nos travesseiros.

— Boa noite, Lily.

Engoli em seco.

— Boa noite, mãe.

CINCO

Enquanto eu tomava o chá, percebi que o que me preocupava não era sair do bairro dos professores. Enquanto os alunos internos tinham toques de recolher rigorosos e precisavam ficar em seus alojamentos até de manhã, eu tinha mais liberdade. As pessoas podiam me chamar de "filhote", mas *tecnicamente* minha matrícula dizia que eu era uma estudante do período diurno. Se eu quisesse alegar insônia e sair em uma corrida noturna, ninguém poderia me questionar. A Campo não saía para garantir que estudantes diurnos da Ames estivessem em suas camas durante a noite, não é mesmo? Claro que eu deveria manter distância do campus principal, mas não seria um problema se eu fosse pega correndo perto da casa da diretora Bickford ou do reitor DeLuca.

Por volta das onze e quinze, comecei a me preparar. *À meia-noite em ponto*, dizia o e-mail, mas eu não sabia quanto tempo levaria para me esgueirar até o campus naquelas circunstâncias. Vesti minhas roupas escuras em silêncio — short de ginástica preto, camiseta preta e um casaco da Nike preto e leve. A camiseta tinha bolsos, então enfiei as chaves da minha mãe em um e o celular no outro. Prendi meu cabelo em um rabo de cavalo baixo e depois vasculhei meu closet até encontrar um boné de beisebol preto. Tinha "Chicago Marathon" costurado na frente, o que não era ideal, mas era o que eu tinha. Tag e eu havíamos treinado o verão inteiro para a maratona, e corremos juntos quando eu fora visitá-lo durante as férias de outono no meu segundo ano. Tínhamos passado o resto do dia em um longo banho de banheira quente e tirando uma soneca em sua cama maravilhosa.

Os pais dele não ficaram sabendo, porque quase *nunca* estavam em casa. Os Swell moravam nos arredores de Chicago, mas trabalhavam na cidade.

— Temos um apartamento perto do escritório de advocacia deles — explicara Tag —, então eles passam muito tempo lá.

Tag tinha uma irmã mais velha, mas ela já tinha se casado e se mudado. Imaginá-lo sozinho em uma casa enorme me deixou desanimada mais uma vez enquanto eu descia a escada bem devagar, só de meias. Não era de admirar que ele passasse metade do verão em Nova York com Alex.

Gostaria de dizer que saí pela janela do meu quarto e desci por uma árvore, mas isso era coisa de contos de fadas. A árvore perto da minha janela era alta, com um balanço de pneu pendurado pela minha mãe quando eu tinha sete anos, mas não estava perto o suficiente para eu alcançar um galho com segurança. Pular e cair? Não era uma opção.

A porta dos fundos era a melhor escolha.

Depois de sair, implorei silenciosamente para que as dobradiças não rangessem quando fechei a porta atrás de mim. Minha mãe não tinha um sono muito pesado, e ainda poderia estar acordada, talvez jogando Wordscapes no celular.

— Estou no nível 2.700! — gabara-se ela outro dia.

As ondas do mar estavam batendo com força, e estava frio o suficiente para eu pensar em voltar para pegar um moletom, só que seria arriscado demais. Meu casaquinho fino teria que ser suficiente.

— Você vai se aquecer — sussurrei para mim mesma, esfregando as pernas arrepiadas antes de sair pela noite.

Embora as luzes ainda estivessem acesas na vizinhança, correr pelas ruas parecia a coisa mais inteligente a fazer. Ao longe, ouvi os latidos dos poodles toy da professora de francês — eles preferiam passeios depois do anoitecer —, mas não diminuí o passo. Madame Hoffman sempre usava fones de ouvido com cancelamento de ruído para ouvir seus podcasts. Ela não me ouviria.

Só parei quando cheguei à ponte coberta, me colei à lateral e respirei fundo várias vezes. *Inspire pelo nariz, expire pela boca.*

Era a partir daquele ponto que as coisas ficariam complicadas. Havia testemunhas por toda parte no campus. Os estudantes podiam até estar confinados em seus dormitórios, mas apenas os calouros eram obrigados a estar na cama às onze da noite. Eu tinha a sensação de que os outros prédios estariam iluminados como árvores de Natal. As avenidas e os becos da Ames tinham postes de luz nas duas calçadas e, é claro, dois ou três guardas da Campo estariam fazendo as rondas em seus carros. Eu pensei no sr. Harvey, o veterano, e em Gabe, o novato do pedaço. Ele estaria ansioso por flagrar alguém.

Para completar, era uma noite de lua cheia. Brilhando intensamente como um holofote da polícia.

— Será que não poderíamos ter consultado as fases da lua? — murmurei, sentindo o suor escorrer pelas costas. Estava quente no início da minha corrida, mas logo ficou frio.

Estremeci.

Podia-se pensar que o "Pátio Real" para o qual o Coringa nos convocou seria o Círculo ou o Centro Estudantil, os principais pontos de encontro da Ames... mas não era nenhum dos dois. O Pátio Real ficava bem em frente à capela da escola, onde uma estátua de bronze do fundador da Ames havia sido erguida. Kingsley John Ames fundara a escola em 1803, e a estátua alta era majestosa. Kingsley, com seu nome pretensioso, estava sentado com postura perfeita em um trono e segurava um cajado semelhante a um cetro. O pé esquerdo estava gasto e polido; era uma tradição da escola dar uma escovada nele quando você precisava de sorte. O Pátio Real era a coisa mais próxima de solo sagrado que o campus tinha.

Em um dia normal, caminhando em um ritmo normal, eu levaria dez minutos para chegar à capela. Era o ponto intermediário entre os dois alojamentos dos últimos anos, que ficavam mais escondidos da vila acadêmica da Ames. Eu tinha que admitir que não era um ponto de encontro ruim.

Mas, em vez de dez minutos, levei o dobro do tempo para chegar até lá. Tive que ficar me esgueirando pelas sombras, evitando os feixes de luz dos postes da rua e parando embaixo das árvores para examinar o ambiente ao meu redor. Lâmpadas e luminárias de cabeceira ainda estavam acesas nos alojamentos, e precisei me esconder de um carro da Campo fazendo patrulha. Se alguém conseguisse ouvir meu coração batendo, eu estaria frita.

Havia apenas um poste do lado de fora da pequena capela coberta de hera. Felizmente, era outro memorial de nossa escola centenária: uma lâmpada a gás no estilo antigo que a equipe de manutenção e paisagismo nunca se dava ao trabalho de acender. O luar estava fraco entre as árvores, então avancei pelo pátio de paralelepípedos deserto. Eram onze e quarenta e nove; eu tinha chegado cedo.

A pontualidade, como meus amigos zombavam carinhosamente, era um dos meus valores fundamentais.

Boa noite, Vossa Alteza Real, pensei enquanto começava a circular a estátua do querido Kingsley, olhando para seu rosto ligeiramente carrancudo. *Está pronto para transformar esse semblante triste em...?*

Tropecei em algo. Cambaleei e quase caí... por causa das longas pernas do Coringa. Ele estava no chão, encostado na base de mármore da estátua e usando um chapéu de Bobo da Corte nas cores verde, amarelo e roxo. Com guizos nas pontas e tudo, como na carta do Coringa.

— Cacete — falei, sem fôlego. — Obrigada pelo aviso.

Tag se levantou, e, assim que o luar o iluminou, um nó se formou em minha garganta. Ele era tão *Tag*. Eu o via na sala de aula e pelo campus com seu blazer azul e sua calça de sarja, mas sempre achei que ele ficava mais bonito sem uniforme. Naquela noite, ele estava com um par de botas Blundstone desgastadas, calça jeans escura e um moletom preto com uma camisa xadrez de flanela por cima. Meus lábios se curvaram. Quem fazia aquilo? Usava uma camisa por cima de um moletom?

Ele também era tão alto. Quando nos conhecemos na orientação do nono ano, tínhamos a mesma altura, mas, depois de dois estirões, ele ficou com um metro e noventa enquanto eu continuei com um metro e sessenta e oito. Ele era uma força da natureza que estava sempre melhorando seus tempos na piscina e ganhando músculos na academia. Primeiro Josh e o departamento de esportes perceberam, depois a administração da Ames, as faculdades e, por fim, o mundo da natação em geral.

— A Universidade de Virgínia acaba de ganhar na loteria — dissera para ele no ano anterior, depois que ele assinara a carta de intenção para entrar na equipe de natação da faculdade. — Estou tão orgulhosa de você, Urso.

Urso.

Tínhamos apelidos tão bobos um para o outro. Tag era Urso porque sempre dava os melhores abraços de urso, apertados e intensos, me envolvendo em um casulo quente e acolhedor. Eles duravam o que parecia uma eternidade maravilhosa.

Entretanto, mais garotas do que nunca começaram a aparecer nas competições de natação, dizendo coisas como "Tag Swell é um medalha de ouro".

Aquele tinha sido um dos comentários mais leves.

— Desculpa — disse Tag, ligando a lanterna do iPhone. — Eu estava...

— Que péssimo lugar para se sentar — interrompi.

— Mas que ótimo lugar para se tropeçar — brincou ele antes de tossir, recompondo-se.

Estávamos começando com tudo. Uma das razões pelas quais Tag e eu não podíamos ser amigos era porque estávamos sempre em sintonia um com o outro. Ali estávamos nós, já fazendo piadas. Deveria ter sido constrangedor porque eu tinha acabado com o nosso relacionamento, mas, em vez disso, me senti ardendo por dentro. Me senti *viva*.

Se fizéssemos aquilo todos os dias, eu jamais deixaria de amá-lo.

Uma noite, pensei, sentindo meu rosto corar. *Uma noite, e só.*

Desviei o olhar, mas vi de relance quando ele guardou algo no bolso. Parecia um iPod original, mas eu sabia que era a bomba de insulina dele. Tag tinha sido diagnosticado com diabetes tipo um quando tinha seis anos.

Resisti à vontade de perguntar se estava tudo bem.

— Certo, é assim que funciona — contara ele quando éramos calouros do nono ano. Eu nunca me esqueceria desse dia. — Este monitor está conectado ao meu corpo por uma cânula... — Ele levantara a camiseta apenas o suficiente para me mostrar um fio fino. — E age como um reservatório de insulina; é programado para administrar uma determinada quantidade a cada hora. — Em seguida, ele batera no lado direito do abdômen. — Eu também tenho um medidor de glicose que está ligado à bomba, mas sem fio. Ele mede e registra minha glicose no sangue e me notifica se estiver muito alta ou muito baixa...

O Tag versão Coringa pigarreou.

— Você chegou mais cedo.

Decidi agir de maneira casual.

— Eu poderia dizer o mesmo sobre você.

— Bem, achei que era bom eu chegar — rebateu ele, os lábios se curvando em um sorrisinho. A parte de trás dos meus joelhos me traiu na mesma hora, começando a formigar antes de ficar dormente. — Já que estou no comando e tudo mais.

— Sem as chaves, não, não está — lembrei.

O sorriso dele fraquejou.

— Você trouxe, não é?

Deixei-o se preocupar por alguns segundos, então tirei o punho do bolso do meu casaco e o levantei como se estivesse prestes a fazer um truque de mágica. Quando abri a mão, o crachá de identificação da minha mãe e o molho de chaves caíram, tudo pendurado no cordão do Red Sox.

— Tcharam — falei em um tom inexpressivo.

Tag suspirou, aliviado.

— Ah, graças a Deus — disse ele, e estendeu a mão para pegar. Seus dedos tocaram o chaveiro dos Cubs antes de ele fazer contato visual comigo. — Escuta, Lily, eu...

— Caramba! — chamou alguém. — Taggart Swell, *você* é o Coringa?

Nós nos viramos e vimos Alex se aproximando de nós em um agasalho Adidas preto.

— Haha, muito engraçado — falei. — Você sabia.

Alex arregalou os olhos, chocado.

— Eu não sabia — retrucou ele. — Por que você não disse nada, meu caro amigo?

— Eu teria dito, Alexander — respondeu Tag, colocando a mão no ombro de seu melhor amigo —, mas isso vai contra as regras. Eu fiz um juramento ao meu antecessor.

Soltei um gemido dramático.

— Vocês dois são *tão*...

— Certo, eu sabia — admitiu Alex. — Eu sei desde que ele ganhou o título. — Ele riu. — Mas, falando sério, eu não tenho a menor ideia do que vamos fazer hoje à noite.

— Sério? — perguntei, não muito convencida.

— Sério. — Ele deu uma leve cotovelada nas costelas de Tag. — Então, pode nos dizer, por favor, o que vamos fazer hoje à noite?

— Posso — disse Tag, mas, antes que pudéssemos ficar muito animados, ele acrescentou: — Quando todo mundo chegar.

— Quantas pessoas estamos esperando? — perguntei enquanto Alex olhava a hora em seu celular.

— Três, mas duas provavelmente vão chegar juntas.

— Hein? — dissemos Alex e eu, mas logo tudo fez sentido.

— Lily, eu *sabia* que tinha alguma coisa estranha com você ontem! — exclamou Zoe depois de soltar um gritinho ao ver Tag e seu chapéu de Coringa. Ela sorriu, mas adotou uma expressão mais compreensiva ao apertar a mão de sua namorada, que estava com uma cara péssima. — Maya é que está meio estranha agora.

Com sua lanterna em mãos, o futuro médico, Alex Nguyen, fez uma avaliação.

— Você está pálida, talvez um pouco verde — concluiu ele. — Você comeu o bolo de carne hoje à noite?

— Não, não comi. — Maya Rivera o afastou. — Tenho certeza de que estou com algum vírus — contou para Tag. — Vomitei duas vezes e sinto que tem mais vindo por aí.

— Está saindo dos dois lados — sussurrou Zoe para mim.

Tag estava quieto, pensativo.

— Você quer sair do grupo? — perguntou ele.

— Não necessariamente — respondeu Maya. — O plano inclui uma pausa para ir ao banheiro?

— Tem que incluir — disse Zoe em apoio.

Eu tentava ligar os pontos. Tag era o Coringa e tinha escolhido Alex por razões óbvias. E me escolhera para conseguir as chaves da minha mãe, mas por que Zoe e Maya estavam ali? Elas não eram amigas dele. Quer dizer, ele via a Zoe na academia o tempo todo — Zoe era a rainha da quadra de basquete —, mas Maya praticamente morava no prédio de artes. Era uma talentosa artesã que trabalhava com metais e soprava vidro. Eu não estava entendendo. Será que ela e Tag conversaram quando ele foi revelar fotos na câmara escura? O que havia ali que eu não sabia?

O alarme do celular de Tag tocou à meia-noite. Ele havia configurado o toque para a música da Torre do Sino, de *Pokémon*.

Alex e eu nos entreolhamos. Ele sorriu e eu sorri de volta. Tag era mesmo um nerd.

Mas ainda estávamos esperando o último membro da equipe, a última carta do baralho.

— Ele tem até meia-noite e um — disse Tag, aparentemente tranquilo. — Eu já imaginava que ele fosse ser o último.

— Ah, então é meio a meio, é? — perguntou Zoe. — Três garotos e três garotas?

Tag assentiu.

— Cada um de vocês traz algo fundamental para a missão.

De repente, eu queria sacudi-lo. *Qual vai ser a maldita missão?!*

Alex suspirou.

— Diga logo o que pretende fazer, Coringa.

— Sim, Coringa...! Estou aqui...! Estou... pronto...! — disse uma nova voz familiar. Manik Patel estava ofegante, como se tivesse acabado de correr uma maratona. Mais confuso do que nunca, eu o vi se colocar entre Alex e Zoe. Ele apontou para Tag e seu chapéu ridículo. — Você foi a terceira pessoa que pensei que seria o Coringa. — Ele se virou para Alex. — Você foi a primeira.

— Quem foi a segunda? — perguntou Zoe.

— Blair Greenberg.

Eu não poderia ter revirado os olhos com mais vontade.

— Bem, parabéns — disse Alex com acidez. — Dois dos três da sua lista estão aqui. — Ele deu um peteleco em um dos guizos de Tag. — Coringa, a palavra é sua.

— Obrigado. — Tag tirou o chapéu e o guardou na mochila. Ele ia ficar carregando um chapéu com guizos tilintantes por aí? Mas e aquela história de não querer chamar a atenção? — Tudo bem, é simples. Complexo, mas, no fim das contas, simples.

Suas cinco cartas de baralho se aproximaram, mais ansiosas do que nunca. O que íamos fazer que precisava de chaves?

Eu prendi o ar quando nosso Coringa respirou fundo antes de dizer:

— Vamos roubar os almanaques.

SEIS

— O quê?! — exclamamos juntos, para logo em seguida mandarmos uns aos outros fazermos silêncio. Então, dissemos em voz baixa: — Roubar os almanaques? Você quer que a gente *roube* os almanaques?

Tag deu uma piscadela.

— Quero.

Ninguém sabia como responder, exceto Manik, que soltou um grunhido desafinado... e com motivo. Ele era o *editor-chefe* do anuário. Se Tag queria que a gente cometesse aquele crime, por que convidou a pessoa que mais seria afetada?

— Não temos tempo para analisar isso agora, nos mínimos detalhes — disse Tag rapidamente —, mas pensem no seguinte: os trotes anteriores sempre foram *imediatos*. — Ele olhou para mim sutilmente. — Nós acordávamos, ficávamos sabendo do trote, ríamos muito e depois acabava. — Ele fez uma pausa. — E se a gente prolongasse um pouco mais? Alguém vai perceber que os almanaques sumiram quando tentarem desembalá-los amanhã para serem distribuídos, mas isso não significa que vão recebê-los de volta imediatamente. A notícia de que eles estão desaparecidos vai se espalhar e todos vão enlouquecer. — Ele olhou para todos nós. — Nós sabemos como os almanaques são amados nesta escola.

Mais uma vez, ficamos calados. Era verdade: todos adorávamos os anuários, folheando as páginas por dias.

— Eu estou dentro — declarou Alex. — Muito dentro.

Zoe e Maya riram.

— Então vamos esconder os almanaques e fazê-los reféns?

— De certa forma, sim — respondeu Tag antes de explicar a segunda fase de seu plano.

Era brilhante em um nível gênio do crime; eu tinha que reconhecer. Até Alex estava com um sorriso sonhador no rosto.

Mas Manik estava ali. Por que Manik estava ali?

— Tag, foi por isso que você ligou para a FedEx e exigiu falar com o supervisor deles? — perguntou ele. — Para garantir que os almanaques fossem entregues a tempo para isso?

— *Você* pediu para *eu* resolver o problema, Manik — lembrou Tag com frieza enquanto eu sentia um nó se formar no meu estômago.

Lembrei-me de Daniel me contando sobre o atraso na entrega e como o editor-assistente de fotos, Tag, havia sido o herói.

Ele conseguiu os anuários, pensei, *só para roubá-los.*

— Desculpa — disse Manik, ajustando os óculos —, mas não sei se posso deixar passar isso. Os almanaques...

— ... são seu maior orgulho — interrompeu Tag. — O anuário é o seu bebê, Patel.

Ele assentiu.

— Por aí.

— Então, por que outra pessoa deveria ter a honra de entregá-los?

Meu coração começou a bater mais rápido. Aquilo era uma alfinetada em Daniel. Era uma tradição centenária da Ames que o presidente do corpo estudantil entregasse o anuário a todos os alunos. Todas as trezentas cópias.

Manik lançou a Tag um olhar indagativo.

— Por que você me escolheu para ajudar?

— Porque não quero que você fique preocupado quando eles desaparecerem — respondeu Tag. — Você trabalhou muito neles, é importante que saiba que vão estar em um lugar seguro. — Ele fez uma pausa. — E confio em você para guardar segredo.

Nós todos temos alguma ligação com Daniel, percebi de repente. Tag tinha dito que cada um de nós trazia algo fundamental para a missão, mas todos também tinham algum tipo de relação com Daniel.

Olhei ao redor para nosso grupo. Tag havia reunido uma equipe bem motivada. Manik era o editor não reconhecido dos almanaques. Alex Nguyen competira com Daniel na eleição para presidente do ano anterior, e ter perdido fora uma surpresa tão grande que ainda estava chateado. Zoe Wright o considerava tão interessante quanto uma folha de alface. E Maya — Maya Rivera era irmã gêmea dele!

— Vamos lá, Manik. Já faz um tempo desde que meu irmão foi tirado do pedestal — comentou ela.

Mas o que estou fazendo aqui?, perguntei a mim mesma. Daniel podia ser bem pomposo, mas eu não tinha nada contra ele. Todo mundo tinha algum problema com ele enquanto eu era seu par no baile de formatura.

O tilintar das chaves da minha mãe logo me lembrou da resposta.

— Tudo bem — concordou Manik por fim. — Vamos fazer isso.

— Claro que vamos — disse Zoe.

Meu olhar encontrou o de Tag. Só quando assenti ele relaxou a tensão nos ombros.

— Certo — continuou ele. — Antes de irmos... — Ele abriu o zíper da mochila e tirou uma garrafa prata. — Um brinde.

— Legal. — Alex pegou a garrafa primeiro, desenroscou a tampa e tomou um gole. Todos pularam para trás quando ele imediatamente cuspiu a bebida. — O que é *isso*? — Ele se engasgou. — Coca-Cola Diet?

— Habilidades de dedução excelentes, Alexander — retrucou Tag enquanto Zoe resmungava. Ela gostava de refrigerante tanto quanto eu gostava de café. — Acho que é melhor mantermos a mente sã, não?

Alex revirou os olhos e passou a garrafa para Manik, que tomou um gole antes de entregá-la a Zoe. Maya, que ainda parecia mal, sorriu e ergueu a garrafa em solidariedade em vez de beber. Eu tomei um gole da bebida favorita de Tag e depois entreguei a garrafa a ele. As pontas dos nossos dedos se encostaram. *Será que ele sentiu isso?*, pensei, as faíscas percorrendo minhas veias.

— Saúde, minhas cartas — disse ele e esvaziou a garrafa antes de guardá-la de volta na mochila. — Agora é hora de entrar em cena.

Nós seis nos despedimos silenciosamente do Pátio Real, nos esgueirando pelas pedras do calçamento, de volta para a rua principal da Ames.

— Fiquem longe das luzes dos postes — avisou Tag.

Nós ziguezagueamos para desviar dos perigosos círculos iluminados dos postes de rua. Como a sala do anuário ficava no Centro Estudantil, Hubbard Hall era nossa primeira parada.

— Merda, tem alguém na janela — sussurrou Zoe enquanto passávamos pelo dormitório das meninas do segundo ano.

Parei e vi que minha amiga tinha razão: uma garota estava sentada na janela. Tínhamos uma visão clara dela, o que significava que ela também tinha uma visão clara de nós.

— Não se preocupem com isso — sussurrou Tag de volta. — Ela está usando o celular, estão vendo? — Ele apontou. — Deve estar numa chamada de vídeo.

Zoe soltou um suspiro, mas eu prendi a respiração... porque podia ouvir os guizos do chapéu de Coringa na mochila de Tag. Não era um barulho muito alto, mas era constante e fazia todos os pelos da minha nuca se arrepiarem. Eu me aproximei dele.

— Por que você ainda está carregando esse chapéu barulhento? — perguntei em uma voz baixa, que só Alex poderia ouvir. — Seu e-mail disse que você não queria chamar a atenção.

Alex riu.

— Eu *sabia* que os e-mails de vocês ficariam íntimos.

Tag o ignorou.

— Precisamos dele para mais uma coisa — contou ele entredentes. O chapéu também o estava incomodando. — Se eu pudesse parar o barulho, faria isso.

— Então, tá.

Em vez de voltar para a fila, fiquei ao lado dele e de Alex, que deu uma batidinha em meu ombro. Era uma das coisas que eu mais gostava em Alex Nguyen: ele sempre deixava as pessoas à vontade. Sempre as acalmava. Tag dizia o mesmo. "Se Alex não está nervoso, então eu digo a mim mesmo que não tenho motivo para estar", dissera ele certa vez, e depois acrescentara: "E me sinto ainda mais seguro com você, Amarelinha."

Amarelinha, lembrei-me como se fosse um sonho distante.

— Que tipo de dança de comemoração é essa? — perguntara Tag durante um jogo de *whiffle ball* no Círculo quando éramos alunos do segundo ano. Eu tinha marcado um *home run* para o nosso time e estava um pouco convencida, pulando para cima e para baixo sem tirar os pés do chão. — Parece que você está jogando uma partida invisível de amareli...

— Não! — Eu li aquela bela mente dele. — Nem pense nisso!

Mas ele sorrira, como se dissesse, *Tarde demais*.

Eu não tinha levado muito tempo para me acostumar com o apelido. Para todos, eu era Lily, mas para ele, Amarelinha. Todos os dias, o dia todo, sempre. Ele só voltara a me chamar pelo meu nome quando Blair e as outras meninas começaram a rondá-lo como abutres. *Não deixe ele se afastar*, eu dissera a mim mesma, mas foi ficando cada vez mais difícil segurá-lo.

Senti meu coração apertar quando chegamos à entrada do Hubbard Hall. As colunas da construção pareciam intimidantes, com o branco perolado brilhando ao luar acima de nós. Eu prendi a respiração até que alguém me cutucou de leve. Tag.

Era hora de agir.

Desculpa, mãe, pensei antes de tirar o crachá dela do meu bolso e passar o cartão de identificação pelo sensor da porta. Houve um bipe baixinho quando a luz vermelha ficou verde e, em seguida, o clique da fechadura. Entramos.

O Centro Estudantil estava escuro.

— Não podemos acender as luzes, certo? — perguntou Manik depois que fechamos a porta com todo o cuidado atrás de nós.

— De jeito nenhum — disse Zoe. — Iluminar o primeiro andar inteiro? A Campo estaria aqui em segundos. Tem muitas janelas.

— Como é que vamos fazer isso, então? — retrucou Manik.

— Não temam — disse Tag —, porque temos a magia das lanternas.

Eu o ouvi abrir o zíper da mochila, depois ouvi outra pessoa abrir a própria mochila também.

— Você disse que não sabia qual era o plano para hoje — murmurei para Alex.

— Eu não sabia — murmurou ele de volta. — O e-mail que recebi dizia para trazer lanternas.

Ele e Tag começaram a ligá-las enquanto o resto de nós assistia. Por que Tag e Alex tinham tantas minilanternas?

Era uma pergunta retórica. Eles tinham tudo, inclusive um gato contrabandeado. Havia um boato de que tinham encontrado um gatinho abandonado na cidade e o levado escondido para o dormitório.

— Liguem seus celulares também — instruiu Tag. — Vamos fazer uma fila com eles da sala do anuário até o depósito...

— Vamos esconder os almanaques no depósito? — interrompi, sem nem pensar no que estava falando.

— *Que* depósito? — perguntaram os outros.

— O depósito do outro lado do lounge — respondeu ele. — Logo atrás do Hub.

Reconheci um tom sarcástico em sua voz. Ele estava satisfeito porque ninguém mais sabia daquilo; era um bom presságio para o trote.

— Mas é tão perto — observou Maya, a voz tensa.

Ela ia vomitar outra vez, eu tinha certeza.

— Por que esconder aqui quando poderíamos escondê-los do outro lado do campus?

— Porque levar tudo daria muito trabalho — supus. — Carregar tantas caixas pesadas até muito longe nos atrasaria bastante e aumentaria o risco de sermos pegos.

— Exatamente — confirmou Tag. — Esconder os almanaques o mais perto possível da sala do anuário é a jogada mais segura e inesperada.

— E a mais engraçada — disse Alex com uma risada, e mais uma vez suspeitei que ele sabia mais sobre o trote do que estava deixando transparecer.

— Gostei — opinou Manik, assentindo. — Nunca vi esse tal depósito antes, mas parece seguro. — Ele estendeu a mão para uma lanterna. — Vou até a sala do anuário.

— Zoe e Maya, podem ir também? — pediu Tag enquanto eu entregava as chaves da minha mãe para Manik. A sala do anuário ficava trancada. — Podem começar a levar algumas das caixas? Alex e eu vamos terminar de montar a pista daqui a pouco.

— Meu Deus — disse Zoe. — Somos as fortonas que vieram fazer o trabalho pesado, Swell?

Tag riu.

— Eu não ia colocar nesses termos, Wright, mas...

— Adorei — disse ela, trocando um sorriso com Maya. — Em vez de dois brutamontes do lacrosse, você escolheu a gente.

— Já vi você na academia e Maya na oficina — disse Tag. — Vocês dão conta.

Com os egos inflados, Zoe e Maya seguiram Manik em direção à sala do anuário. Embora Maya tenha feito um desvio para o banheiro.

Eita.

Eu pisquei quando ouvi Tag me perguntar se eu poderia abrir a porta do depósito.

— Claro — respondi baixinho, me lembrando de quando exploramos o lugar juntos pela primeira vez. Ficava no fim do corredor, com a porta parcialmente coberta por uma grande bandeira azul, vermelha e dourada da Ames. Nunca tínhamos pensado nela até Josh ter mencionado o depósito durante um jantar lá em casa. Ao que parecia, ele e o escritório de relações com ex-alunos estavam em uma batalha acirrada para determinar quem merecia o uso do espaço.

— Eles têm espaço *mais que suficiente* em suas salas lá em cima — dissera ele, espetando um pedaço do lombo de porco com frustração —, enquanto eu mal tenho o suficiente na cozinha!

Tag e eu havíamos investigado o depósito e encontrado um monte de suprimentos para o fim de semana do encontro de ex-alunos. As prateleiras de armazenamento preenchiam as paredes, cheias de caixas de toalhas de mesa, bandeiras de formatura e até camisetas antigas da turma. Mesas circulares, cadeiras dobráveis, caixas de som e placas de PROIBIDO ESTACIONAR cobriam o chão.

— Sinto muito, mas tenho que ficar do lado do escritório de relações com ex-alunos — dissera Tag. — Eles têm um monte de tralha para guardar.

— Um monte. — Eu tinha concordado, percebendo, de repente, que estávamos *completamente* sozinhos.

Tag jogara a cabeça para trás, rindo, quando eu o empurrara contra um canto empoeirado. Tivemos que espanar um pouco de pó e teias de aranha de nossas roupas antes de sairmos do depósito.

Sim, concluí, sentindo uma pontada nas costelas. *É seguro dizer que ninguém vai encontrar os almanaques aqui.*

Depois de chutar o calço da porta para travá-la aberta, fui me juntar aos outros na sala do anuário. Cerca de trinta caixas de papelão estavam em um canto distante. Manik parecia prestes a arrancar os cabelos, observando enquanto Zoe e Tag levantavam caixas pesadas nos ombros.

— Cadê a Maya? — perguntei, embora já imaginasse a resposta.

Zoe abriu um sorriso trêmulo.

— No banheiro, com Alex segurando o cabelo dela.

— Eu sabia que ele não ia ajudar a carregar nada — comentou Tag, divertindo-se.

Enquanto Tag era difícil de ser tirado da academia, Alex era quase alérgico a ela. Em vez de participar dos esportes, ele era o aluno comentarista favorito da Ames.

— Bem, ele quer ser médico um dia — observei maliciosamente. — É até bom ele aprender a cuidar dos doentes. — Olhei para um Manik aflito e fiz um gesto para as caixas. — Posso?

Ele assentiu devagar.

— Só não deixe cair — disse ele. — Você pode amassar as capas dos livros ou rachar as espinhas deles.

Minhas sobrancelhas se franziram. Talvez eu não frequentasse a academia com regularidade, mas tinha corrido nas maratonas de Chicago e de Boston e dançado em todos os musicais da escola.

— Eu aguento — afirmei.

Ao mesmo tempo, Tag disse:

— Ela aguenta!

Em seguida, ele fingiu deixar sua caixa escapulir, pegando-a antes que caísse no chão.

Manik deu um suspiro profundo, e senti meus lábios tremerem. Lá estava o Tag bobo.

Zoe, como previsto, era incansável, fazendo duas viagens enquanto eu fazia uma. Eram *muito* pesadas e eu não queria que Manik entrasse em colapso se eu acidentalmente derrubasse uma, então fui devagar e com cuidado.

— Não entendo por que o escritório de relações com ex-alunos ficou com esta sala — disse Zoe enquanto depositávamos caixas no chão.

O centro do cômodo havia sido esvaziado, os materiais, movidos para o lado, e o chão de concreto, varrido. *Quando Tag encontrou tempo para fazer isso?*, eu me perguntei.

— Acho que deveria pertencer ao Hub — sugeriu ela.

— Não poderíamos usar se fosse do Hub — observou Tag, carregando a última caixa com Manik, Alex e uma Maya muito pálida. — Josh, quero dizer, o sr. Bauer, estaria aqui o tempo todo. Já o escritório não põe os pés neste lugar desde as reuniões de ex-alunos de maio.

Ele colocou a última caixa em cima da fortaleza que construímos. Juntos, olhamos maravilhados. Era uma pirâmide perfeita.

— Uau. — Alex assobiou. — Digno de Gizé.

— Está faltando só uma coisa — disse Tag antes de sair correndo do depósito.

Um minuto depois, ele voltou com nada menos que seu chapéu maluco. Rimos quando ele coroou a pirâmide.

O Coringa da Ames daquele ano havia deixado sua marca.

— Está bem, está bem, todos para fora — pediu Tag depois, com as bochechas um pouco vermelhas. — Está na hora de passarmos para a caça ao tesouro.

A caça ao tesouro era a segunda fase do trote.

— Não podemos *realmente* privar a escola dos almanaques — explicou Tag quando ainda estávamos no Pátio Real. — Eu não quero me formar sem o meu, então, depois de *escondê-los*, vamos deixar pistas por todo o campus que levarão nosso caro presidente a uma caça ao tesouro para *encontrá-los*.

— Que demais, eu adoraria essa aventura por ele — soltei.

Tag precisou morder o lábio para não rir, mas Alex não se conteve e gargalhou. *Schitt's Creek* era o seriado favorito deles, e aparentemente minha imitação de uma personagem, Alexis, foi incrível. Eu costumava cumprimentar Alex todos os dias tocando no nariz dele.

Só que desta vez me ocorreu mais uma vez que estávamos armando um trote para Daniel. Era Daniel que faria a caça ao tesouro. Meu estômago se revirou. Mesmo que eu não gostasse dele do jeito que ele gostava de mim, ele ainda era...

Bem, ele ainda era.

Saímos da sala de depósito e desmontamos o caminho iluminado, recolhendo as lanternas e os celulares. Todos apagaram as luzes, menos Alex, que iluminou a mochila do Coringa para que Tag pudesse vasculhá-la. Parecia não ter fundo.

— Qual é a primeira pista? — perguntou Manik, animado. — Aonde ela leva?

— Alguém mudou muito de opinião, hein? — murmurei, e senti Zoe beliscar meu braço, se divertindo.

Tag tirou uma pasta de arquivo sem identificação. Eu semicerrei os olhos e vi que estava cheia de envelopes pretos não lacrados, os mesmos usados para o convite do Coringa. Mas, em vez de nomes, cada envelope tinha um número. Parecia que todos estavam prendendo a respiração enquanto assistíamos a Tag puxar a primeira pista. Como os convites, era uma colagem de letras de revista.

Todos nos reunimos para ler:

Ao nosso Líder Destemido:
Se há algo que procuras,
visite Cassiopeia nas alturas.
Encontre-a à meia-noite para a sua segunda pista.

— Só tem uma questão com esta primeira pista — disse Tag em tom inofensivo enquanto eu decifrava que aqueles versos se referiam ao observatório. A maioria dos estudantes da Ames fazia astronomia em algum momento. Tinha a fama de ser uma matéria fácil.

— O quê? — perguntou Maya.

— Vou colocá-la na caixa de correio dele... — Tag apontou para a sala de correspondência escura. — Mas não hoje à noite. A gente quer que ele descubra que os almanaques estão desaparecidos e então fique preocupado por alguns dias antes de seguir as dicas. Se colocarmos a pista lá agora, ele pode lê-la antes de notar que os anuários desapareceram.

— E qual o problema nisso? — perguntei.

No instante em que eu fazia a pergunta, Maya fez sinal de positivo para ele antes de correr até o banheiro de novo. Zoe a seguiu.

— Os almanaques vão continuar desaparecidos — falei.

— Sim, mas o ponto é prolongar o trote — explicou Tag. — Se ele recuperar os anuários logo depois do dia em que os estudantes deveriam recebê-los, não vai ser muito...

— Eu não entendo por que você está fazendo isso — interrompi, sentindo meu coração batendo forte. — Por que está implicando com o Daniel?

— Manik, vamos dar uma sondada no entorno — sugeriu Alex, animado. — Ver se tem alguém do lado de fora.

Ele pegou a manga da camisa do editor do anuário e o arrastou até uma janela.

Tag baixou a voz.

— Eu não estou *implicando* com o Daniel. Estou organizando um trote que, por acaso, envolve o presidente do conselho estudantil. Se o Alex tivesse vencido a eleição, estaríamos aqui de qualquer forma. — Ele balançou a cabeça. — Na verdade, eu gostaria que o Alex tivesse sido o escolhido. Seria muito mais engraçado, ele contaria para todo mundo que os almanaques sumiram, enquanto tenho certeza de que Rivera vai tentar fingir que está tudo bem.

— Mas todos que estão ajudando têm algum problema com o Daniel — sussurrei.

Tag ergueu uma sobrancelha exageradamente.

— Você tem um problema com o Daniel?

A minha nuca ficou corada. *Sim*, pensei. *Eu não quero ir ao baile com ele.*

— Não, claro que não — gaguejei. — Quis dizer que os outros têm. Você só precisa de mim para as chaves.

— Lily, você acha mesmo isso? Que você veio só por causa das chaves?

Eu não respondi.

— Alex e eu assistimos a muitos vídeos no YouTube sobre como arrombar fechaduras. O crachá da Leda torna as coisas muito mais fáceis, mas poderíamos ter conseguido sem ele. — Ele estendeu a mão como se fosse me tocar, mas acabou passando a mão pelo próprio cabelo. — Eu pedi sua ajuda porque...

— A gente devia ir — mudei de assunto quando ele se perdeu nas palavras.

Pelo tom de voz, eu sabia que ele tinha uma resposta, mas também sabia que não seria a que eu tanto sonhava ouvir.

Eu pedi sua ajuda porque confio em você.

Eu pedi sua ajuda porque sinto saudades de você.

Eu pedi sua ajuda porque amo você.

Talvez Tag confiasse em mim, mas não havia como ele sentir saudade ou ainda me amar. Ele tinha seguido em frente depois daquele dia no quarto dele na primavera passada.

— Acho que é melhor assim — dissera eu na época, enquanto ele estava sentado na cama, a cabeça apoiada nas mãos. — Estou tão cansada, Tag. Estou tão cansada de todos esses joguinhos e de ignorar as coisas que me incomodam. Eu te amo muito, mas não aguento mais.

— Eu só não entendo o que você está dizendo — falou ele depois de um tempo, os olhos verdes marejados. — Que joguinhos? Que coisas? Estou fazendo algo errado? Amarelinha, por favor, me diga...

Mas eu não disse. Se ele não notava o mar de atenção que recebia das garotas e como era difícil para mim lidar com aquilo, então ele devia estar gostando. Terminar, então, era de fato a melhor coisa a se fazer.

— Eu não sei para onde as pistas do Coringa levam — falei, minha voz embargada —, mas imagino que estamos prestes a começar um passeio pelo campus?

— Sim — murmurou ele, mostrando um sorriso forçado.

Alex e Manik voltaram. Zoe também reapareceu, mas sem Maya. Ela ainda estava no banheiro.

— Barra limpa, Comandante — informou Alex, depois virou-se para Zoe. — A última integrante da tropa vai poder ser mobilizada?

Zoe fez que não com a cabeça.

— Acho que não. Ela, hã, vai acampar ali. — Ela suspirou. — Me desculpem, mas vou ficar com ela. Não quero que ela tenha que voltar para o dormitório sozinha. Talvez eu possa encontrar vocês depois?

Todos olharam para Tag. Eu percebi seu maxilar quase se contrair, mas, fora aquilo, ele parecia impassível.

— Sem problemas — respondeu ele. — Diga a ela que desejo melhoras.

Alex, Manik e eu desejamos o mesmo.

Zoe assentiu.

— Por favor, peça a ela para me mandar uma mensagem de texto — acrescentou Tag. — Ou para pedir que você me mande uma mensagem de texto por ela.

— Mensagem de texto sobre o quê?

— Quatro dígitos — respondeu Tag, depois agradeceu a ela por carregar as caixas.

Eles trocaram um soquinho de despedida e Zoe puxou meu rabo de cavalo afetuosamente antes de voltar correndo para os banheiros.

Ninguém mais se mexeu.

— Alguém mais quer sair do grupo? — perguntou Tag depois de uma pausa. — Fiquem à vontade para falar agora.

Minhas mãos tremeram um pouco, porque eu sabia que ele estava falando comigo. Pensei por um momento. Era injusto que Daniel levasse a pior? Não. Era *lamentável*, mas não injusto. Os almanaques eram responsabilidade do presidente do conselho estudantil, e Daniel por acaso era o presidente.

Isso não é pessoal, tranquilizei a mim mesma. *É só um trote.*

— Excelente — continuou Tag. — Quem está pronto para contar as constelações?

PISTA UM

AO NOSSO LÍDER DESTEMIDO:
SE HÁ ALGO QUE PROCURAS,
VISITE CASSIOPEIA NAS ALTURAS.
ENCONTRE-A À MEIA-NOITE
PARA A SEGUNDA PISTA.

SETE

Eu estava com a respiração acelerada de nervosismo quando voltamos para a entrada do Hubbard Hall. Sair de casa escondida, correr pelo bairro dos professores e invadir um prédio da escola eram uma coisa, mas caminhar pelo campus de cento e sessenta hectares? Parecia ser uma missão de outro nível.

— Agora vai começar a ficar divertido *de verdade* — sussurrou Alex enquanto eu esbarrava nas costas de Tag, que parou de repente perto de uma das janelas. Ele estendeu os braços para trás a fim de me segurar, caso eu tropeçasse. Era como estar envolvida em um abraço reverso. Tive que resistir ao impulso de me aconchegar nele. Ele tinha um leve cheiro de cloro, e sua camisa xadrez era tão macia.

— Faróis — murmurou ele.

Alex fez sinal para recuarmos para baixo de uma escada próxima antes de ouvirmos o zumbido mecânico de um motor. Assim que Tag se certificou de que as ruas escuras estavam quietas outra vez, pegamos uma saída lateral.

— Harvey está de plantão hoje à noite — falei para Tag. — Com o Gabe da Guarita como aprendiz dele. Ele me contou outro dia.

— Eu sei — respondeu Tag.

— É mesmo?

— Lily, você não é a única que conversa com o Gabe.

— Nós em geral falamos sobre xadrez — intrometeu-se Alex em tom alegre. — Acredite ou não, ele é muito fã. Às vezes jogamos nos meus períodos vagos. Taggart costuma vir assistir...

Revirei os olhos.

— E sutilmente tira fotos da escala semanal de guardas?

— Não digo que sim nem que não — respondeu Tag.

— Você já sabia, mas não planejou o trote para o dia de folga do sr. Harvey? — perguntou Manik. — Ou para o dia da festa de aposentadoria dele?

— Ai, droga — soltei ao lembrar. — Minha mãe e eu precisamos levar a sobremesa para essa festa.

Tag riu.

— A Leda agora usa avental?

— Só para dar um efeito dramático. Eu preparo os brownies ou algo assim enquanto ela supervisiona e depois prova pra ver se ficou bom. O mesmo de sempre.

Tag ficou em silêncio por um momento.

— Ela vai sentir sua falta no ano que vem.

Um nó se formou na minha garganta. Eu também sentiria falta dela quando fosse embora para Georgetown.

— Ela vai ficar bem — sussurrei. — Ela tem o Josh para mantê-la bem alimentada.

Ainda mais porque — até que enfim — ele ia se mudar para a nossa casa no outono. Era o momento ideal, já que eu estaria indo embora, e ele teria cumprido o requisito de passar cinco anos como supervisor de dormitório. A maioria dos funcionários da Ames morava em um dos alojamentos antes de poder se mudar para o bairro. Aos vinte e quatro anos, minha mãe chegara ao campus com uma bebê de colo e se tornara supervisora de dormitório das garotas do segundo ano.

— Todas queriam ser suas babás — contara ela certa vez. — Mas, depois que você fez seis anos, passou a ser difícil convencê-la a ir para a cama com Taylor Swift tocando em outro cômodo. Você sempre queria ir para a sala comum e dançar com as garotas.

Bem, aquilo explicava por que minha música de karaokê favorita era "The Story of Us". Uma das garotas devia estar passando por um término difícil.

O Observatório Galloway ficava no topo da colina atrás de dois dormitórios masculinos e, embora o nome soasse grandioso, o lugar não era. De tijolos brancos com janelas arqueadas e uma pequena rotunda, ele precisava desesperadamente de uma nova camada de tinta, e alguns dos tijolos estavam se desfazendo.

Ninguém falou nada enquanto atravessávamos o Círculo em direção aos dormitórios. Mordendo a língua, senti como se estivéssemos nos Jogos Vorazes, esgueirando-nos pela arena com todos os olhares em nós. Não havia carros da Campo à vista, mas os diretores dos dormitórios eram... diferentes dos professores que moravam no bairro dos funcionários. Eles ficavam acordados em horários incomuns, já que eram responsáveis por controlar e cuidar dos estudantes. Eu vi Manik olhar para a Casa Bates escura e soube que ele estava pensando a mesma coisa. Minha mãe e eu havíamos morado lá em outros tempos, mas tinha se tornado lar dos Epstein-Foxes. Minha professora de física provavelmente estava dormindo, mas não pude deixar de imaginar ela e os outros supervisores de dormitório armados até os dentes, prontos para nos caçar e nos desmembrar.

Controle-se, disse a mim mesma, abraçando o meu casaco fino. A brisa tinha ficado mais forte e, mais uma vez, me arrependi de não ter vestido um moletom.

Um segundo depois, Tag estava atrás de mim, colocando alguma coisa por cima dos meus ombros, me cobrindo. A camisa xadrez que ele estava usando por cima do moletom.

— Como esperado — disse ele depois de levantar a gola para dar o toque final.

Meus olhos lacrimejaram um pouco. Tag se lembrara de como sou friorenta. Quando estávamos juntos, eu sempre enfiava as mãos por dentro das mangas dele para me aquecer.

— Obrigada — falei, colocando a camisa. Era como castanhas assando na lareira.

Continuamos a andar até chegarmos à base da colina. Uma escadaria de pedra sinuosa tinha sido esculpida ao lado, larga e com corrimão de madeira reciclada. Naquela noite, parecia o Monte Everest. Exceto pela luz do iPhone de Tag, estávamos cercados pela escuridão, então parecia não haver fim à vista.

— Meu Deus, ainda bem que meus pais nunca me deixaram fazer astronomia — comentou Alex. — Essa subida é...

Ele se calou. Tínhamos chegado ao topo da colina e, embora o observatório estivesse escuro, a casa com telhado de cedro, bem próxima de nós, *não* estava. Encontrava-se iluminada, como se esperasse alguém.

Como se *nos* esperasse.

— Meu Deus — sussurrou Alex, ofegante. — Era para ele estar em casa?

Ninguém respondeu. Estávamos ocupados olhando, mudos, para a casa... a casa do Bunker Hill. Vários anos antes, ele informara à administração da Ames que construiria uma casa no campus.

— Vai ter uma sala de aula também — dissera ele à minha mãe. — Estou cansado de dar aulas no prédio de idiomas depois de todos esses anos.

— Não, não era para ele estar em casa — respondeu Tag por fim, enquanto a silhueta de um homem se tornava visível através de uma das janelas da frente. — Ele deveria estar em Nova York. Ele está se gabando há meses sobre os ingressos de ópera que conseguiu, a estreia de *La Bohème* no Met. Outro dia, perguntei se o smoking dele estava pronto e ele me disse que estava melhor do que nunca.

— Mas ele mudou de ideia — sussurrei. — Eu o ajudei a vender os ingressos no StubHub hoje à tarde porque ele está doente. Sua rinite alérgica acabou virando uma sinusite.

Alex gemeu.

— Ele nunca ouviu falar de anti-histamínico?

— Sinto muito — falei. — Se eu soubesse...

Se eu soubesse do plano do Coringa, eu teria avisado.

— Bem, estamos ferrados — declarou Manik, apontando para a casa, enquanto Tag esfregava a testa. Bunker estava confortavelmente acomodado em uma poltrona com uma bebida e um livro. — Não tem como ele não ver a gente.

Ficamos ali sem saber o que fazer.

— Não, a gente não precisa se ferrar aqui — falei alguns minutos depois, com o estômago revirando. — Ainda podemos seguir com o plano.

Os garotos me olharam, incrédulos.

— O que você disse? — Manik pigarreou.

— Vamos continuar com o plano do Coringa. — Engoli em seco. — Bunker...

Eu me senti culpada por dizer o que estava prestes a dizer, mas era verdade:

— Esse copo que ele está segurando não está cheio de água. Mesmo que ele nos veja, o que não vai acontecer, porque não vamos tocar a campainha dele e sair correndo... ele não vai se lembrar disso.

Manik soltou um suspiro audível.

— Deveríamos ir todos? — perguntou ele. — Mesmo que ele esteja bêbado, quatro pessoas no gramado é coisa demais para ele não reparar.

— Concordo, podem esperar aqui. Vou esconder a pista — avisou Tag.

Alex abriu a boca para protestar, mas seu melhor amigo fez que não com a cabeça.

— Você *precisa* ficar. Não podemos correr o risco.

Não podemos correr o risco.

Eu não precisava perguntar para saber do que estavam falando. A Ames tinha uma política disciplinar que admitia apenas duas advertências, e Alex já tinha uma em seu histórico. Ele e alguns rapazes tinham sido pegos com seis cervejas depois de um baile no ano anterior, então, se ele fosse pego naquela noite, seria expulso do campus.

— Além disso, você estuda russo, Alex — falei rapidamente. — Não latim.

— *Da*. — Ele sorriu. — Eu não estudo a sua língua *morta*.

Tag e eu reviramos os olhos. As pessoas caçoavam dos alunos de latim porque tínhamos todos os elementos básicos de um romance de *dark academia*, inclusive um professor enigmático que dava aulas para um grupo de sete alunos na própria casa. Bunker escrevia em um quadro de giz antigo enquanto bebíamos chá fresco.

"Quando vai acontecer o assassinato?", nos perguntavam.

"Sem corpo, sem crime", respondíamos.

Eu não achava que Bunker nos pegaria, mas, caso acontecesse, minha esperança era que ele fosse benevolente com seus dois alunos, concedendo pelo menos um tempo de vantagem antes de chamar a Campo.

— Ok — concordou Alex depois que expliquei, e assentiu. — Vou ficar por aqui com o Manik.

— Pronto? — perguntei a Tag, já imaginando nós dois rastejando feito soldados para permanecermos nas sombras.

Ele hesitou; não queria que eu fosse.

Para ser sincera, eu não queria que ele fosse. Ele também tinha uma advertência. Uma advertência por algo estúpido. Eu é que deveria plantar a pista.

Mas aquilo estava fora de questão.

Eu fingi tossir.

— Chaves.

— Você está brincando? — disse Alex, enquanto Tag suspirava. — Não me diga que a Leda também tem uma chave do portão?

— Mas é claro — respondi, dando de ombros.

Então, puxei Tag para fora das árvores.

OITO

Depois que de fato rastejamos feito dois soldados até o observatório, Tag e eu nos levantamos e sacudimos a terra antes de passarmos o crachá, entrarmos no prédio assustador e subirmos a escada em espiral que levava aos telescópios. A grade de ferro forjado do lado de fora bloqueava o acesso à varanda, então vasculhei o conjunto de chaves de metal da minha mãe até encontrar a certa. Tag não havia falado nada desde que tínhamos saído das árvores, então fiz a primeira coisa que me ocorreu assim que a porta se abriu com um rangido.

— Tag, você não me pega — sussurrei um pouco mais alto, depois bati em seu braço e corri pelo terraço de pedra comprido.

Ouvi um riso surpreso dele antes de correr atrás de mim. Meu coração ainda estava acelerado quando chegamos ao final da fila e ao último telescópio.

— *Lux* — disse Tag.

Era "luz" em latim, então me aproximei e acendi a lanterna do chaveiro da minha mãe, iluminando a mochila dele. Ele puxou outro envelope não selado, com uma colagem que soletrava: **PISTA DOIS**.

— Onde você conseguiu todas essas revistas? — perguntei quando ele me entregou o envelope.

— Por aí — respondeu ele vagamente.

— Vamos fazer uma leitura dramática?

— Ah, acho que não precisa — respondeu enquanto pegava um rolo de fita adesiva na mochila. — Já li essas pistas cem vezes.

— Mas eu não.

— Você não precisa ler. — Ele tentou pegar o envelope de mim. — São idiotas.

Eu segurei firme.

— Duvido muito.

Então tirei o conteúdo do envelope: outro pedaço de papelão grosso, adornado com letras vermelhas e pretas. Eu sacudi a cabeça diante da meticulosidade de Tag, pigarreei e comecei a ler:

Vamos falar de sexo, meu bem.
Você sabe quem faz e onde também.
Se não se apressar,
Tag e Blair já vão estar lá...

Terminei de ler em um fio de voz, depois coloquei a pista de volta no envelope e lambi a aba para selá-lo.

— Lily, são pistas idiotas — repetiu Tag, com a voz mais rouca desta vez. — Esses enigmas... — Seu pomo de adão se moveu quando ele engoliu em seco. — São todos ridículos.

Eu fingi que estava tudo bem, que não havia uma corda apertando dolorosamente o meu peito.

— Não são, não. Na verdade, achei este bem engraçado.

Um momento de silêncio.

— Sério?

Eu assenti e entreguei o envelope de volta a ele.

— Quer dizer, não entendi por que você se colocou em uma das pistas, mas... — Dei de ombros. — Que seja.

Mais uma vez, Tag não respondeu imediatamente. Tudo o que ouvi foi o som da fita adesiva sendo desenrolada.

— É para as pessoas não adivinharem que eu sou o Coringa — explicou enquanto prendia a pista na parte de baixo do telescópio. — Como

o Manik disse antes, era o esperado. — Ele rasgou a fita com os dentes.
— Pensei que uma piada sobre mim mesmo confundiria todo mundo.

Abri a boca, depois fechei. Ele estava certo. Se eu lesse a pista sem saber nada, *nunca* imaginaria que Tag era o Coringa. Nem Blair. Caçoava demais dos dois.

Quando ele escreveu isso?, me perguntei. *Antes ou depois de terminarem?* Então algo mais me ocorreu.

— Espera, confundir *todo mundo*? Você acha que o Daniel vai mostrar essas pistas para os outros alunos? Depois de resolver o mistério?

Tag deu de ombros.

— Difícil dizer.

Cruzei os braços.

— Difícil dizer?

— Sim — confirmou, mas não estava olhando para mim. Sua atenção ainda estava na fita e no telescópio. — Uma parte de mim consegue imaginá-lo mantendo uma imagem profissional e guardando segredo, mas a outra parte... — Ele fez uma pausa. — Bem, eu nunca ri das piadas dele, mas ele tem senso de humor, ou pelo menos um pouco, então consigo imaginá-lo mostrando para algumas pessoas. Sua acompanhante no baile, por exemplo.

— Que sorte a dela — respondi em tom natural, antes de lembrar que *eu* seria a acompanhante do baile do Daniel. Havia coisas demais acontecendo para eu me lembrar de qualquer coisa além do *presente*. Mordi minha unha do mindinho, então disse: — Vou treinar para reagir com uma risada convincente.

— Convincente? — Tag guardou o rolo de fita adesiva na mochila antes de se reerguer até o máximo de sua altura. Ele inclinou a cabeça. — Você não disse que a pista era engraçada?

Puxei a aba do meu boné de beisebol mais para baixo, o que o fez rir.

— *É* engraçada — admiti.

Porque era, objetivamente. Objetivamente falando, o relacionamento cheio de altos e baixos de Tag e Blair era hilário. O pessoal da Ames se deliciaria com a piada, assim como Tag fazia com seus ovos mexidos com ketchup.

— É engraçado, mas não para...

... *mim*, eu queria dizer. *Não é engraçada para mim.*

Mesmo que eles tivessem terminado de vez, eu odiava ver seus nomes juntos.

— Não para...? — Tag tentou arrancar o resto da frase quando me interrompi, mas meu estômago estava embrulhado.

Eu não tinha coragem de contar a ele a verdade. E não tínhamos tempo. Não havia tempo para a verdade. Tínhamos uma missão para cumprir.

— Blair — murmurei. — Não vai ser engraçado para Blair.

Como se eu realmente me importasse.

Tag riu com desdém.

— Ah, vai por mim. Blair não vai apenas achar graça, vai *adorar*.

Ergui a aba do meu boné e vi suas sobrancelhas franzidas de maneira cômica.

— É sério que você nunca reparou como ela gosta de ver o próprio nome nos jornais?

Blair Greenberg adorava quando as pessoas falavam sobre ela, fosse por causa de um de seus artigos no jornal da escola ou de um TikTok. Ou, melhor ainda, pelas fofocas nos corredores da escola. Ela vivia em busca de publicidade.

Não pude deixar de abrir um pequeno sorriso para Tag.

Ele me deu um pequeno sorriso de volta. A troca foi tão natural que não fiquei surpresa quando a mão dele de repente tocou o meu braço.

— Está com você — disse ele, correndo de volta pela varanda.

Eu o segui o mais rápido que pude, esperando deixar todos os pensamentos sobre Blair Greenberg para trás.

Embora eu jurasse que tinha visto o fantasma dela na minha frente.

Tag chegou primeiro ao portão e, muito cavalheiro, segurou-o aberto antes de eu chegar. Então, fechou-o com força, fazendo uma careta quando o ferro rangeu e bateu na grade. O eco fez eu me atrapalhar com a chave da minha mãe. Como Daniel ia conseguir passar mais tarde? Eu não tinha ideia, mas sabia que ele daria um jeito. Era Daniel Rivera.

— O crachá dele tem acesso — contou Tag, como se lesse meus pensamentos. — A administração dá acesso total no campus para o presidente do conselho estudantil. Quanto ao portão... — Ele o analisou. — Acho que ele consegue pular. Eu conseguiria.

— Ah, é mesmo? — falei com ar distraído, mas também um pouco irritada. — Quero ver.

Ele levou menos de quinze segundos.

Eu me recusei a reconhecer o feito.

— A gente devia ir logo — falei assim que seus pés voltaram ao chão. — O santuário de esculturas da Ames não fica muito perto.

O santuário de esculturas da Ames era onde, todos sabiam, Tag e Blair faziam "ioga ao nascer do sol" e se reconciliavam das brigas nas noites de sábado. Até os professores e funcionários da escola estava cientes da rotina, porque eles sabiam de *tudo*.

— Se isso afetar o desempenho dele na piscina — dissera Josh uma vez —, eu vou...

— Você não pode quebrar os dentes dele, Josh — interrompera a diretora Bickford. Ela dera um suspiro sonhador. — O garoto tem dentes tão bonitos.

Sim, as maravilhas da ortodontia!, eu havia pensado. Tag passara o nono ano de aparelho fixo, e o primeiro ano em uma busca que parecia eterna pelo aparelho móvel, porque Alex sempre o escondia.

Mas, de alguma forma, o sorriso dele continuou reto.

Pouco tempo depois, nós dois descemos a espiral de volta para o primeiro andar do observatório. Eu fui na frente, a mão de Tag agarrada ao meu casaco para não nos esbarrarmos na escada. Quando as pontas dos dedos dele roçaram a minha nuca, me perguntei se ele sentiu minha pele se arrepiar. Foi como fogos de artifício. Aquele sobressalto inicial de surpresa, mas depois uma explosão deslumbrante. Fiquei sem fôlego.

Corremos juntos pelo desgastado piso preto e branco em direção à porta e irrompemos na noite. Ainda meio tonta depois da escada em espiral e do toque de Tag, tropecei nos degraus desmoronados do prédio. Tag ficou em silêncio enquanto eu despejava dramaticamente todos os palavrões do mundo. Ele começou a rir.

— Cara, eu estava com saudade dessa sua boca — disse ele.

Dei um passo à frente e fiquei imóvel como uma estátua... mas minha mente não se transformou em pedra junto com meu corpo. *Cara, eu estava com saudade dessa sua boca.*

Eu disse a mim mesma para não analisar demais o comentário dele, porque sabia o que ele queria dizer.

— Essa aqui é bem boca suja, hein? — brincara Josh no início do meu namoro com Tag, porque, embora eu não usasse palavrões na frente dos vizinhos, em casa era bem diferente.

Tag sempre achara aquilo engraçado.

Uma dor profunda se instalou no meu estômago. Porque eu também estava com saudade da voz de Tag. Da sua cadência confiante. Dos seus sussurros suaves. Do seu riso fácil.

Também sentia falta de beijá-lo. Talvez fosse triste... mas era verdade. Eu sentia saudade dos lábios dele nos meus e na minha pele.

— Não está um pouco quente para um cachecol, Lily? — Zoe e Pravika tinham soltado risadinhas dois setembros antes, e só me restara sorrir para o chão.

O piquenique que Tag e eu tínhamos preparado no dia anterior ficara intocado; espalhamos a toalha em um espaço mais distante do campus, mas acabamos devorando um ao outro em vez da comida.

— Melhor piquenique do mundo — dissera Tag enquanto voltávamos de mãos dadas para o campus principal.

O cabelo de Tag estava bagunçado e a camisa, do avesso, mas ele havia me girado nos braços antes que eu pudesse lhe avisar. Tínhamos dado risada ao ouvir o estômago dele roncar na metade do caminho para casa.

Cara, eu estava com saudade dessa sua boca.

Fiquei ali, esperando que as pontas das orelhas de Tag queimassem, vermelhas, e que ele voltasse atrás e esclarecesse o que queria dizer.

— A gente devia ir logo — sugeri quando ele não se tocou. — Alex e Manik devem estar se perguntando onde estamos.

— Acho que o Alex não está preocupado — murmurou Tag.

— Bem, ele deveria estar — respondi, caminhando pelo gramado. — Isso não é só um... — Procurei as palavras certas e depois, ironicamente, eu as encontrei: — Isso não é só um trote bobo.

Foram necessárias apenas três passadas para que Tag me alcançasse.

— Tecnicamente, é, sim — disse ele. — Então vamos aceitar a bobeira da situação e relaxar um pouco.

Eu me virei para ele, minha voz irritada.

— Relaxar?

O Coringa assentiu alegremente.

— Isso, vai ser mais fácil se...

O som de uma porta se abrindo de repente interrompeu nossa conversa. Tag e eu nos sobressaltamos quando uma voz grave e congestionada perguntou:

— Quem está aí?

A fala estava um pouco arrastada.

Corra!, gritaram meus músculos, mas Tag e eu não tivemos tempo; a luz da lanterna de alta potência de Bunker Hill nos capturou em seu feixe quase imediatamente. Era grande e brilhante, quase cegava.

— Ah, srta. Hopper, é você? — perguntou Bunker dos degraus que levavam à sua porta.

Ele estava vestido com um robe de veludo preto e cinza. Uma das mãos segurava a lanterna e a outra, um copo de líquido marrom. Tenho quase certeza de que era o bourbon recomendado pela minha mãe na noite anterior.

Mesmo que eu tivesse imaginado aquele cenário antes, meu coração disparou e eu consegui ouvir minha própria pulsação. Tag pedira a Alex para ficar escondido nas árvores e evitar uma segunda advertência, e eu mencionara nossa aula de latim para ele aceitar o pedido. Só que, na verdade, sermos alunos de Bunker não teria tanto peso assim (apesar do que a *dark academia* ditava). Eu sabia disso. Se fôssemos pegos, o latim não nos salvaria. Meu avô postiço sem dúvida ligaria para a minha mãe.

— Você confia em mim? — sussurrei para Tag.

Um instante depois, ele entrelaçou os dedos nos meus. O movimento foi tão natural que precisei puxar minha mão, que estava formigando, e esticá-la antes de encontrar a dele de novo. Minhas pálpebras tremularam. O momento me levou de volta a outros tempos — tempos melhores.

Demos vários passos em direção à casa.

— Sim, sou eu, sr. Hill — falei como se não estivesse apavorada. Levantei um braço em cumprimento e, quando Tag e eu chegamos à base da escada, notei o cabelo branco desgrenhado do nosso professor e os círculos de pele avermelhada ao redor de seus olhos envelhecidos.

— Lily... — começou ele antes de erguer a sobrancelha intrigada ao ver quem estava ao meu lado.

Eu me aproximei de Tag e Bunker deixou escapar um pequeno sorriso.

— Eu sei que o amor jovem é muito voluntarioso — disse ele, brincalhão —, mas você não acha que é um pouco tarde para você e o sr. Swell estarem apreciando o luar juntos?

Ele olhou para o relógio, como se para confirmar que o toque de recolher de Tag tinha de fato passado. Parte de mim se perguntava se ele sabia a que horas era o toque de recolher dos alunos do internato, e se ele se importava. Ele olhou para cima e lançou a Tag um olhar embriagado e solene.

— Suponho que os rumores sejam verdadeiros, então? Você e a srta. Greenberg desmancharam?

— Sim, senhor — confirmou Tag. — Pela última vez.

Bunker ergueu o copo.

— Então, um brinde.

Senti Tag mover o peso de um pé para o outro, então soltei a mão dele para esfregar a parte de trás do seu pescoço com naturalidade. Meu coração se apertou quando ele se inclinou para trás. Foi como se ele mal pudesse esperar por aquele carinho. *Ele está nervoso*, pensei quando nossos dedos se entrelaçaram mais uma vez. *Ele está nervoso achando que Bunker vai nos denunciar, preocupado com a segunda advertência que pode expulsá-lo.*

Apertei sua mão com força para dizer a ele que estava tudo bem. Eu tinha tudo sob controle.

— Bem — continuou Bunker —, acho que acabou sendo bom vocês dois não terem chegado aqui antes. — Ele tomou um gole da bebida. — Teria sido um encontro bastante desconfortável.

— Encontro? — perguntamos eu e Tag.

— Ah, sim. — Outro gole de bourbon. — O presidente Rivera estava aqui...

Eu arfei.

— Daniel? *Daniel* estava aqui?

— Exato. Ele passou aqui para conversar.

— Quando? — perguntei um pouco afobada logo que registrei as palavras do professor, no momento em que cada gota de sangue sumiu do meu rosto. Daniel era mais um dos sete alunos "assassinos" de latim. Ele também era próximo de Bunker, embora eu soubesse que o professor achava os ensaios dele "forçados" (embora a gramática fosse perfeita). — Quando ele veio aqui?

Bunker estudou o relógio mais uma vez.

— Esta noite.

Foi a conclusão a que ele chegou, nos afastando com um aceno de mão, ficando um pouco instável. Seu copo estava quase vazio.

Tag, controlando-se, chegou mais perto para ajudar o velho.

— Por que não entramos, sr. Hill? Ouvi dizer que está com uma sinusite.

Bunker beliscou o nariz e assentiu. No entanto, eu fiquei onde estava, olhando pela janela enquanto Tag o ajudava a se acomodar em uma poltrona de couro desgastado, antes de desaparecer para outra parte da casa. Ele voltou com um copo d'água.

— Veja bem, Taggart — disse Bunker em voz alta —, você e Lily precisam tomar cuidado. O aprendiz de Roger Harvey está ansioso por fazer sua primeira prisão. Vocês estão a dez dias da formatura e não quero ver nenhum dos dois estragar isso! Lily não é apenas a suboradora da turma, ela é a joia da nossa coroa. — Ele suspirou. — E você... nós dois sabemos por tudo o que você passou. Quero que termine bem, meu filho.

Tag deu a Bunker um sorriso fraco e um tapinha no ombro. Eu também o vi dizer algo, mas sua voz estava baixa demais para eu ouvir. Quando ele saiu da casa, todo o vestígio de sorriso tinha desaparecido, os lábios em uma linha fina.

— Você quer bater no Editor? — perguntou ele quando fizemos contato visual e começamos a andar com determinação em direção às árvores, onde Alex e Manik esperavam. — Ou bato eu?

Minha voz tremeu.

— Você acha que é verdade?

Tag assentiu.

— Ele deixou o boné. O maldito boné de Harvard estava na mesa de centro.

Cavalheiros não usam chapéus do lado de dentro, lembrei-me de Bunker dizendo aos meninos na aula de latim.

Eu cerrei os dentes e apertei o passo. Tag fez o mesmo. Aquela história de ficar de mãos dadas tinha acabado, o nosso espetáculo terminado.

— Certo, *o que* aconteceu? — quis saber Alex quando chegamos às árvores. — Onde vocês estavam?

Nós o ignoramos.

— Patel! — Tag quase latiu. — Patel, cadê você?

Manik apareceu de trás de uma árvore, tremendo como os poodles miniatura da madame Hoffman no inverno.

— Aí estão vocês. Estávamos ficando preocupados...

Eu não o deixei terminar. Em vez disso, dei um passo à frente e me surpreendi ao enfiar o dedo no peito dele.

— Onde Daniel estava, Manik? — perguntou Tag de trás de mim, com a voz no limite entre irritação e fúria. — Onde Daniel estava quando você saiu esta noite?

NOVE

Os olhos de Manik se arregalaram — ou, pelo menos, imaginei que se arregalaram. As árvores eram uma espiral de escuridão.

— O quê? — perguntou ele. — Do que você está falando?

— Daniel — repetiu Tag. — Daniel Rivera. Seu amigo, colega de turma *e* presidente do conselho estudantil? Talvez você já tenha ouvido falar dele?

— Falando sério — tentou Alex de novo. — *O que* aconteceu?

— Bunker aconteceu! — respondi, exaltada.

Não pude me controlar, de repente percebendo por que *mais* o Coringa havia escolhido Manik para aquela noite. Não era só porque ele era o dedicado editor do almanaque; ele também era colega de quarto de Daniel, o que o tornava perfeito para a missão de reconhecimento. Ele poderia garantir que tudo estivesse bem antes de o trote ter começado oficialmente.

Embora algo me dissesse que Tag não tinha deixado aquilo claro para ele.

— Nós escondemos a pista — explicou Tag, indo direto ao ponto. — Mas o sr. Hill nos pegou depois...

Ele se interrompeu, como se não tivesse certeza de que deveria contar os detalhes do encontro com Bunker. Esperei com a respiração trêmula, só relaxando quando ele pulou a parte sobre o nosso romance fictício. Eu não queria ouvir a palavra "fingir" sair dos lábios dele. Mesmo que fosse o que estávamos fazendo.

— Ele disse isso mesmo? — perguntou Alex depois que Tag terminou. — "O presidente Rivera passou aqui para conversar esta noite."

— Nessas palavras — confirmei.

Alex puxou o ar.

— Você contou a ele, Manik? — perguntou ele. — Deixou *alguma coisa* escapar?

— Não! — exclamou Manik. — Como eu poderia ter feito isso? Eu não sabia de nada! Depois que aceitei o convite para participar, tudo o que recebi foi o e-mail sobre usar preto e o encontro à meia-noite. *Só* isso.

— E isso não é nada suspeito — disse Alex com ironia, mas ninguém riu.

Eu queria acreditar em Manik, de verdade, mas...

— Daniel gosta de fazer caminhadas — contei, ajustando meu boné de beisebol. — Ele sai para caminhar quando quer esfriar a cabeça.

— Por que ele precisa esfriar a cabeça? — murmurou Alex para Tag. — Ele conseguiu quase tudo o que a escola tem a oferecer.

Exceto o posto de orador da turma, pensei.

Blair obtivera a honra em vez dele.

Eu não consegui ouvir a resposta de Tag, mas, mesmo no escuro, senti seu olhar em mim, e meu coração acelerou. Às vezes, depois de estudarmos, Daniel me pedia para acompanhá-lo em seus passeios. Ele falava a maior parte do tempo. Eu apenas assentia, mantendo as mãos nos bolsos para que ele não tentasse andar de mãos dadas comigo.

Escapar para um passeio ao luar não parecia ser muito o estilo de Daniel, mas era final de maio. O fim do último ano do ensino médio dava às pessoas incentivo para correrem riscos.

Eu mesma estava ali.

— Manik, você *viu* ele? — perguntou Tag em tom inquisitivo.

— Claro. Nós moramos juntos. Claro que o vi, eu o vejo o tempo todo.

— *Não* — falei, assumindo o papel de policial malvado. Precisávamos chegar ao fundo da questão. — Ele quer saber se você o viu *hoje à noite*?

Seus quartos têm uma porta que os liga, certo? Você o viu escovar os dentes? Deitar na cama e fechar os olhos? Você *viu* o Daniel antes de sair?

Manik suspirou.

— Não — admitiu ele. — A porta estava fechada porque eu disse que ia dormir cedo, mas o Daniel precisava ficar acordado para terminar o trabalho de inglês. — Ele tossiu. — A luz dele estava apagada quando saí, mas não conferi se ele estava no quarto ou não.

Ele ficou em silêncio, sentindo-se *culpado* por alguns segundos.

— Desculpa.

Alex gemeu enquanto meu estômago se revirava. Havia uma possibilidade de que Daniel estivesse perambulando pelo campus — e essa possibilidade, a de esbarrar com ele, não acrescentava nada ao entusiasmo da noite. Só tornava tudo mais perigoso.

— Talvez a gente devesse esconder o resto das pistas amanhã de manhã — sugeri em tom gentil. — Nosso acesso ao prédio vai ter sido restaurado, então não vamos precisar das chaves da minha mãe...

— Mas ele está dormindo! — insistiu Manik. — Ele precisa estar. Eu disse que a luz estava apagada quando saí e, pensando bem, me lembro de ouvir algum ronco...

Depois de um segundo de deliberação, Alex estalou os dedos.

— Está bem, vou bancar o advogado do diabo — disse ele. — Vamos supor que Manik está certo e que Daniel está na cama, roncando e abraçando seu urso de pelúcia. — Ele respirou fundo. — O sr. Hill estava bêbado, Lily? Da forma como você previu?

— Hã... — Pensei no cabelo desgrenhado de Bunker, nos olhos com círculos vermelhos e no copo de bourbon. — Bastante.

— Então, o que "hoje à noite" significa? — questionou Alex. — Ele deve ter perdido a noção do tempo. Daniel pode tê-lo visitado por volta das oito e meia ou nove horas da noite, e para ele pode ter parecido que vocês chegaram logo depois de ele ir embora. Minutos depois... quando, na verdade, horas se passaram. — Ele iluminou o celular para mostrar que era um pouco depois de uma e quinze da manhã. — O que acham?

— Suponho que seja plausível... — refleti.

O toque de recolher dos alunos do último ano era às dez e meia da noite, então Daniel poderia ter passado ali um pouco mais tarde. Bunker *tinha* consultado o relógio depois de pegar Tag e eu, sem dúvida sem saber bem que horas eram.

Tag não disse nada. Os silêncios dele eram tão altos que às vezes era impossível ignorá-lo. Você queria saber o que ele estava pensando.

Alex suspirou.

— Sério, Taggart?

— Tem que ser feito, Alexander. Não quero arriscar.

— Está bem — disse Alex, resmungando. — Mas devo lhe dizer, não tenho muita confiança na capacidade de aquela velha escada de incêndio aguentar muito peso...

No dormitório dos meninos do nono ano, a Casa Macalester, havia uma escada de incêndio enferrujada que levava diretamente ao conjunto de Daniel e Manik.

— Não acredito que você não mandou o setor de manutenção e paisagismo desmontá-la — dissera minha mãe a Josh durante um jantar, logo antes de o ano escolar começar, em agosto. — É praticamente um convite para seus monitores saírem escondidos ou outros entrarem.

— Estou ciente — respondera Josh depois de terminar de comer costelas. — Por isso escolhi dois caras que nem considerariam a ideia. São responsáveis demais. — Ele tomara um gole de cerveja. — E, pelo que sei, não têm uma vida social muito agitada.

— Isso não é verdade. — Eu tinha respondido. — Daniel Rivera foi eleito presidente do conselho escolar.

— Um voto que sem dúvida priorizou a competência em vez da simpatia... — Minha mãe fez que não com a cabeça, ainda desapontada por Alex.

Josh deu de ombros.

— Melhor ainda. Ele vai estar ocupado demais para arranjar "companhia".

— Josh! — Minha mãe e eu havíamos exclamado.

Imediatamente lembrei-me daquilo. Afinal, um ou dois monitores tinham escapado do dormitório debaixo do nariz de Josh. A escada de incêndio ficava bem acima do apartamento térreo em que ele morava!

— Certo, vamos lá — disse Alex de forma seca. — De preferência com os dedos cruzados.

— Não — disse Tag antes que alguém se movesse. — Não vamos todos juntos.

Alex suspirou.

— Taggart, você acabou de dizer que queria...

— Sim, ele quer ter certeza — falei, em sintonia com o pensamento de Tag. — Mas não somos *todos* necessários para confirmar que a melatonina de Daniel está funcionando direitinho.

— Exatamente. — Tag se aproximou de mim. — A Casa Mack fica na direção oposta, então irmos todos vai ser uma perda de tempo. Vamos desviar muito do plano. — Ele fez uma pausa e depois disse a dura verdade: — Manik, acho que você deveria ir ver Daniel e ficar de olho nele.

Manik soltou um gritinho.

— Sério? Eu?

— Sim, faz mais sentido.

— Como assim?

— Bem, em primeiro lugar, você mora lá.

— Mas e se ele me pegar voltando?

— Pense em uma boa desculpa — retrucou Tag.

Impulsivamente, nos cumprimentamos batendo os dedos. Era nosso código antigo. Duas batidas significavam *Você é engraçado*.

Tag deu um peteleco no meu braço. *Obrigado*.

Manik ficou em silêncio, mas estava pensativo. *Vamos lá*, pensei, prendendo a respiração. *Vamos lá, Manik. Você estaria fazendo isso pelo bem do grupo...*

— Espera — disse Alex. — Não o mande para lá ainda, talvez a gente esteja se precipitando. — Ele riu. — Tudo o que precisamos fazer é verificar a localização de Daniel no Snap Map.

— Daniel não usa Snapchat — respondi, torcendo para que todos do grupo tivessem ativado o modo invisível em seus perfis. Não poderíamos permitir que um de nossos colegas consultasse o mapa no meio da noite e não nos visse em nossos dormitórios.

— Você não me conhece? — replicou Alex quando Tag perguntou se todos estavam invisíveis. — Eu estou sempre no modo invisível.

— Vou olhar o "Find My Friends" — avisei, pegando o celular do bolso. — Ele está no Find My Friends.

Mas o perfil de Daniel não nos deu praticamente nenhuma informação, exceto o fato de que ele estivera no refeitório às seis e trinta e quatro para o jantar.

— Não adianta — respondeu Tag, olhando por cima do meu ombro. — Ele configurou para que a localização só seja atualizada durante o uso do aplicativo.

Desviei os olhos da minha tela brilhante.

— Por favor, Manik?

— Tá bom, tá bom — cedeu ele. — Eu vou até lá. Mas é só isso? Depois de espioná-lo por um tempo, devo ficar lá o resto da noite?

Tag evitou responder à pergunta. Ele aproximou o punho cerrado de Manik e eles se despediram com um soquinho.

— Não se esqueça de mandar uma mensagem no chat assim que souber — disse ele.

Tag havia criado um grupo pouco antes de deixarmos o Pátio Real, e eu não tinha pensado muito sobre aquilo. Mas... com Zoe e Maya ficando para trás no Hubbard e Manik partindo em uma missão própria, parecia que Tag tinha considerado a possibilidade de nos separarmos durante a noite.

Alex soltou um assobio longo assim que Manik desapareceu.

— Que droga — disse ele, mas depois ficou otimista. — Mas, ei, agora é oficialmente o time favorito!

Meus ombros desabaram. *Zoe*, pensei com pesar. Onde ela estava? A esta altura, ela já devia ter levado Maya de volta ao dormitório, certo? Porque eu precisava dela. Tag, Alex e eu já tínhamos sido o time favorito, mas não éramos mais. De repente, não havia como eu passar o resto da noite com Tag sem um intermediário. Ele e eu tínhamos voltado a ler a mente um do outro, como previsto, mas *naquele momento*? Depois do que tinha acontecido com Bunker? Depois de fingir que estávamos juntos? Depois de segurar a mão dele, mesmo que por um instante?

Doeu, como eu sempre soube que doeria.

PISTA DOIS

VAMOS FALAR DE SEXO, MEU BEM.
VOCÊ SABE QUEM FAZ E ONDE TAMBÉM.
SE VOCÊ NÃO SE APRESSAR,
TAG E BLAIR JÁ VÃO ESTAR LÁ...

DEZ

Tag e Alex desceram os degraus, dois de cada vez, pela escadaria de pedra da colina, mas fiquei para trás para responder a Zoe. Ela havia me mandado uma mensagem enquanto Tag e eu estávamos interpretando Romeu e Julieta: Vocês esconderam a segunda pista?

Sim, mas não sem algumas complicações, **digitei de volta**. Pelo visto, Daniel sentiu vontade de fazer uma caminhada noturna...

Espera, ele está andando por aí agora?, **perguntou Zoe**. (Maya está dizendo O QUÊ?!?!)

Eu atualizei Zoe dos últimos acontecimentos enquanto descia os degraus às cegas, e ela fez o mesmo.

— Zoe e Maya voltaram bem — contei para Tag e Alex quando me juntei a eles. — Mas a Maya ainda está mal.

— Meu Deus, o que ela comeu? — perguntou Alex.

— Zoe disse que vai tentar encontrar a gente daqui a pouco. Ela quer que Maya durma primeiro.

Maya tinha um quarto individual, mas a desinteressada diretora de alojamento dela não fazia ideia de que Zoe estava lá o tempo todo.

— Ela é uma namorada muito boa — disse Tag, assentindo.

Nós nos olhamos por um instante. *E você era o melhor namorado de todos*, eu queria dizer, sentindo meu coração apertar. *Nos melhores e piores momentos.*

Um dos piores momentos havia sido o outono do meu segundo ano. Minha mãe e Josh tinham ido viajar em um feriadão. Tínhamos concordado que eu era crescida o suficiente para ficar em casa, porque *não* estaria sozinha (os vizinhos dariam desculpas para me ver).

— Acho que estou doente — sussurrara para Tag durante nossa chamada de vídeo de todas as noites. — Minha garganta...

Na manhã seguinte, eu acordara com o que eu sabia ser uma faringite. Ao me olhar no espelho e abrir a boca, eu tinha conseguido ver as grandes bolhas vermelhas.

Vá para a enfermaria!, tinham dito minhas amigas, mas eu não fui. Por que trocaria minha casa por paredes vazias e lençóis ásperos? Em vez disso, eu tinha levado todos os meus cobertores para a sala de estar e feito um ninho no sofá.

Depois de fingir que estava tudo bem para a diretora Bickford, para os DeLuca e até para o casal de professores de biologia, a campainha tocara mais uma vez.

— Trouxe picolés de chocolate! — dissera Tag, como se soubesse que eu planejava ignorar qualquer outro visitante. — Sorvete é um remédio de verdade... segundo a internet!

Depois, ele entrara, tirando o casaco e se juntando a mim no sofá.

— Urso. — Eu havia engolido em seco, os olhos se enchendo de lágrimas. Doía falar. — Estou muito na merda.

— Mas, minha nossa, você está com uma cara ótima!

Tag sorrira, travesso, puxando-me para seus braços e me trazendo para bem perto antes de eu encostar a cabeça em seu colo e começar a soluçar. Ele beijara o topo da minha cabeça e depois deslizara a mão por baixo do antigo cardigã trançado de meu avô, fazendo círculos lentos nas minhas costas. — Feche os olhos, Amarelinha — dissera ele como se estivesse me hipnotizando. — Feche os olhos e...

Um apito o interrompera. Seu medidor de glicose.

— No melhor momento — murmurara Tag, e senti quando ele se mexeu para pegar a bomba de insulina do bolso e verificar o nível de açúcar no sangue. — Baixo demais — dissera ele depois de silenciar o dispositivo. — Eu preciso de alguma coisa para comer.

— Tem Gatorade no fundo da geladeira.

Nem eu nem minha mãe bebíamos, mas sempre tínhamos para ele.

— Sabor Cool Blue?

— Claro — Eu tinha respondido enquanto ele se levantava devagar. — Porque você é o mais *cool*.

Tag rira, segurando minha mão.

— Você vai voltar? — murmurara eu, sonolenta.

— Quando foi que eu não voltei? — murmurara ele de volta, levantando nossos dedos entrelaçados para beijar o interior do meu pulso. Aquilo me fez sentir um calafrio bom. — E por que eu pararia?

Porque eu pedi para você parar, pensei. Apenas alguns meses depois, eu lhe disse para parar de voltar. Eu podia senti-lo se afastando e queria me proteger.

— Então... — arriscou Alex assim que nós três começamos a andar. — O que vamos fazer agora?

— Ir para o santuário de esculturas — disse Tag.

— Parar de fingimento — falei ao mesmo tempo, em tom inexpressivo.

Alex manteve a voz leve, inocente:

— O que disse, Lily?

Suspirei.

— Alex, fala sério. Você já sabe de tudo o que está planejado para hoje.

O indício decisivo tinha sido quando vimos que Bunker estava em casa. Ele tinha ficado surpreso, até chocado. Como Tag, ele achou que o velho não estaria em casa naquela noite.

— Ouça, eu *posso* ter sido consultado — cedeu Alex, o que fez Tag rir. — Todo mundo sabe que consultar outras pessoas é útil. — Ele bateu nas costas de Tag. — Mas, na verdade, isso é tudo do Coringa. — Ele fingiu chorar. — E eu não poderia estar mais orgulhoso.

Fiz que não com a cabeça.

— Vocês nunca param de me surpreender — falei, e depois senti a necessidade aleatória de perguntar: — Vocês têm mesmo um gato? Ou foi só um rumor?

— Não, é verdade — respondeu Tag. — Encontramos a Stevie escondida atrás da lixeira da Provisions e a convencemos a vir para casa conosco.

— Stevie por causa *da* Stevie? — adivinhei, abandonando a ideia de que seria uma referência a Stevie Nicks. Havia apenas uma Stevie na vida de Tag e Alex: Stevie Budd de *Schitt's Creek*.

Ele assentiu.

— Combina com ela. Ninguém imaginaria que uma gata poderia ser tão sarcástica, mas...

Ele apontou para a esquerda, o que significava que estávamos pegando o caminho mais longo e bonito para o santuário de esculturas. Levaríamos mais tempo, mas valeria a pena.

A Ames tinha o "lado da praia" e o "lado da floresta". O santuário de esculturas ficava do lado da floresta, só que o caminho mais direto passava pelo vilarejo acadêmico e atravessava o Círculo. Tag era esperto; era melhor irmos pelos arredores. As estradas pavimentadas da Ames só se estendiam até certo ponto, então os edifícios periféricos e os campos não eram monitorados com tanta regularidade pelos guardas da Campo.

Mas é bem capaz de Gabe, o novato, ficar animado demais e querer patrulhar os campos, pensei. *Só falta ele pegar os poodles da madame Hoffman emprestados e formar a primeira unidade canina da Ames.*

Eles sabiam que o trote do Coringa iria acontecer mais cedo ou mais tarde. Não seria a maneira perfeita de Gabe ser recebido na equipe? Ou de o sr. Harvey se despedir?

Mal me permiti respirar quando nós três entramos em um jogo de Siga o Líder. Tag estava no comando, eu estava no meio e Alex, na retaguarda. Eu estava em alerta máximo para qualquer barulho suspeito, ainda me sentindo atordoada pelo nosso breve encontro com Bunker e com a descoberta de que Daniel talvez estivesse por aí. Se encontrássemos mais obstáculos, eu temia que não conseguíssemos escapar. Portanto, quase gritei quando senti a mão de Alex no meu ombro.

— *Shh*, sou só eu — sussurrou ele.

Em vez de gritar, suspirei.

— Obrigado por perguntar sobre a Stevie — disse Alex em voz baixa.

Ele não quer que Tag ouça, percebi, e, com um rápido olhar, confirmei que o Coringa ainda estava à nossa frente.

— Sem problemas — sussurrei de volta. — Eu estava com essa dúvida há um tempo, então... é.

— Ele ficou mais relaxado... Você notou, não é? Que ele estava tenso na colina, depois de dar as novas ordens a Manik?

— Notei — resmunguei. — Considerando que eu também estava tensa, diria que notei.

E também notei que Tag tinha relaxado. Ambos estávamos abalados e, se a simples presença de Alex não fosse suficiente, a melhor maneira de acalmar Tag era fazê-lo falar sobre algo que amava. Tudo o que eu precisava fazer era perguntar e então ouvir... o que, bem, me acalmava. Eu tinha ficado tão nervosa com a apresentação de *A noviça rebelde* no meu primeiro ano e, quando entrei no auditório na noite de estreia, estava tranquila. Estava apenas empolgada, porque Tag tinha ido até lá em casa depois das aulas e analisado *Duna* — o livro favorito dele — por uma hora inteira. Eu jamais me esqueceria dele dizendo: "*Duna* é para a ficção científica o que *O Senhor dos Anéis* é para a fantasia."

Sua voz vaporizava meus nervos.

— Ele está apaixonado pela gatinha — comentei. — É tão fofo como ele quer...

Alex riu.

— Ele quer uma namorada.

Meu estômago se revirou.

— O quê?

— Uma namorada — repetiu Alex. — O que ele quer é uma namorada.

— Alex, se ele quisesse uma namorada, não teria terminado com a Blair pela... — Fiz um cálculo rápido. — ... bilionésima vez.

— Ela não conta — respondeu ele. — Blair não é uma namorada, Lily. Blair é um Band-Aid. — Ele fez uma pausa. — Bem, está mais para uma *caixa* de Band-Aids.

Parei de andar.

— Uma caixa de Band-Aids? O que você quer dizer com isso?

— Ei, a Lily precisa de um Band-Aid? — sussurrou Tag para nós. — Tenho alguns na mochila.

— Não, ela está bem... — respondeu Alex enquanto eu tentava decifrar aquela metáfora estranha.

Blair era uma caixa de Band-Aids? Porque, mesmo depois de todas as discussões entre os dois, Tag ainda recorria a ela para curar suas feridas? De novo e de novo?

Revirei os olhos e continuei a andar.

~

Devagar e sempre, passamos por vários pontos de controle. O prédio de arte escuro, o salão de música, os campos de beisebol desertos e outros campos de treinamento. Durante um jogo de Verdade ou Desafio recente, Zoe admitira que ela e Maya tinham chegado aos finalmentes em um dos gols de lacrosse.

— Ainda bem que a temporada acabou — brincara Pravika. — Porque, agora que sei que vocês fizeram gol lá, eu perdi a vontade!

Eu queria poder provocá-la sobre aquilo, porque precisava de uma distração. Tag e Alex estavam sussurrando sobre como ainda não tinham tido notícias de Manik, então eu estava pensando em Blair. Nos nossos primeiros anos na Ames, eu só a conhecia como a garota popular bonita que tirava boas notas, escrevia para o jornal da escola e era adorada pelos garotos. Só começamos a conversar no terceiro ano, depois de uma das competições de natação do Tag.

— Lily, oi! O Tag foi incrível hoje no revezamento!

Ela havia sido muito simpática, e depois eu soube que tudo fora calculado. A maioria das garotas tinha sido tão óbvia em relação a Tag. Elas sorriam e diziam oi nos corredores, interrompendo nossas conversas. Algumas eram ousadas o suficiente para tocarem no braço dele enquanto riam de suas piadas. *Parem com isso*, eu sempre pensava. *Parem com isso, parem com isso, parem com isso!*

Blair não se jogara em cima dele de maneira óbvia. Ela começara a conversar comigo sozinha, depois comigo e Tag juntos. Foi só quando ela escreveu um perfil sobre ele para a seção de esportes do jornal que eu me perguntei se algo estava acontecendo. Blair escrevia as matérias especiais, não as da seção de esportes.

— Também somos dupla em um trabalho de estatística — mencionara Tag depois da entrevista com ela. — Odiamos a matéria, então decidimos sofrer juntos.

Meu coração se apertara. *Ela gosta dele*, percebi. A atenção incessante das outras garotas já estava deixando meus nervos à flor da pele, mas *aquilo*? Blair fazendo todas as jogadas certas para Tag se apaixonar por ela?

Termine com Lily, eu podia ouvi-la dizendo. *Parta o coração de Lily e fique comigo.*

— Mãe, eu tenho que terminar com o Tag. — Eu sussurrara para ela tarde da noite. — Nada aconteceu, mas eu me sinto tão mal. Tem um nó dentro de mim...

Ela concordara como se soubesse que aquilo estava por vir.

— Então deixe-o ir, Lily. — Ela me dera um sorriso triste e um abraço apertado. — Deixe-o ir por enquanto.

Finalmente, chegamos à entrada da floresta. Estava longe de ser acolhedora. Era escura, o farfalhar das árvores bem alto ao vento. Tag e Alex ligaram seus iPhones, mas minha mão estava tremendo tanto que eu não conseguia tocar no ícone da lanterna. Em vez disso, guardei meu celular de volta no bolso e fechei o punho ao redor dele. As sobrancelhas de Tag se franziram.

— Você ficou sem bateria?

— Não, está sã e salva. — Dei de ombros. — Eu só não consigo fazer isso.

— Por causa dos gambás? — perguntou Alex. — Porque, não vou mentir, estou surtando um pouquinho também. A gente devia ter trazido suco de tomate...

— Lily, como assim? — perguntou Tag por cima do amigo. — Você não consegue fazer o quê?

Meu estômago começou a se revirar, e eu não conseguia ignorar.

— O que quis dizer é que não consigo ir para onde você e a Blair transavam igual loucos. Sei que sou sua ex-namorada, e ela também é, mas não está tudo bem, Tag. Não me importa o quão boba você diga que essa pista é. — Engoli em seco. — Não estou bem com isso.

Tag olhou para o chão. Alex deu algumas batidinhas sem jeito em seu ombro antes de desaparecer na floresta, mas Tag ficou em silêncio.

— Igual loucos, hein? — disse ele depois de um tempo. — Pensei que fosse "ioga ao nascer do sol".

Eu cruzei os braços.

— Você sabe que é um eufemismo.

— Bem, é um eufemismo equivocado — disse ele, suspirando fundo. — A gente realmente fazia ioga, Lily. Blair não é uma pessoa relaxada, então é assim que ela começa o dia, e, como também não sou, eu me juntei a ela.

— Ah...

Tag forçou um sorriso.

— Para ser sincero, não funciona tanto.
— Por que você não é relaxado? — sussurrei. — O que houve?
Ele bocejou.
— Não importa.
Importa, sim, pensei, mas em vez disso perguntei o que eles faziam lá à noite.
— Depois que vocês discutem na frente de todo mundo?
Meu Deus, eu estava com ciúmes. Morrendo de ciúmes. Ele não me devia nenhuma explicação, mas eu as queria mesmo assim.
— Depende — respondeu Tag. — Em geral, a gente pedia desculpas um para o outro ou terminava. — Ele passou a mão pelo cabelo. — Lily, tem um lugar onde Blair e eu costumávamos... — Ele parou, me deixando adivinhar o fim da frase. — Mas não é o santuário de esculturas, eu juro.
Eu esperei um segundo, depois assenti.
— Tudo bem — sussurrei. Em uma voz ainda mais baixa, disse: — Obrigada por me contar.
— De nada. E sinto muito. Eu não sabia que os corredores da Ames tinham outra definição para "ioga ao nascer do sol".
— Tão desligado. — Eu ri um pouco. — Você é totalmente desligado.
— Prefiro a palavra *preocupado* — retrucou ele. — Eu estava preocupado com outras coisas, então às vezes a *People Magazine* passa batida.
— Ai, meu Deus, eu te odeio.
Tag sabia como minha mãe e eu amávamos a *People*. Sua piada favorita era que nossa assinatura semanal estava impedindo a revista de ir à falência.
— Não acredito em você — respondeu ele.
— Por que não? — perguntei, meu coração martelando.
Antes que ele pudesse responder, porém, nossos celulares vibraram ao mesmo tempo. Finalmente, uma mensagem de Manik. Cheguei na Mack, **dizia**. Daniel está aqui.

Soltei o ar, relaxando. *Ufa.* Daniel estava dormindo, não vagando pela Ames.

Ciente, respondeu Tag. Nos atualize se algo mudar.

Minhas sobrancelhas se uniram.

— O que poderia mudar?

— Hmm... — Ele pensou enquanto Manik enviava um emoji de joinha. — Ele poderia acordar?

— Manik não vai voltar — supus, ligando minha lanterna. — Você vai mantê-lo monitorando Daniel pelo resto da noite, então?

— De preferência, sem nem piscar — disse ele, sério, enquanto entrávamos na floresta para encontrar Alex.

Galhos e outros detritos do chão da floresta estalavam sob nossos pés, e pequenos animais se dispersavam e se arrastavam alegremente antes que eu pudesse iluminá-los com a minha lanterna. Tag pigarreou.

— Nós perdemos um tempão lá na colina tentando descobrir onde ele estava, Lily. Esse tipo de confusão não pode acontecer de novo. Não se eu ou, neste caso, o Manik, puder evitar.

— Mas ele sabe onde estão os almanaques — avisei. — Se ele ficar de fora...

— Ele não vai contar — garantiu Tag. — Uma vez que se junta ao Coringa, você é leal a ele.

Verdade, pensei enquanto caminhávamos em silêncio, me sentindo mais segura por saber que Daniel estava roncando em seu travesseiro.

— Tudo bem, aqui vamos nós. — Tag diminuiu a velocidade e parou vários minutos depois, iluminando o caminho à frente para revelar uma passarela de tábuas. Era a entrada para o santuário de esculturas, que tinha sido um projeto colaborativo entre uma das antigas turmas de arte da Ames e professores voluntários. E a diretora Bickford, claro. Para que arquiteto paisagista, se tinha um gosto impecável e visão?

— Mas acabou sendo uma dor de cabeça — reclamara ela uma vez.

Minha mãe e eu rimos porque o objetivo do santuário era promover a *tranquilidade*.

A passarela levava a uma área hexagonal coberta e cercada pelas obras dos alunos. Algumas esculturas eram abstratas e impressionantes, outras abstratas e horrorosas (mas, como eram abstratas, você não conseguia identificar direito o motivo de serem tão terríveis). Também havia talento e tradição de verdade presentes ali. Algumas peças inspiradas na Itália e na Índia eram tão realistas que a beleza era assombrosa.

Todas as esculturas estavam dispostas com bom gosto, com bancos de observação ao redor e uma fonte no centro, cheia de moedas. Não deveríamos jogar moedas lá dentro, mas os alunos jogavam assim mesmo. Lembrei-me de Tag jogando uma moeda brilhante durante os últimos dias do primeiro ano. Quase todos no campus estavam reunidos no Círculo para assistir ao desfile do baile de formatura do terceiro ano, mas nós tínhamos escapado para a floresta.

— O que você desejou? — Eu perguntara, revirando os olhos quando ele se recusara a me contar.

— Se eu contar, não vai se realizar!

— Vai, sim. — Eu deslizara os braços em volta de sua cintura. — Não seja tão supersticioso, Urso.

Tag rira, passando os dedos pela minha trança antes de me beijar. Namorávamos havia um ano e estávamos loucos um pelo outro.

— Desejei levar você para o baile — contara ele depois. — Sabe, quando for a nossa vez, no último ano.

Eu o cutucara, brincando.

— Que desejo desperdiçado! Claro que vamos ao baile juntos. Quer dizer, com quem mais eu iria?

Tag dera de ombros.

— Alguém.

— Ninguém. A resposta é *ninguém*.

Os cantos da boca de Tag tinham se mexido de leve.

— *Você* é meu par para o baile. — Eu garantira aquilo com um sorriso no rosto, fitando seus olhos verdes cintilantes. — Porque, Tag, você sabe que você é...

— Ei — disse alguém, e eu voltei ao presente e vi Alex apoiado em uma árvore próxima. — Temos um imprevisto.

— Um imprevisto? Como assim? Está tudo sob controle. Manik mandou uma mensagem falando que Daniel está dormindo.

— Sim, eu vi, mas agora temos outro imprevisto — esclareceu Alex. — Um *problema*. — Ele baixou a voz. — Escute.

Passaram-se apenas dez segundos antes que Tag respirasse fundo e minha coluna se endireitasse quando nós dois ouvimos risadas.

— Está vindo do outro lado da passarela — sussurrei. — Tem alguém aqui.

— Ou melhor, muitos alguéns — sussurrou Tag em resposta.

Nós três ouvimos pelo menos cinco ou seis vozes indo e vindo. Estávamos longe, então não dava para entender o que diziam, mas deu para perceber que eram garotos... e novos. Para cada voz grave, havia uma aguda.

— Podemos avisar Manik — resmungou Alex. — Daniel pode estar dormindo, mas houve uma fuga da Mack hoje à noite.

Impossível, disse Manik depois que mandei uma mensagem dizendo que um monte de meninos do nono ano tinha fugido da Macalester. Daniel tem os nossos alunos sob controle. Devem ser do segundo ano. Você sabe que os monitores deles não fazem nada.

Suspirei. Ser um monitor da Ames era um Trabalho com T maiúsculo. Você era mentor, irmão mais velho e policial, tudo ao mesmo tempo. Lidava com os temores, as dores e os clamores. Era uma responsabilidade enorme, então eu não entendia por que Daniel tinha se candidatado à posição no mês de maio anterior.

— Você já está concorrendo à presidência do conselho estudantil. — Eu tinha comentado enquanto ele revisava sua inscrição e eu coloria cartões de memória de latim. — Para que isso também?

— E se eu não ganhar a eleição? — questionara ele. — Você sabe que preciso de um bom currículo para Harvard. Se eu não for presidente do conselho estudantil, monitor é o que chega mais perto.

Eu não dissera nada. Talvez porque sempre tivesse imaginado que Tag e Alex seriam os monitores dos alunos mais novos. Eles falavam sobre aquilo havia anos. Mas Alex estava concorrendo contra Daniel para presidente do conselho estudantil, e todos sabiam que ele e Tag eram inseparáveis. Se Alex não se candidatasse para ser monitor, Tag também não se candidataria.

— E se você conseguir as duas coisas? O que acontece nesse caso?

Daniel dera de ombros.

— Aí eu faço as duas coisas.

Eu havia tentado esconder a minha irritação. Não apenas porque ele não precisava de ambas as posições, mas também porque nem parecia que ele queria a segunda! Alguém que quisesse sinceramente ser um monitor merecia o cargo. Era mais do que apenas querer ter um bom currículo para a faculdade.

Por favor, apenas se inscreva, Tag, eu havia pensado, porque ele seria um ótimo monitor. Só que não estávamos mais juntos e, como não podíamos ser amigos, eu não dissera nada.

ONZE

— Certo, hora de nos reunirmos — disse Alex depois que Tag e eu tínhamos recuado com cuidado da entrada do santuário e nos agrupado debaixo da árvore de Alex, escondendo o feixe de sua lanterna. — Parece que eles estão por toda a área coberta, da qual precisávamos para a Ampulheta. — Ele lançou um olhar a Tag. — A menos que você queira mudar o lugar.

Tag fez que não com a cabeça. A "Ampulheta" era o melhor lugar para esconder a próxima pista, porque era uma criação original de Maya Rivera. Com três metros de altura, a escultura era uma mistura de vidro verde-água e metais fundidos. Havia até areia dentro — em cima, embaixo e, de alguma forma, suspensa no meio. A gêmea de Daniel tinha se superado.

Tag, mais uma vez, entendeu o que precisava ser feito. Se não escolhêssemos a obra de Maya, Daniel verificaria cada escultura ali. O que poderia levar horas.

Só havia um problema.

— Ele vai suspeitar da Maya — apontei. — Daniel vai pensar que Maya é o Coringa.

— Bem, no fim ele vai acabar suspeitando de *alguém* — disse Alex.

— E *não* será dela — completou Tag, mostrando-nos a tela do celular.

Zoe havia mandado uma mensagem: Maya está indo para a enfermaria. Se escondam. A diretora do dormitório vai levá-la agora.

— Excelente — sussurrou Alex, animado. — Péssimo, mas excelente.

Podemos espalhar a notícia?, escreveu Tag de volta.

— Hã, quem é você? — brinquei. — *People Magazine?*

— É o álibi dela — respondeu ele depois que Zoe curtiu a mensagem. — Isso a elimina como suspeita.

Ele bloqueou o celular e acenou com a cabeça na direção do santuário.

— Certo, agora vamos resolver isso.

Precisávamos da área coberta. Infelizmente, nenhum de nós era alto o suficiente para alcançar o topo da escultura de Maya sem ficar de pé em um dos bancos.

— E se a gente se separar? — sugeriu Alex. — Vocês dois podem esconder a pista do outro lado da escultura enquanto eu crio uma distração. Eu sou do terceiro ano, eles são do nono. Ou, se o Manik estiver certo, do segundo. De qualquer forma, sou mais velho que eles.

— Mas você não é uma *figura de autoridade* — observei. — Não é como se você pudesse mandá-los correndo de volta para seus quartos com o rabo entre as pernas. Eles podem ir embora, mas também podem ficar.

Alex não se abalou.

— Então eu fico batendo papo com eles.

Eu suspirei.

— Alex, mesmo que dê tudo certo, eles vão se lembrar de você quando a escola descobrir que os almanaques estão desaparecidos. O que você estaria fazendo aqui sozinho? A menos que você tenha drogas na mochila...

Alex inclinou a cabeça.

— Lily.

— Não! — exclamei em um sussurro. — Você tem drogas na mochila?!

Alex havia levado uma advertência por beber, mas eu também havia sentido um cheiro de algo a mais em um show do Dave Matthews uma ou duas vezes. Ele fumava um baseado eventualmente.

Olhei para Tag. Ele não fumava e quase nunca bebia, mas me lembrei de uma banheira e uma garrafa de champanhe. Depois de cruzarmos a linha de chegada da Maratona de Chicago, tínhamos comemorado com a garrafa de champanhe sem álcool que minha mãe tinha escondido na minha mala. Ela sabia como eu tinha treinado para aquela corrida. "42 km!", dizia a etiqueta que Tag lera. Na casa vazia dele, eu estava deitada em um banho de espuma luxuoso enquanto ele, recém-banhado, sentava na beira da banheira. A garrafa passava entre nossas mãos até nossos estômagos ficarem borbulhando e não conseguirmos parar de rir. Ele ficara tão naturalmente embriagado que acabara se debruçando demais por cima da banheira. A qualquer segundo ele escorregaria.

— Que péssimo lugar para se sentar — dissera eu, rindo.

— Que belo lugar para cair! — respondera ele.

Então ele escorregara para a água, de camiseta e cueca. Meu coração — bem, meu coração se enchera de tanta alegria que pensei que explodiria no peito. Eu ainda podia nos ver jogando água um no outro entre beijos ensaboados.

— A culpa é minha, Lily — disse Tag. — Eu pedi para o Alex trazer alguma coisa para o caso de encontrarmos estudantes. Precisamos do máximo de desculpas possível. Se eles virem Alex fumando um, não vão pensar que ele é o Coringa. — Ele deu um empurrão no amigo. — Só vão pensar que ele é um *idiota*.

Pensei por um momento. *Aquilo* de fato *eliminaria outro possível Coringa*, percebi. *Tag se incluíra em uma pista, Maya estava segura na enfermaria e Alex estaria saindo para fumar...*

Precisávamos de uma distração. Os alunos do nono ano estavam conversando, mas, a menos que alguém mantivesse a conversa fluindo de propósito, eles prestariam atenção se ouvissem galhos se quebrando ou o mais leve dos sussurros.

— Certo — murmurei. — Tudo bem, mas promete que não vai dividir com ninguém?

Ver Alex fumando já daria a eles a ideia errada.

Alex estendeu o mindinho.

— Prometo.

Logo nosso plano improvisado ganhou forma. Alex esbarraria nos calouros enquanto Tag e eu cuidávamos da pista. Não tínhamos tempo nem privacidade para ler o que ela dizia, então, depois que Tag me mostrou, ele a enfiou dentro do envelope antes de lamber a cola.

— Para que isso? — perguntei quando ele enfiou o envelope em um saco plástico para sanduíches.

— Proteção dos elementos ao ar livre — respondeu ele enquanto eu me lembrava vagamente de ele ter tomado o mesmo cuidado lá no telescópio. Eu estivera tão focada na pista sobre Blair que não prestara atenção.

— Certo — disse Alex. — Esperem até ouvir minha voz.

Eu fiquei me balançando, alternando o peso de um pé para o outro. Minha mãe sempre dizia que Alex era capaz de puxar conversa até com uma cadeira, mas aquilo não me fazia sentir melhor naquela noite.

Tag assentiu, e minha pulsação acelerou assim que Alex saiu. O primeiro degrau da passarela rangeu. Quando Alex e sua lanterna dobraram a curva, as vozes mais novas se calaram.

— Eita! — exclamou Alex segundos depois. Ele estava quase gritando para ter certeza de que nós o ouviríamos. — Vocês me assustaram...

— Um, dois, três e já — disse Tag.

Depois de respirar fundo, nós dois nos dirigimos para a passarela. Mas, em vez de subirmos os degraus baixos, nós a contornamos e nos ajoelhamos. Mesmo tendo a floresta profunda e escura nos encobrindo, não tínhamos escolha a não ser rastejar ao redor da área coberta. Alex também tomou o cuidado de direcionar sua lanterna para a Ampulheta, já que não podíamos correr o risco de iluminar nosso caminho.

Havia galhos afiados e folhas de pinheiro pontudas sob minhas palmas, e logo encontrei algo molhado.

— Cuidado — alertou Tag tarde demais, minhas mãos já encharcadas. — Tem uma poça de lama.

Minha vingança chegou quando nos levantamos e eu limpei as mãos em seu moletom.

Ao mesmo tempo, Alex tomava conta da festa na área coberta. Eu conseguia sentir o cheiro da maconha.

— É para fins medicinais — informou ele aos garotos enquanto Tag e eu contornávamos uma escultura de Poseidon juntos. — Minha insônia é bem forte, então vim até aqui na esperança de relaxar.

— Posso dar um trago? — perguntou um garoto mais ousado.

— Não — respondeu Alex, e depois disse para outra pessoa: — Chega pra lá, cara. É importante tratar os mais velhos com respeito. Oferecer um lugar para sentar seria um bom começo.

Só Alex mesmo, pensei enquanto Tag e eu desviávamos de algumas raízes de árvores emaranhadas.

Quem quer que Alex estivesse empurrando para o lado no banco não reclamou, porque, depois de um momento, a escultura de Maya foi iluminada em toda a sua glória. Nossa bela luz guia.

Mas o feixe de Alex não passou despercebido.

— Por que a lanterna? — perguntou alguém, e fiquei arrepiada.

Eu podia sentir os seis olhares se virando em nossa direção.

— Tem alguém aí?

— Para o chão — disse a Tag.

— Prancha — falou ele ao mesmo tempo.

Ambos caímos no chão. Entrou terra no meu nariz, e eu estava com medo de que pudessem ouvir meu coração batendo acelerado.

— Não, acho que não — disse Alex com naturalidade. — Pelo menos, não por enquanto. — Ele desligou a lanterna, sem ter muita escolha. — Mas Tag Swell e Blair Greenberg podem chegar em algumas horas. Depende se eles voltaram ou não. — Ele fez uma pausa. — Vocês estão querendo participar da aula de ioga deles?

Eu senti Tag ficar tenso ao meu lado.

Os garotos riram, um coro animado o suficiente para que Tag e eu pudéssemos nos levantar e quebrar alguns galhos. Começamos a correr. Eu ainda conseguia imaginar mais ou menos onde estava a Ampulheta, mas, se eu piscasse algumas vezes, ela desapareceria.

Continue falando, pensei. *Alex, continue falando.*

Mas eu sabia que ele precisava tomar cuidado. Se falasse demais, fizesse muitas perguntas, os garotos ficariam desconfiados. Era um risco que estávamos dispostos a correr.

— Não, não, não estamos aqui para a aula de ioga — disse um garoto. Sua voz ainda não havia amadurecido. — Viemos fazer um trote.

— Um trote? — Alex soou tão surpreso quanto eu estava. — Ora, ora, estou intrigado. Chocado, mas intrigado.

— Sim, falta mais ou menos uma semana para o fim do ano letivo e esse tal de Coringa não fez nada — explicou outro garoto. — A gente achou que estava na hora de tomar as rédeas da situação.

Imaginei Alex exalando alguma fumaça.

— O que vocês têm em mente?

Os seis garotos começaram a falar ao mesmo tempo, então Tag e eu corremos o último trecho até a escultura de Maya. Eu não conseguia entender o que estavam dizendo, mas, quando chegamos, um garoto tinha sido escolhido para falar. Sua voz soava tão próxima que eu poderia contornar a escultura e tocar no ombro dele. Ele estava falando sobre a disposição icônica das cadeiras do Círculo.

— E vão fazer *o que* com elas? — perguntou Alex.

Tag me entregou a fita adesiva e a terceira pista antes de se agachar e sussurrar para eu subir em seus ombros, como em uma briga de galo na piscina. *Você está brincando*, eu quase respondi, mas então lembrei que a tarefa exigia uma dupla dinâmica. A Ampulheta tinha três metros de altura. Daniel subiria em um banco, mas Tag e eu não teríamos essa facilidade.

Então, passei uma perna sobre seu ombro com cuidado.

— Vamos fazer uma torre com elas — disse o aluno do nono ano para Alex. — Tipo naquele jogo Jenga...

— O que vai deixar todos os alunos mais velhos chateados! — Outro garoto não pôde deixar de se meter. — Porque nós sabemos que vocês vivem por aquelas cadeiras.

— Também queremos roubar algumas que ficam dentro dos prédios — acrescentou o primeiro garoto. — O suficiente para as aulas serem canceladas, porque, tipo, onde vamos nos sentar?

Tag e eu cambaleamos por um segundo quando ele se levantou. Eu estava tentando ao máximo não pensar nas mãos dele nas minhas coxas, então nem reparei que havia agarrado dois tufos de seu cabelo grosso e estava segurando com todas as minhas forças.

— Lily, você está apertando minha cabeça — sussurrou ele.

— Merda, desculpa — sussurrei de volta, mas depois que soltei, só piorou. Cruzei os tornozelos para ter mais apoio enquanto as mãos de Tag se moviam mais para cima nas minhas coxas, seus lábios pressionados contra a parte de trás do meu joelho, como para se ancorar.

A sensação foi como um raio atravessando o meu corpo e depois se transformando em um chiado elétrico, uma dor de saudade.

— Certo. — Eu estava sem fôlego. — Só um pouco mais perto... — Engoli em seco, meu coração muito acelerado. — Só um pouco mais perto e eu consigo alcançar o topo.

— Vamos estar bem na cara deles — avisou Tag, a boca se movendo contra minha pele.

Mais alguns passos para a frente e estaríamos à vista de todos. Alex tinha desligado a lanterna, mas a de outra pessoa brilhava, então eles não estavam totalmente no escuro.

Uma distração, pensei. *Precisamos de uma distração dentro da distração.*

Tag estremeceu quando me agarrei mais a ele para pegar meu celular do bolso. Felizmente, eu já tinha baixado o brilho da tela com antecedência. *Estamos bem atrás da A,* mandei em uma mensagem para Alex. *Pode chamar a atenção deles?*

Meu coração bateu forte três vezes antes de um garoto de voz mais grave perguntar a Alex quem tinha mandado mensagem. Ele devia achar que algo estava errado.

— Meu querido amigo Taggart — mentiu Alex com naturalidade. — Em vez de manter um diário de sonhos, ele gosta de me mandar mensagem contando.

Tag resmungou.

— Na verdade, é o contrário.

— Ah... — disseram todos os garotos, e foi aí que eu soube sem sombra de dúvida que eram alunos do nono ano.

Os mais novos idolatravam Tag porque ele era muito legal com eles. Mesmo observando de longe, eu sabia que ele sempre os cumprimentava e conhecia quase todos pelo nome.

Ele teria sido um excelente monitor, caramba.

Um súbito barulho de apito me trouxe de volta ao momento e à escultura.

— Merda — murmurou Tag. — Puta merda.

Ele soltou minha perna esquerda para tirar algo do bolso. Não era o celular dele, mas a bomba de insulina. Tag tinha recebido um alerta?

Eu fechei bem os olhos. *Não nos ouçam*, rezei enquanto ele silenciava o alerta. *Por favor, não nos ouçam...*

Alex ouviu o apito na hora, já conhecendo o som, mas entrou em ação para nos salvar. Ele se levantou do banco, os tênis batendo nas tábuas de madeira.

— Então vocês querem levar um monte de cadeiras... — Dava para saber pela sua voz que Alex estava andando de um lado para o outro. — Vai dar bastante trabalho, pessoal. Ainda mais a esta hora da noite. — Ele soltou um assobio baixo.

Um sinal.

A mão de Tag voltou para a minha perna para recuperar nosso equilíbrio e ele contornou a Ampulheta. *Devagar e sempre*, lembrei a mim mesma, embora quisesse ir veloz e furiosa.

— Os prédios estão todos trancados — observou Alex, dirigindo-se aos garotos. — Como vocês pretendem entrar para pegar essas cadeiras?

Ninguém ofereceu uma resposta, exceto o garoto de voz aguda que confiava nele. Se eu tombasse de repente, cairia em cima dele.

— Brendan roubou o crachá do nosso monitor — contou ele. — Ele entrou de fininho no quarto enquanto o cara escovava os dentes. Ele fica acordado até tarde, então foi por isso que chegamos aqui tão tarde.

Ai, que maravilha, resmunguei internamente. Algo me dizia que não era o crachá de Manik que eles tinham roubado.

— Você está bem, Lily? — perguntou Tag.

Firmei suficientemente meus dedos trêmulos para prender o saco plástico em cima da escultura.

Alex não parava de andar de um lado para o outro e fazer perguntas, então sua plateia não ouviu quando eu rasguei as tiras de fita adesiva. De alguma maneira, ele conseguia soar interessado em vez de parecer estar interrogando-os.

— E quanto ao plano de ataque? — perguntou Alex. — Dividir e conquistar não vai dar certo, porque vocês só têm um crachá.

Eu me ajeitei nos ombros de Tag.

— Pronto — declarei, e ele se moveu tão de repente que perdi o equilíbrio, e quando ele tentou me impedir de tombar completamente para a frente, acabou tropeçando em um galho solto.

Com Alex ainda no santuário, Tag e eu pudemos abandonar nossa rastejada de soldado e sair correndo, rápidos e silenciosos, de volta à trilha principal. Eu estava com medo de olhar a hora quando finalmente chegamos à árvore onde tínhamos deixado as mochilas. O aperto no meu estômago me dizia que já passava das duas da manhã.

Ambos suspiramos aliviados.

— Bem, isso foi divertido — brinquei em uma voz fraca.

— Vou atualizar Alex — disse Tag, desbloqueando o celular. — Já que, aparentemente, estou mandando para ele os relatos dos meus sonhos...

A mensagem de Tag apareceu em nossa conversa em grupo alguns segundos depois: Missão cumprida.

Alex logo respondeu: Vocês deviam seguir em frente sem mim.

Meu coração disparou. NÃO!, escrevi antes que Tag pudesse responder.

Não posso só me levantar e ir embora, **escreveu Alex.** Vai parecer suspeito.

— Mas ele só trouxe um baseado — falei. — Ele já não terminou?

Além disso, **acrescentou Alex,** preciso desmontar essa bomba. Não podemos deixar esses caras vagando por aí. Tenho que convencê-los a voltarem para a Mack.

Então Manik decidiu entrar na conversa.

Espera, esses são meus calouros mesmo?!

Não se preocupe, estamos cuidando disso, escrevi quando Tag não respondeu. Ele parecia estar tendo uma conversa separada com Alex. Continue na escada de incêndio.

Zoe então me mandou uma mensagem privada: Que porra está acontecendo?

Como você está por aí?, **respondi.** Alguma chance de encontrar com a gente?

Porque o esconderijo da próxima pista... bem, eu imaginava que era o motivo de Tag ter chamado Zoe. Havia uma razão para minha mãe a ter apelidado de "Mulher-Maravilha". Ela era uma heroína.

Saindo pela janela agora!, **escreveu ela.** Devo ir para onde?

O percurso de cordas, escrevi, minhas pernas vacilando. Altura — ah, como eu odiava. Encontre a gente no percurso de cordas.

PISTA TRÊS

APÓS UM DIA LONGO E PESADO,
DEIXE AS PREOCUPAÇÕES DE LADO,
ESCALE BEM ALTO, VÁ PREPARADO,
E ENCONTRE ALGO MÁGICO GUARDADO.

DOZE

Tag e eu não conversamos muito enquanto avançávamos pela floresta, ambos lamentando a perda de Alex. Qual era o plano?
— Ele vai alcançar a gente — tentei consolar Tag. — Ele sabe para onde estamos indo... — Eu fiz uma pausa. — E também para onde iremos depois disso, certo?
— Sim — confirmou Tag baixinho. — Ele já sabe a rota inteira.
— Zoe está a caminho — acrescentei. — Então pelo menos teremos ela.
Aquilo o fez rir.
— Ufa, que bom, porque vamos *precisar* dela.
Eu sorri.
— Precisar é pouco.
Logo, nossa trilha pela floresta levaria a uma grande clareira, um dos meus lugares menos favoritos no campus: o percurso de cordas. Minha mãe e eu discordávamos poucas vezes, mas nossos "gostos" não se alinhavam quando se tratava do percurso de cordas da Ames. Como instrutora de cordas da escola, ela adorava subir nas várias estruturas, enquanto meus joelhos fraquejavam só de pensar em usar um arnês. Eu só tinha escalado a parede uma vez, durante a orientação dos calouros.
— Vai, Lily, continua! — Lembro-me de um dos instrutores estudantes me incentivando, mas, depois de tocar o sino no topo e descer, eu dissera que precisava ir ao banheiro.

Mas, em vez disso, eu tinha feito um desvio até a parte de trás do abrigo de armazenamento e desmoronado na sombra. Minhas pernas ainda estavam trêmulas. *Respire fundo*, dissera a mim mesma. *Inspire pelo nariz, expire pela boca...*

— Ah, legal — dissera alguém. — Este é o esconderijo oficial?

Meu coração dera um salto. O garoto tinha me assustado.

— Digo, se tivermos medo de altura? — continuara ele, tentando de novo.

Tudo o que eu conseguira fazer fora assentir, e ele havia interpretado aquilo como um sinal para se juntar a mim. Notei que ele não era muito alto, mas magro, com cabelos grossos e castanhos e olhos verde-acinzentados.

— Eu sou o Tag — dissera ele.

— Nunca conheci ninguém com esse nome.

Ele sorrira, revelando o aparelho prateado.

— É uma abreviação de "Taggart" — explicara. As pontas de suas orelhas coraram um pouco. — Mas é isso aí, meu apelido é Tag.

Eu tinha rido.

— Bem, eu sou a Lily, e não é abreviação de nada. É nome de flor, mas, ironicamente, sou alérgica a lírios...

Foi aqui que nos conhecemos, pensei quando o caminho terminou na clareira escura. *Foi aqui que nos vimos pela primeira vez.*

Meu coração se apertou, desejando e se perguntando se ele estava pensando a mesma coisa.

A lua estava brilhante o suficiente para iluminar as cinco estruturas de escalada do percurso de cordas. Pareciam se estender até as estrelas. Morbidamente, eu me imaginei caindo de uma delas e morrendo.

Mas era por isso que tínhamos a Zoe! Ela e sua família iam para o oeste todos os anos para escalar. Mesmo no escuro, o percurso de cordas da Ames seria fácil para ela.

Tag ia fazer Daniel se esforçar para recuperar os almanaques.

— Qual é o plano? — perguntei. — A gente vai destrancar o abrigo de armazenamento e pegar os equipamentos para a Zoe? Quem vai dar segurança para ela, eu ou você?

Naquele dia, na escalada dos calouros, Tag e eu aprendemos a dar segurança aos outros para não precisarmos escalar. Poucas pessoas se ofereciam para a tarefa, já que dar segurança não tinha o mesmo glamour. Significava que você ficava junto a uma das estruturas, controlando a corda da pessoa que subia. Você dava corda suficiente para que ela conseguisse subir, mas também ancoragem suficiente para garantir que não caísse.

— Não vai ser preciso — respondeu Tag.

Ele apontou para o canto mais distante do campo, onde outro bosque de árvores fortes e robustas se erguia bem alto. Seu braço tremia um pouco. Havia pelo menos quatro árvores interligadas por uma construção a cinco metros de altura.

— Vamos invadir o Esconderijo.

O Esconderijo era uma casa na árvore bem equipada onde os instrutores de corda sêniores faziam reuniões e guardavam todos os seus equipamentos pessoais de escalada. Eu nunca subira lá, mas ouvira o suficiente para saber que era um ótimo espaço para relaxar. Três paredes eram decoradas com assinaturas de ex-instrutores, enquanto na quarta havia cinco armários de equipamentos sagrados.

Eu imaginava que a próxima pista fosse ser deixada no armário de Daniel.

— Meu Deus. — Não pude deixar de exclamar. — Isso é absurdo!

— O que é absurdo? — perguntou Tag. — Colocar a pista no Esconderijo?

— Não! Isso! — Eu apontei para nenhum lugar específico. — O fato de ele ser presidente, monitor e instrutor de escalada sênior. Quer dizer... — Eu não consegui nem terminar a frase, de tão perplexa que estava. — Como isso é justo?

Tag deu de ombros, mas havia uma tensão em sua voz quando ele falou:

— A escola o considerou o candidato mais adequado para as funções. Os alunos também. Eles o elegeram presidente.

Eu fiz que não com a cabeça.

— Você deveria ter se candidatado a monitor da Mack. Desculpe, mas deveria. Tag, você teria sido excelente.

— Como você sabe que não me candidatei?

— Porque o Josh... — comecei a dizer antes de perceber que Josh nunca tinha entrado em detalhes sobre os candidatos. Ele apenas dissera seus motivos para ter escolhido Manik e Daniel.

Será que Tag havia se candidatado?

Caso tivesse, por que Josh não o escolhera? Os dois eram tão próximos. Ele era o treinador de natação, e tínhamos jantado todos juntos em minha casa tantas vezes. Não fazia sentido.

Chegamos à base da casa na árvore, e analisei a escada de metal estreita que levava à escotilha do Esconderijo. A altura me deixou tonta.

— Espero que a Zoe chegue logo — falei, mudando de assunto.

— Sim — respondeu Tag —, porque este troço não foi barato.

Desviei o olhar da escada e o vi tirar uma lanterna de cabeça da mochila. Só a aparência estúpida daquele objeto já era engraçada.

— Caramba — falei, sem fôlego. — Essa coroa é digna de uma *rainha*. Como a minha carta no baralho.

— Não é mesmo? — Tag deu uma risadinha, como um menininho. — Sei que poderíamos ter usado mais cedo, mas achei que deveria ser guardada para uma ocasião especial.

— A Zoe vai adorar. — Dei um sorriso. — E depois vai fazer você tirar umas mil fotos.

— Aceito tirar as três fotos de praxe. Não temos tempo para mil. — Ele suspirou. — Tomara que ela chegue logo.

— Posso ler a próxima pista?

— Sim, claro. — Tag me entregou o envelope. — Foi mal, achei que você já tinha... — Ele bocejou. Alguém estava ficando cansado. — Só lembre que eu não sou nenhum poeta.

Eu sorri. Era verdade, mas eu não conseguia nem me imaginar criando aquelas pistas sozinha. O pedaço de cartolina tinha uma confusão de letras azuis e brancas que dizia:

Velas aparadas, leme na mão,
Já pode zarpar, Capitão,
No mar, não há conforto igual,
Mas trancar antes de sair é crucial

— Legal — falei. — O abrigo de barcos?
— Isso. — Tag cerrou a mandíbula. — Achei que podia fazer uma fácil para ele.

Guardei a pista dentro do envelope.

— O lado da praia não é tão simples, viu?

Precisaríamos cruzar a estrada que a Campo mais gostava de patrulhar para chegarmos ao mar.

— Bem, ele vai dar um jeito — disse Tag. — Assim como nós. — Ele fez uma pausa. — Pelo menos ele não vai ter que *escalar* mais nada.

Eu ri. Da colina de Bunker ao portão trancado do telescópio e à escada do Esconderijo, Daniel precisaria incorporar seu macaquinho interior.

Ficamos esperando por Zoe, daquela vez em silêncio. Dois minutos, cinco minutos, talvez dez.

— Vou mandar uma mensagem para ela — falei quando tinham se passado quase quinze.

Não podíamos ficar muito mais tempo ali. Nosso prazo era o nascer do sol, e ele chegaria em breve.

Tag e eu estamos aqui, **escrevi**. Cadê você?

Os pontinhos de mensagem sendo digitada apareceram na mesma hora. Em um piscar de olhos, sua resposta também apareceu.

Você não vai acreditar. Eu estou literalmente na moita de hortênsias do lado de fora da sala de aula da Leda!

Mais pontinhos.

Me escondi depois de ver a luz da Campo, mas, em vez de passar direto, o carro bateu no hidrante. Não foi feio, só um arranhão, mas acho que é porque o motorista se distraiu. Talvez ele tenha me visto. Estão inspecionando o estrago. O sr. Harvey e o cara da guarita.

Fiz uma careta e mostrei a mensagem para Tag, que suspirou.

— Por que o Harvey deixaria o Gabe dirigir em seu primeiro turno?

— Porque o Gabe deve ter dito "por favor, por favorzinho" — falei em tom sarcástico enquanto chegava uma terceira mensagem de Zoe: Desculpa, Lily, mas não posso sair até eles irem embora.

Claro, imagina, **digitei**. Tome cuidado!

Zoe prometeu que voltaria a entrar em contato, e mandei um emoji de coração antes de guardar o celular de volta no bolso.

— Então... — falei para Tag.

— Então — respondeu ele.

Nós dois sabíamos o que estava por vir.

— Teve notícias do Alex? — perguntei em uma última tentativa desesperada.

Ele fez que não com a cabeça.

— Eu disse a ele para não me mandar mensagem até estar livre. Quanto mais ele mexer no celular, mais suspeito vai parecer.

Eu suspirei.

— Cadê o Manik quando a gente precisa dele?

Tag passou a mão trêmula pelo cabelo, e meu estômago parecia se revirar no ritmo de música eletrônica.

— Será que a gente devia decidir no cara ou coroa? — perguntei.

— Você tem uma moeda? — respondeu ele.

Eu fiz que não com a cabeça.

— Lily, acho que eu não consigo — disse ele, olhando para o chão, mas depois erguendo o rosto pálido para me encarar. — Só de pensar fico tonto. — Ele esfregou os olhos. — Eu, hã, não cheguei até o topo naquele dia. Logo antes de...

Me conhecer, pensei, em uma mistura de alegria e tristeza. *Logo antes de me conhecer.*

— Me dê a coroa. — Estendi a mão para a lanterna de cabeça. — Me dê a pista e a coroa para eu escalar e alcançar a glória eterna.

Eu disse a Tag que não queria comentários durante a minha subida. Tinha sido uma das piores partes na escalada dos calouros no meu nono ano. Embora a ideia dos gritos de incentivo de "Continua, Lily!" e "Isso aí, Lily!" fosse me encorajar, eu não conseguia deixar de sentir que estava sendo pressionada.

— Pronto — dissera eu em certo momento na parede de escalada, sentindo a bile subir pela garganta. — Já posso descer!

— Não pode, não! — respondera minha instrutora lá de baixo. — Você ainda não chegou até o topo para tocar o sino!

Eu vou vomitar nela, eu tinha pensado.

Tag permaneceu em silêncio enquanto eu me aproximei da escada, fechei os olhos e inspirei profundamente o ar noturno antes de agarrar o primeiro degrau de metal frio. Então comecei a subir. Um degrau, dois degraus, três degraus. Forcei-me a encarar um ponto distante, recusando-me a olhar para cima ou para baixo, e só quando meus pulmões começaram a gritar foi que eu exalei. Mas logo o medo me paralisou. Eu fiquei imóvel. Quanto tempo passei subindo? Quanto faltava?

Não olhe para baixo, eu disse a mim mesma. *Não olhe para baixo...*

Mas, infelizmente, eu olhei *para cima* e vi que ainda tinha um longo caminho a percorrer.

— Comentários! — gritei para Tag. — Preciso de comentários... ou uma distração. É, preciso de uma distração!

— Qual é a minha cor favorita? — gritou ele, mas, antes que eu pudesse responder, ele acrescentou: — A sua é rosa. — Ele riu. — Lembra aquele seu casaco rosa peludo no nono ano?

— Sim, o casaco de ursinho de pelúcia — respondi, um pouco chocada por ele se lembrar.

Tag e eu começamos a namorar no fim da primavera. A gente havia passado a maior parte do ano sorrindo e depois evitando um ao outro.

— Era da minha mãe — contei, agarrando o próximo degrau da escada e me puxando para cima. — Sua cor favorita é dourado, por causa das folhas de outono... — Eu me lembrei do meu vestido do baile formal do nono ano. — E da luz do fim de tarde, quando o campus fica pintado de ouro. É o seu horário favorito para tirar fotos.

Não importava se era sua Nikon, sua Polaroid ou alguma câmera antiga que só ele sabia como usar, mas Tag sempre andava por aí com uma câmera pendurada no ombro. Muitas de suas fotos ainda estavam na parede do meu quarto. Ele colocava uma nova sem dizer nada, esperando que eu notasse.

Engoli em seco.

— Qual é a minha bebida favorita, sr. Coca Diet? — perguntei.

— Refrigerante de gengibre com uma fatia de limão e um galhinho de hortelã. Você adora folhear o livro de coquetéis do Josh e tentar fazer versões sem álcool das bebidas. — Ele fez uma pausa e eu subi mais um degrau. — Qual seu bem mais precioso?

— Eu não tenho um — respondi com sinceridade, embora tivesse guardado nossa garrafa de champanhe da Maratona de Chicago. Ela havia voltado para Rhode Island comigo e estava na minha estante de livros. — E você... não consigo decidir se ainda são suas câmeras, se mudou para a gata Stevie ou se é simplesmente ketchup.

— Ah, *óbvio* que é ketchup — respondeu ele, e jurei que ouvi seu estômago roncar um milhão de metros abaixo de mim. — O ketchup eleva qualquer experiência culinária. — Uma pausa e então: — Uma coisa que te assusta?

Senti uma pontada no peito. Algo que me assustava? A pergunta era muito carregada, havia tanto a analisar. Desde ser pega naquela noite até fazer meu discurso de suboradora e ir para a faculdade, era uma longa lista.

Então, tentei fazer uma piada.

— Isto! — Eu bati com o punho na escada de alumínio. — Aqui, agora!

Tag não riu.

— Você está quase chegando — disse ele.

— E você? — perguntei. — O que te assusta?

— Nunca mais falar com você — respondeu ele.

Com.

Toda.

A.

Naturalidade.

— O Coringa não escolheu você para pegar as chaves da Leda — continuou ele.

Senti um aperto no coração. As palavras dele saíam apressadas, nervosas. Eu me obriguei a continuar subindo.

— Nós não conversamos mais, Lily. Eu sei que já deveria ter me acostumado, mas não consegui, então queria ver se poderíamos ser...

Eu estava com vontade de chorar. *Não diga amigos*, pensei. *Não podemos ser amigos.*

Porque só havia duas opções quando se tratava de Taggart Swell: amá-lo com cada parte do meu corpo e batida do meu coração ou cortar os laços completamente. Para mim, éramos tudo ou não éramos nada.

Eu não conseguia entender como ele achava que poderíamos encontrar um meio-termo.

— Merda! — exclamei quando minha cabeça bateu em algo, também conhecido como a escotilha do Esconderijo. — Porra!

Tag não riu ou comemorou nem nada do tipo. Em vez disso, ele voltou ao modo Coringa.

— Deve haver uma tranca na porta com um cadeado com um código de quatro dígitos.

— Afirmativo — respondi, alcançando o cadeado. — A Maya conseguiu os números mágicos?

Lembrei-me de mais cedo, antes de sairmos do Hubbard Hall. Tag havia lembrado Maya de lhe enviar os quatro dígitos porque, segundo os boatos, o instrutor de cordas sênior os escolhia.

Tag suspirou.

— Ela me mandou algumas ideias — disse ele. — Eu teria preferido que ela tivesse certeza, mas Maya está confiante de que é um desses. Diferentemente dela, Daniel não é uma pessoa tão criativa.

Eu bufei. Maya podia ser brutal.

— Certo, qual é o primeiro da lista?

— O ano em que a Ames foi fundada. — Ele não especificou, sabendo que eu era boa com datas.

1-8-0-3.

Depois de inserir os números, dei uma puxada no cadeado, mas ele não se mexeu.

— Não!

— Certo, o aniversário dos gêmeos — disse ele.

Depois de a data não funcionar, ele me deu o endereço da família Rivera e o ano da nossa formatura. Tentamos até mesmo a suposta senha do cartão de débito de Daniel, mas sem sucesso.

Ambos ficamos em silêncio depois de tentarmos todos os chutes de Maya. Tag gemeu e soltou alguns palavrões. Eu concordava. A Ames acreditava que estava recompensando Daniel por todo o seu trabalho árduo, mas pelo amor de Deus. Ele havia acumulado mais poder do que um estudante deveria ter. Um crachá com acesso total por ser presidente do conselho estudantil, o status de monitor e as regalias de um instrutor de cordas sênior? Escolher a combinação do cadeado da casa na árvore?

Meu coração de repente pulou até minha garganta.

— Espera, ele não escolheu! — quase gritei, animada. — Daniel pode ser o instrutor de cordas sênior, mas ele está abaixo da instrutora de cordas sênior docente. — Eu sorri. — Duvido que ela o deixaria se esquecer disso.

Tag comemorou.

— Leda!

Concordei. Minha mãe, com todas as suas senhas e combinações especiais. Eu deveria ter imaginado. Certa vez, ela fizera um comentário sobre como Daniel era seu instrutor mais competente, só que aquilo não significava que ele precisava saber *tudo* sobre o percurso de cordas.

Rapidamente, tentei várias datas. O aniversário dela, o meu, o ano em que viemos para a Ames. Não, não e não!

Qual é o código?, eu me perguntei, esfregando as têmporas como se estivesse convocando a resposta. O comentário da minha mãe sobre Daniel não saber tudo sobre o percurso de cordas era verdade no sentido de que ele não sabia o código do cadeado, mas também no sentido de que ele não sabia tudo o que tinha acontecido ali. Ninguém nunca saberia, mas minha mãe sabia de uma coisa especial que *havia* acontecido.

— Conseguiu? — gritou Tag para mim.

Meus dedos tremiam enquanto eu reiniciava os números e depois inseria: 2-5-1-0.

Dia 25 de outubro, a data em que o curso era encerrado para os estudantes no outono.

Dia 25 de outubro, a data em que ela e Josh tinham seu encontro anual de escalada.

Por favor, pensei antes de fechar os olhos e puxar o cadeado.

Desta vez, não houve resistência. Ele se abriu para mim.

— Consegui! — gritei enquanto soltava o cadeado e o enfiava no bolso antes de empurrar a escotilha para cima. O rangido das dobradiças abafou a reação de Tag.

Depois de me içar para o Esconderijo escuro, apontei minha lanterna de cabeça diretamente para a parede distante com os armários. Por causa das dificuldades com o cadeado, eu não tinha tempo para ver o lugar ou conferir se o sofá era mesmo confortável. Eu precisava esconder a pista e descer logo. Com sorte, Alex estaria esperando com Tag lá embaixo. Será que os meninos do nono ano teriam voltado para suas camas na Mack?

Cada suporte de equipamentos tinha uma placa de latão desgastada com um nome. D. RIVERA, lia-se na do meio. Revirei os olhos antes de retirar a pista do bolso do meu short e enfiá-la na prateleira superior, debaixo do capacete vermelho de escalada de Daniel.

Adeus, pista.

Então, voltei para a escotilha e comecei a descida tediosa, tendo o cuidado de *não* trancar o cadeado atrás de mim. Era melhor dar um descanso para Daniel.

Porque ele nunca adivinharia aquele código.

TREZE

Tag ficou extasiado assim que meus pés tocaram o chão.

— Você conseguiu! — gritou ele, e depois foi à loucura quando comemorei a vitória da única maneira que sabia: jogando uma versão invisível de amarelinha.

O feixe da lanterna em minha cabeça dançava para cima e para baixo enquanto eu pulava, a frequência cardíaca acompanhando meu ritmo. Tag gargalhou.

— Amarelinha — disse ele, a voz quase rouca. — Amarelinha rainha, os outros nadinha!

Eu sorri e, antes que pudéssemos gargalhar juntos, ele me abraçou. Um abraço de parabenização, não romântico. Tag me deu tapinhas nas costas como se tivéssemos acabado de ganhar uma competição de natação, embora a maioria de seus companheiros de equipe se afastasse após um ou dois segundos.

Eu não. Mesmo através de algumas camadas de tecido, a mão dele pareceu deixar uma marca nas minhas costas. Eu a senti lá, queimando.

— Tire o moletom — falei.

Tag recuou abruptamente.

— O quê?

Merda, pensei. *É outro "Cara, eu estava com saudade dessa sua boca".*

— Acho que você ia ficar melhor sem — falei, então fiz uma careta. — Quer dizer, você está todo suado. — Eu recuei para vê-lo à luz de minha lanterna. Rosto, orelhas e pescoço estavam corados. — Você está bem?

— Estou. — Tag assentiu. — Só estava nervoso, achando que talvez não fôssemos adivinhar o código, então foi por isso que...

— Mas sua bomba apitou — lembrei de repente. — Ela apitou lá no santuário de esculturas. O que dizia a notificação?

Tag me deu um sorriso torto.

— Ela estava pedindo gentilmente uma calibração da glicose no sangue — disse ele, colocando a mão no peito. — Sempre com bons modos, claro.

Eu sorri, aliviada. A bomba de Tag só precisava de uma leitura da glicose no sangue para garantir que ele estava recebendo a quantidade certa de insulina. Não havia nada errado com o nível de açúcar no sangue dele. Mesmo que ele recebesse um alerta mais tarde, eu apostava que tinha um Gatorade e alguns lanches na mochila.

Ele sempre estava tão preparado.

Meu celular apitou em meu bolso — com sorte, seria uma atualização de Zoe ou de Alex —, mas eu o ignorei, observando Tag tirar o moletom. A lanterna de cabeça devia parecer um holofote, mas ele não disse nada. Na verdade, ele estava com um pouco de dificuldade. A camisa ficou presa no casaco; minhas pernas ficaram bambas quando um pedaço de pele exposta apareceu, sua barriga tanquinho de nadador.

— Cadê Tag Swell? — Eu havia perguntado certa vez, quando tinha ficado claro que todos aqueles treinos na academia estavam funcionando. O segundo estirão de crescimento também. — Cadê o meu namorado Bambi?

Ele tinha corado.

— Sim, estou diferente, não é? — Ele passara a mão desajeitada pelo cabelo. — Você ainda gosta de mim?

— Urso, essa é a pergunta mais absurda que já ouvi. Você é o próximo Homem Mais Sexy do Mundo.

Tag fingira gemer.

— Por favor, não me coloque na *People Magazine*.

Eu tinha rido e me esticado para beijá-lo.

— Tarde demais.

Ele conseguiu soltar o casaco de moletom e puxou a camisa de volta para baixo, e foi aí que vi algo em seu bíceps: a tatuagem. Um nó se formou em minha garganta. Alex tinha contado que Tag a havia feito em seu aniversário de dezoito anos, no verão anterior. Blair não escondia a aversão por ela, enquanto o velho Bunker achava que era a melhor coisa do mundo. *AUT VIAM INVENIAM AUT FACIUM*, dizia na caligrafia concisa de Tag.

"Eu encontrarei um caminho ou criarei um", em latim.

As palavras estavam emolduradas por uma coroa de hera que tinha sido desenhada por... bem, por mim. Eu a rabiscara no primeiro ano, na aula de história, e dera a ele a folha de papel depois. Talvez o dito fosse o lema do general Aníbal Barca, mas as palavras combinavam com Tag. Fortes, inteligentes, determinadas.

Embora eu nunca tivesse imaginado que ele um dia fosse tatuá-las.

Tag amarrou o moletom na cintura e me pegou olhando para ele. Meu coração começou a bater mais rápido quando ele inclinou a cabeça, mas o momento não durou muito.

— Ei! — chamou alguém, mas, antes que Tag e eu pudéssemos fugir, Zoe saiu correndo da escuridão e entrou no feixe de luz da minha lanterna. — Você não respondeu a minha mensagem.

— Desculpe! Sinto muito. Nós, hã, bem... — Eu me distraí quando ela me abraçou, um abraço mais apertado do que o normal. Ela estava abalada, então eu a abracei de volta. — Está tudo bem? Como você passou pela Campo?

Zoe suspirou.

— Apesar de Gabe ter amassado o capô, o sr. Harvey achou que o Prius ainda podia ser dirigido hoje à noite, então eles entraram e foram em direção aos alojamentos dos alunos do nono ano.

Tag e eu trocamos um olhar telepático. Os alojamentos dos alunos do nono ano. Será que Manik seria visto na escada de incêndio?

— Vejo que sofremos mais algumas baixas — comentou Zoe. — Tentei acompanhar o que estava acontecendo na conversa, mas estava muito confuso. Cadê Manik e Alex?

Tag relatou tudo o que acontecera desde o roubo dos almanaques: Bunker Hill, o rumor sobre Daniel estar à solta, a volta de Manik ao alojamento para ficar de informante e a distração de Alex no santuário de esculturas com os meninos do nono ano.

— Que maravilha — disse ela, sarcástica, depois cutucou minha lanterna de cabeça. — Mas você está uma graça. Será que cheguei a tempo de salvá-los de seja lá qual for a escalada programada? Suas pernas devem ter virado geleia.

— A Amarelinha arrasou — disse Tag. Ele estava botando a mochila nas costas para partimos para o próximo destino. — Ela foi incrível lá em cima.

Zoe não respondeu com palavras. Em vez disso, ela me cutucou, como se dissesse: *Amarelinha, hein?*

Eu me apressei para tirar a lanterna de cabeça, não querendo que nenhum dos dois percebesse que eu estava corando. Logo o vermelho atingiria minhas bochechas. Talvez em outras circunstâncias Tag me chamar de Amarelinha significasse algo, mas ali, naquele momento, não significava nada. Ele só estava animado por eu ter conseguido desvendar o código e esconder a pista. Minhas amigas viam coisas onde não tinha.

Ou será que não?

— Qual era o código, afinal? — perguntou Zoe. — Um dos palpites da Maya?

— Não, foi Leda quem escolheu — respondeu Tag. — Era...

Ele hesitou, percebendo que eu não tinha contado a ele.

— Meu aniversário — menti. — 1-4-0-1.

Aquele código era entre minha mãe e Josh.

— Hum — ponderou Zoe. — Seria de se imaginar que ela escolheria algo um pouco mais secreto. Todo mundo sabe em que dia é seu aniversário, Lily.

Ela estava certa. "O Aniversário de Lily Hopper" poderia ser um feriado nacional. O refeitório da Ames sempre servia minhas comidas favoritas no almoço.

— A gente devia ir — disse Tag. — Eu queria esperar o Alex, mas ele ainda não mandou mensagem, então...

— Então ainda bem que eu voltei! — disse outra voz.

Com a lanterna de cabeça ainda em mãos, eu iluminei o novo rosto... ou o antigo rosto, melhor dizendo.

— Manik — disse Tag. — O que você está fazendo aqui?

— Voltei para o regimento — ele estava rindo — e vou dizer uma coisa, *não* foi fácil chegar até aqui. A Campo está por toda parte hoje à noite.

Tag fechou os olhos.

— Você não ia ficar de olho em Daniel?

— Era uma perda de tempo — disse Manik. — Ele está seguindo sua rotina noturna normal.

Rotina noturna normal?, pensei, meu estômago se revirando. *O que isso significa?*

Zoe fez a mesma pergunta, só que em voz alta.

— Ele dorme — começou Manik —, então acorda, vai ao banheiro que nem um zumbi e depois assiste a Netflix antes de voltar a dormir.

— Eu não estou gostando nada disso... — disse Zoe.

— Eu também não — concordou Manik, sem entender o que Zoe queria dizer. — *Stranger Things* me deixou sem dormir por horas uma vez.

— O que ele estava fazendo quando você saiu? — perguntou Tag, de alguma maneira mantendo a calma.

Eu não aguentei:

— Como você encontrou a gente?

Manik deu de ombros.

— Ele estava na metade de algum documentário, mas tenho quase certeza de que ele estava dormindo. — Ele apontou para Zoe. — E eu segui a Zoe. Tudo que tive que fazer foi olhar a localização dela no Snapchat.

Tag e eu nem nos demos ao trabalho de esconder nossos gemidos de frustração. Zoe não estava conosco quando confirmamos que todos estavam invisíveis no mapa do aplicativo e não tínhamos pensado em procurar seu avatar.

— Caramba, mil desculpas — sussurrou ela. — Eu nem pensei nisso. Estava tão preocupada com a Maya...

Eu puxei suas trancinhas pretas para mostrar que estava tudo bem. Quer dizer, faríamos com que ficasse tudo bem. Foi um erro, mas Tag daria um jeito.

— Volte para a Mack — disse ele para Manik.

— Não — respondeu Manik. — Eu quero ajudar.

— Você já estava ajudando — argumentou Tag. — Ter alguém vigiando Rivera era crucial.

— A gente só precisava saber que ele estava no quarto dele — disse Manik enquanto uma cobra imaginária parecia subir pelas minhas costas.

Minha mãe chamava isso de meu "sexto sentido". Ele me dizia quando havia algo errado ou algo prestes a dar errado. Desliguei a lanterna de cabeça antes de me aproximar de Tag.

— Serpentes — murmurei.

— Tem certeza? — murmurou ele de volta.

— E eu confirmei — continuou Manik. — Ele está no nosso alojamento, no nosso quarto, e são que horas? Umas duas e quarenta e cinco da madrugada? Por que ele sairia?

— Ah, não sei — falei, sarcástica. — Talvez porque todos os alunos do nono ano que são responsabilidade de vocês estejam à solta?

— É, cara, como vocês deixaram isso passar? — perguntou Zoe. — Como eles escapuliram?

Manik suspirou.

— Eles devem ter saído pela janela da cozinha. É no térreo e o mais longe possível do apartamento do sr. Bauer, do lado oposto do prédio. — Ele balançou a cabeça. — Eu não conseguiria vê-los da escada de incêndio.

— Quem projetou a Mack é um idiota — murmurou Zoe.

— Segundo os rumores, eles pegaram o crachá do Daniel também — contou Tag.

— Brendan Foley! — exclamou Manik, indignado, enquanto Tag colocava as mãos nos meus ombros. Por cima da camisa xadrez de flanela dele, senti seu polegar traçar um círculo rápido na minha omoplata, o nosso código para relaxar, antes de começar a nos levar para entre as árvores.

— Serpentes, de fato — murmurou ele. — Você está vendo aquela luz ali?

Eu semicerrei os olhos, depois estremeci quando vi a fraca luz do iPhone do outro lado do percurso de cordas.

— Alex? — sussurrei.

— Ele teria mandado uma mensagem — disse Tag. — Sem falar que também teria vindo do lado oposto da floresta.

Engoli em seco. Quem estava lá estava se aproximando pela entrada principal do percurso de cordas, perto de uma das estradas do campus? Meu coração martelava. Quem era?

— Ai, meu Deus — disse Zoe, sem fôlego, quando o recém-chegado nos chamou, e então, com agilidade sensacional, ela empurrou Manik para os arbustos antes de mergulhar nas sombras, rolar e se agachar perto de mim e de Tag. Eu segurei a mão dela. As chances de tudo dar errado subiram vertiginosamente.

— Porra, até que enfim encontrei você! — disse um Daniel Rivera irritado. — Por onde andou e por que não atendeu o celular?

— Hã... — começou Manik brilhantemente.

— Pare de colocar o seu celular no silencioso — continuou Daniel. — Eu liguei para você umas dez vezes. — Ele soltou um suspiro exasperado. — Greg bateu na minha porta e disse que descobriu que seus três colegas de quarto tinham sumido. Ele já tinha procurado no banheiro, então fomos até a sala, e lá encontramos Ross, que contou que os dele também tinham sumido. Ele estava indo contar ao sr. Bauer, mas felizmente eu o interceptei. — Ele explodiu. — Seis alunos! Seis alunos sumiram, Manik! Sabe o problema que vamos ter com o sr. Bauer se ele descobrir?

Eles não são prisioneiros, Daniel, tive vontade de dizer. *São adolescentes. Todos nós somos adolescentes.*

E pare de ser tão escroto com o Manik! É culpa de vocês dois!

— Sim, sim, eu sei — respondeu Manik. — É por isso que estou procurando por eles. Peguei no sono logo depois de fechar a porta e, quando acordei mais tarde com vontade de tomar sorvete, desci até a cozinha e vi que a janela estava escancarada. — Ele forçou uma risada. — Eles deveriam colocar grades nela, não é mesmo?

Daniel ignorou a última parte.

— Por que você não me acordou?

Manik ficou em silêncio por alguns segundos.

— Eu tentei — mentiu ele. — Eu tentei, mas você me disse para ir embora. Você murmurou alguma coisa sobre precisar terminar sua redação de inglês... e que Leda não iria deixar você levar Lily ao baile se você... não terminasse a tempo?

— Ah — disse Daniel. Minhas bochechas começaram a ficar vermelhas. — Isso soa meio familiar. Acho que ela disse que eu precisava tirar um nove ou dez.

— Vai sonhando — murmurou Zoe.

Balancei a cabeça. Ao meu lado, Tag estava imóvel como uma estátua. Ele estava respirando?

— Juntos? — disse Manik alguns segundos depois. Daniel havia sugerido que eles fossem verificar a área de natação em seguida. — Vamos juntos?

— Nós temos que ir, Manik — disse Daniel. — Não só porque você não atende o celular, mas também por causa do meu crachá. Acho que aquele idiota do Brendan me roubou.

De repente, senti os ombros largos de Tag baterem nos meus. Eles estavam balançando para cima e para baixo com sua risada muda, então cobri sua boca com a mão só por garantia. E não pude deixar de sorrir ao sentir sua risada em minha palma.

PISTA QUATRO

VELAS APARADAS, LEME NA MÃO,
JÁ PODE ZARPAR, CAPITÃO,
NO MAR, NÃO HÁ CONFORTO IGUAL,
MAS TRANCAR ANTES DE SAIR É CRUCIAL.

CATORZE

— Certo — disse Zoe assim que tivemos certeza de que Manik e Daniel tinham ido embora. — Qual é o próximo passo nessa missão louca, Swell?

— Um passo para longe *dele* — respondi, gesticulando na direção de Daniel. Ele e Manik tinham partido correndo e o sangue nas minhas veias começara a fazer o mesmo. — Com certeza.

Zoe riu enquanto Tag falava baixinho.

— O abrigo de barcos. Mas Alex... — Ele não terminou a frase, quase melancólico. — Alex não deu sinal de vida. Ele disse que avisaria quando estivesse vindo encontrar a gente. Ainda deve estar no santuário de esculturas.

Eu assenti, desejando que a localização de Alex estivesse ativada no Snapchat para que pudéssemos encontrá-lo.

— Claro que ele está lá — disse Zoe. — Imagine que você está no nono ano e o aluno do terceiro ano mais legal, mais encantador...

— Encantador? — interrompeu Tag, rindo.

Zoe respondeu com o dedo do meio.

— E o aluno do terceiro ano mais encantador aparece do nada e começa a conversar com você e seus amigos. Você o deixaria escapar assim fácil?

Tag e eu ficamos em silêncio por alguns segundos, ambos sabendo que a resposta era não. Porque Alex Nguyen *era* encantador. Ele era fascinante, engraçado e conseguia cativar uma plateia com apenas uma frase.

Ele é quem deveria ser o suborador da turma, pensei. Alex escreveria — ou, vamos ser realistas, *improvisaria* — um discurso melhor do que eu jamais conseguiria.

Eu sabia que ele tinha sido a segunda opção. Enquanto grelhava salsichas e hambúrgueres na festa da piscina do bairro no último fim de semana, o reitor DeLuca deixara escapar as principais classificações acadêmicas. Se eu não existisse, a Ames teria concedido o título a Alex.

Tag suspirou.

— Você está certa. Ele está preso lá.

Zoe balançou a cabeça.

— Não se a maior estraga-prazeres de todas acabar com a festa deles.

— Você está referindo a si mesma como estraga-prazeres? — perguntei.

Ela estava longe de ser uma.

— Neste caso, sim — disse Zoe. — Não é segredo que eles têm medo de mim.

— Que eles se sentem *intimidados* por você — corrigi, embora fosse verdade. Todos os alunos do nono ano temiam a capitã do time de basquete da Ames. Ela era confiante, marchava pelos corredores com propósito e tinha uma leve cara de poucos amigos. (Palavras dela, não minhas.)

— Vocês dois podem ir na frente para o abrigo de barcos — disse Zoe. — Vou tirar Alex do santuário de esculturas e nos encontramos lá.

Depois que Zoe saiu direto para a floresta, Tag indicou com a cabeça a direção da entrada principal do percurso de cordas. Eu não gostava da ideia de ir logo atrás de Daniel e Manik, e também não gostava da ideia de pegar uma das rotas de patrulha favoritas da Campo, mas era o caminho mais rápido até o abrigo de barcos.

Gilmore Lane era como se chamava a fronteira entre o lado da floresta e o lado da praia do campus, e também era o motivo para Tag ter levado sua advertência disciplinar. Um dia depois de eu ter tirado minha carteira de motorista, eu perguntara se ele queria ir ao Whole Foods comigo. Tudo o que ele tinha que fazer era pedir permissão para sair do campus ao seu supervisor de dormitório. Só descobri que ele tinha saído sem autorização quando a Campo o encontrou no banco do carona na volta para a escola. Ele não tinha conseguido falar com o responsável antes de sair, então resolvera arriscar e acabara na sala da diretora Bickford. Tivemos uma das nossas maiores brigas. Tag mentir para mim era inaceitável, mesmo que fosse para carregar minhas compras.

— Espera aí, para onde você está indo? — perguntei quando ele virou à esquerda na Gilmore Lane.

Deveríamos ir para a direita, seguir pela rua por menos de meio quilômetro e depois virar no longo caminho que levava ao abrigo de barcos.

— Tag, pare. — Eu o alcancei. — Me diz para onde...

— *Shh* — interrompeu ele, segurando minha mão.

Mal senti quando ele me puxou porque só reparei em como a mão dele estava úmida. Por que ele estava tão nervoso?

Então ouvi o inconfundível zumbido motorizado de um carro da Campo.

— Meu Deus, por que *tudo* acontece nesta rua? — murmurei enquanto Tag e eu nos escondíamos juntos atrás de uma árvore. Será que era um esconderijo bom o suficiente?

Estávamos prestes a descobrir. O Prius estava se aproximando, o motor ficando mais alto, os faróis brilhando intensamente. No momento em que iluminaram um trecho de grama, girei o corpo. O tronco de árvore não era grande o suficiente para nos esconder lado a lado, então me virei e me colei a Tag de frente. Ele inspirou fundo, mas tentei deixar as coisas mais leves.

— E aí, caubói? — sussurrei em tom casual. — Está fugindo da lei ou algo assim?

— Depende de quem está perguntando — sussurrou Tag de volta.

Quando o Prius se aproximou, escondi o rosto no peito dele enquanto Tag passava os braços ao redor da minha cintura para me puxar para mais perto. Aquele toque era dolorosamente familiar, a ponto de fazer meu coração pulsar.

Urso, eu queria sussurrar antes de me obrigar a prestar atenção em outra coisa. Mas a única *outra coisa* era o carro da Campo se aproximando. Seríamos pegos.

— Está muito perto? — perguntei.

— Pelas minhas estimativas, perto pra cacete — disse Tag.

Eu olhei por cima do ombro dele e vi um Prius branco. Perdi toda noção de espaço e tempo quando o carro não apenas chegou até nós como também parou no meio da estrada.

Os braços de Tag me abraçaram mais apertado, os lábios dele roçando minha orelha.

— Não se mexa — sussurrou ele enquanto a porta do motorista se abria e um guarda saía com a lanterna.

Eu não conseguia identificar quem era, mas o carro não estava amassado, então não eram Harvey e Gabe.

Brian, percebi quando o ouvi falar. Ele usava AirPods.

— É, Gabe, não sei o que o Sal viu — disse ele —, mas informe ao Harvey que parece estar tudo certo na Gilmore Lane.

Houve um clique baixo, e então um feixe de luz examinou lentamente a nossa área. Eu me enfiei de volta na camisa de Tag, tentando encontrar conforto na batida frenética de seu coração.

— Nenhum sinal de... — Ele parou de falar, então resmungou. — Não, não, você *com certeza* disse Gilmore. — Ele desligou a lanterna. — Gabe, coloque o Harvey na linha...

— Ele está voltando para o carro — murmurou Tag.

A porta do carro foi fechada. Nós dois soltamos suspiros profundos de alívio, mas continuamos agarrados um ao outro até o Prius sumir de vista.

— Nenhum filme de terror já me deixou mais arrepiada — comentei, o suor frio escorrendo pelas costas. — A quem você acha que devemos agradecer por essa dica?

Tag fingiu tremer.

— Fica entre Zoe, Manik ou Rivera. Eles disseram que a Campo estava à espreita.

Eu mordi minha a unha do mindinho.

— Que se danem eles.

— É... — disse Tag um pouco distraído, depois olhou para mim. — Vamos continuar?

Eu assenti antes de enviar uma mensagem rápida avisando a Zoe e Alex, onde quer que estivessem.

— Mas desta vez não vamos errar o caminho, certo? — brinquei. — Certo?

Tag franziu a testa.

— Antes — falei. — O abrigo de barcos fica à direita, mas você foi para a esquerda. O prédio de manutenção e paisagismo está à esquerda.

— Foi o que me disseram — disse Tag em tom casual. — Também me disseram que Leda tem uma chave para a garagem deles.

Uma chave para a garagem deles.

Eu entendi na hora do que ele estava falando.

— Não podemos.

Tag deu de ombros.

— Você me chamou de caubói.

— Bandido teria sido melhor.

Porque você infringiu quase todas as leis da Ames.

E eu também.

Tag inclinou um chapéu de caubói invisível.

— Eu prefiro caubói. Caubóis são leais. Bandidos, não.

Fiquei com um nó na garganta.

Leais.

— Tag...

— Só restam três pistas, mas temos um longo caminho a percorrer. Que mal vai fazer, Amarelinha?

Ficamos em um impasse por vários segundos antes de eu tirar as chaves da minha mãe do bolso.

— Está bem, parceiro — disse, girando o cordão pesado como um laço. — Vamos lá.

~

Previsivelmente, o esquadrão de carrinhos de golfe da Ames nos aguardava quando Tag e eu contornamos os escritórios do setor de manutenção e paisagismo e chegamos ao pequeno estacionamento. Cada carrinho era branco e tinha o emblema da Ames no capô. Tag estalava a língua como uma avó desaprovando a situação porque a frota era usada apenas três vezes por ano e nunca para o golfe. Durante as festividades do fim de semana dos ex-alunos, três semanas antes, o conselho estudantil havia circulado nos carrinhos de golfe para responder a quaisquer perguntas e dar carona aos ex-alunos mais velhos.

— Só tem um problema — falei enquanto Tag inspecionava os veículos.

Ele parou e me olhou com uma sobrancelha erguida em interrogação.

— Nós não temos chaves.

— Ah... — disse Tag, arrastando a palavra antes de tirar algo do porta-copos do carrinho de golfe. — Você quis dizer chaves como esta aqui?

Revirei os olhos, então me afastei para apertar o botão da porta da garagem. Com um carrinho de golfe, não podíamos sair pelo mesmo lugar por onde havíamos entrado. Meu celular apitou no bolso enquanto a porta subia. Desbloqueei a tela e vi uma atualização de Zoe: Coletei o pacote.

Ele estava no meio de uma sessão de perguntas e respostas sobre como se sair bem nas provas de inglês, quando cheguei lá.

E daí?, respondeu Alex. Estávamos em um novo grupo que não incluía Manik. Pelo menos eu interrompi o trote deles! (Com resumos longos de cada livro/peça/poema que eles leram, aliás.)

Não me contive: balancei a cabeça e sorri, sabendo que minha mãe estava preocupada que alguns alunos do nono ano não fossem estar bem preparados para a prova. Talvez a palestra improvisada de Alex fosse lhes ajudar.

Mesmo que ele estivesse um pouco chapado.

Estamos escondidos em alguns arbustos, **escreveu Zoe**. Os garotos foram embora, mas Daniel e Manik estão rondando.

Aposto que vou encostar em alguma hera venenosa, **disse Alex**.

Sinto muitíssimo, Alexander, **digitou Tag**. Voltem para o percurso de cordas quando puderem.

Zoe e Alex mandaram: ???

Não vão procurar lá duas vezes, **respondi**. O abrigo de barcos estava longe demais para que fossem ao nosso encontro. Esperem a gente lá.

Tag já estava acomodado no banco do carona quando cheguei ao carrinho que ele tinha escolhido, o motor já ronronando.

— Você não quer dirigir? — perguntei, surpresa.

Uma das poucas coisas de que Tag sentia saudades enquanto estava longe de casa era passear pela cidade em seu adorado Grand Cherokee. Quando mora em um internato, você nunca dirige. Alguns alunos brincavam que, quando iam para casa nas férias, tinham que reaprender a dirigir.

— Não. — Ele balançou a cabeça. — Antes suas impressões digitais no volante do que as minhas.

— Verdade, a perícia forense ainda não tem um arquivo com as minhas digitais — brinquei em tom inexpressivo, sabendo que alguém acabaria encontrando o carrinho de golfe onde quer que o largássemos. Como a Ames se *recusava* a abrir um laboratório forense no departamento de ciências, seria impossível identificar Bonnie e Clyde.

A menos que fôssemos pegos.

Sentei no banco do motorista e acendi os faróis, mas hesitei e os apaguei em seguida. Não queríamos chamar atenção. Em vez disso, coloquei meu celular no porta-copos; seu brilho teria que ser suficiente para nos guiar.

Antes de eu engatar a marcha e pisar no acelerador, ouvi sirenes começando a soar. Meu coração deu um salto. Será que abrir a porta da garagem tinha disparado algum tipo de alarme?

Então percebi que não eram sirenes. O aparelho de insulina de Tag estava apitando.

— O que ele está dizendo? — perguntei, embora já tivesse uma ideia e me sentisse estúpida por não ter percebido antes. A pele suada e pegajosa de Tag não era só por ele estar nervoso; era porque sua glicose estava...

— Baixa — completou ele por mim, silenciando a notificação. — A glicose está baixa.

Apertei o volante com mais força enquanto Tag abria o bolso da frente da mochila, pegando um pacote de jujubas.

— Você comeu bem hoje? — sussurrei enquanto ele mastigava e engolia as jujubas.

Lembrei-me da conversa entre Alex e ele antes de irmos para o santuário de esculturas, murmurando sobre Tag afundar o bolo de carne em ketchup mais cedo. Que horas ele tinha jantado? Umas seis?

— Não tão bem quanto deveria — admitiu, então amassou o pacote vazio. Ele apontou para a espiral de escuridão à nossa frente. — Avante.

— Mas, Tag...

— Avante! — repetiu, daquela vez pulando no assento.

O carrinho de golfe balançou com o peso dele, e ele apontou para a frente como se fosse um capitão do mar gritando: "Terra à vista!"

— Use as palavrinhas mágicas — cantarolei.
— Avante, por favor!
— É pra já. — Eu me atrapalhei com a marcha como uma tola em um filme dos anos 1950. — É pra já!
Então rimos quando pisei no acelerador.

QUINZE

Minha pulsação ditou nosso ritmo até o abrigo de barcos. Em vez de rastejar como um caracol, peguei rapidamente o caminho de cascalho, passando a toda por um quebra-molas. Nosso carrinho de golfe quase voou.

— *Juro* que você levou a gente para o espaço sideral — disse Tag, rindo. As jujubas pareciam ter funcionado. — Fomos à Lua, a Saturno...

Eu sorri e tirei uma das mãos do volante. Bati os nós dos dedos duas vezes contra o joelho dele. Nosso antigo código outra vez. *Você é engraçado.*

Tag se remexeu no assento.

Não podíamos vê-lo no escuro, mas o abrigo de barcos da Ames era bonito. "Tradicional, mas com um toque moderno", diziam os panfletos da escola. Sua fachada de cedro desbotada era clássica, mas a parede de vidro que permitia ver os veleiros e as pranchas de surfe armazenados lá dentro era novíssima. Um mirante de vidro também tinha sido adicionado recentemente; não havia vista melhor para uma regata.

Observei as ondas do mar batendo e inspirei fundo o ar salgado depois de estacionar o carrinho de golfe. Naquela noite, o vento estava bem forte perto da água. Eu tinha que ficar segurando o meu boné de beisebol com uma das mãos para que ele não fosse repentinamente roubado e lançado ao mar.

Minha mãe não tinha acesso ao abrigo de barcos, mas aquilo não era problema porque Tag sabia o código da porta da garagem.

— Uma vez marinheiro, sempre marinheiro — disse ele, porque o treinador de vela da Ames nunca mudava o código.

Era o mesmo desde quando Tag estava na equipe. Nada criativo, apenas o último ano em que a Ames havia vencido o Campeonato Nacional... o que fazia muito, muito tempo.

— É uma questão de treinamento — insistira Josh certa vez, um comentário que minha mãe decifrara como vontade de assumir a equipe.

— Josh, você não sabe nada sobre vela — dissera ela.

— Posso aprender — respondera ele, com naturalidade.

Assim que a porta barulhenta parou e Tag e eu entramos, as luzes do teto se acenderam, graças ao sensor de movimento. Havia suportes para pranchas nas paredes e diversas bandeiras de vitória pendiam do teto. CAMPEÕES NACIONAIS 2010 era a mais proeminente, mas suas cores estavam começando a ficar desbotadas.

— Olá, velho amigo — disse Tag.

Eu me virei e o vi perto de um dos veleiros. Ele segurava a fita adesiva e a pista seguinte, mas olhava com carinho para o barco. Eu soube na mesma hora que era o que ele usava para velejar com Daniel, o mesmo que Daniel passara a usar para velejar com o meu colega filhote, Anthony DeLuca. Embora a natação fosse mais importante, nunca entendi bem por que Tag tinha desistido da vela.

— Não vai doer, eu prometo — continuou ele.

— Espera — falei quando ele se abaixou. Parecia que ele ia colar a pista dentro do casco. — Quero ler o enigma.

— Ah. Eu já selei o envelope.

— Então abra — retruquei, indo na direção dele.

Eu me recusava a deixar de ler a pista. Porque, embora sua métrica fosse fazer um poeta laureado chorar de desgosto, os versos eram perfeitos para a caça ao tesouro do trote. Os Coringas zombavam dos jogadores.

A Ames era um jogo, em certos sentidos.

Tag ficou imóvel quando estendi a mão para o envelope. Depois de alguns momentos, ele me entregou com músculos tensos, mas a expressão séria em seu rosto...

Meu estômago se revirou.

— Você fechou de propósito — supus. — O que está escrito aqui... — Eu suspirei. — Você não quer que eu leia. Assim como não queria que eu lesse a pista sobre você e Blair.

Vamos falar de sexo, meu bem ecoou em meus pensamentos.

Tag não me corrigiu.

— Claro que você pode ler. — Foi tudo o que ele disse.

Então, sem pensar duas vezes, eu fui em frente. O envelope ainda estava úmido com a saliva de Tag, e tive que abrir a aba com cuidado para não rasgar. O cartão estava coberto com a confusão familiar de letras coladas, e li a pista o mais rápido possível:

Rosas são vermelhas
Violetas são azuis
No correio das Hoppers
Estará a sua luz!

— Ai, meu Deus... — O choque tomou conta de mim. — O que é *isso*?

Tag não respondeu. Esperei que ele me tranquilizasse mais uma vez, dizendo que o enigma era ridículo — que todos os enigmas eram ridículos —, mas ele não fez isso.

Eu mal conseguia ouvir a mim mesma falando.

— O que é isso, Tag? — repeti com raiva. — Que pista é essa? Um cartão de Dia dos Namorados escroto?

Ele se levantou da posição de cócoras.

— Lily...

— Você disse que o trote não era uma provocação — interrompi. — Mas é, cem por cento! — Apontei para o veleiro. — Isso, por exemplo. Cada membro da equipe e cada local da pista estão ligados a Daniel.

— Sim — disse Tag simplesmente.

— O quê? — Pisquei, surpresa, pois esperava que o Coringa argumentasse mais.

— O trote gira em torno da relação de Rivera com a Ames — continuou ele. — Você descobriu quando estávamos escondendo os almanaques. — Sua voz estava calma. — Nada disso é novidade, e insisto que, se Alex fosse o presidente, agora estaríamos escondendo uma pista na cabine do comentarista lá no rinque de patinação no gelo.

— Mas Alex *não* é o presidente — argumentei. — *Daniel* é.

— E daí? — disse Tag entre os dentes. — Ele é só o seu par para o baile, Lily. Não é como se você fosse a primeira-dama.

Só o seu par para o baile.

Eu não sabia por que essas palavras me deixavam com tanta raiva, mas deixavam. Talvez porque, em algum momento, o baile tivesse significado muito para Tag, mas já não significava nada. Minha pulsação martelava tão forte que perdi o controle.

— Por algum motivo, você tem algo contra o Daniel, e tudo bem, estamos ajudando você na missão. Mas esconder uma pista na minha caixa de correio torna isso muito mais pessoal para mim, Tag! Eu posso ser uma carta do seu baralho, mas não vou ser usada desse jeito.

Ele não reagiu imediatamente. Pelo menos cinco segundos se passaram antes que dissesse:

— Por que você vive defendendo o Daniel? Ele é um babaca.

Eu revirei os olhos.

— Ele não é tão ruim assim.

— Ah, é mesmo? — ironizou Tag em tom petulante, mas percebi que as pontas de suas orelhas estavam vermelhas. — Estragar a minha bomba não é tão ruim assim? — Ele assentiu para si mesmo. — Está bem, então, muito obrigado pela opinião.

Meu coração se apertou.

— Do que você está falando?

— Da vela na primavera passada.

— É, Alex me disse que você se aposentou depois da temporada para se concentrar na natação... — Eu parei quando os olhos verde-acinzentados de Tag se fixaram nos meus. — O que aconteceu? — perguntei, de repente ansiosa. — Aconteceu alguma coisa, não foi?

— Era o último treino antes da regata de Bexley — contou ele. — Estávamos fazendo uma simulação, e eu não havia tirado minha bomba... meus níveis estavam oscilando muito naquele dia, eu disse isso a ele. Ele *sabia* que eu ainda estava com ela. Só que discutimos e ele me derrubou no mar. Bati na água *com força*.

Abri a boca, mas Tag balançou a cabeça.

— Eu perdi a calma. Gritei que ele precisava me ajudar, mas ele não ajudou, mesmo sabendo que minha bomba não era à prova d'água. — O rosto de Tag se retorceu como uma gárgula grotesca. — Ele ficou lá olhando enquanto eu entrava em pânico e depois riu quando consegui subir de volta ao veleiro. Eu estava tão apavorado que precisei de três tentativas.

Eu mal conseguia respirar.

Como Daniel ousou fazer uma coisa dessas? Como ele pôde deixar Tag sofrer daquele jeito?

Tag esfregou os olhos enquanto os meus começavam a arder.

— Eu fiquei bem, mas a minha bomba... a bateria ficou encharcada. — Ele suspirou. — E, para piorar, minha bomba de reposição se perdeu no correio, então tive que picar o dedo e usar as injeções de emergência por um tempo.

Eu fiz uma careta. Tag odiava agulhas, mas era a única outra maneira de monitorar seus níveis de glicose e injetar insulina quando necessário.

— Depois que voltamos, ele deu um tapinha no meu ombro e disse que eu não precisava ser tão dramático. — Ele pausou. — Eu falei para ele encontrar um novo parceiro de vela antes de empurrá-lo para fora do cais.

— Que dramático da sua parte — comentei por cima do nó em minha garganta. Deixei um instante passar. — Você arranjou problemas por causa disso?

Ele balançou a cabeça.

— Não. O treinador Burns deixou de me recomendar para o cargo de monitor, mas foi só isso.

Meu estômago se revirou. Tag *havia* se candidatado.

— Meus pais entraram em contato para me falar sobre como eu tinha sido irresponsável — continuou ele.

— Isso é revoltante — murmurei. — Eu quero vomitar.

— Fique à vontade — disse ele com voz rouca, então voltou a ficar de cócoras e prendeu a fita adesiva no chão de concreto. — Como eu disse, Daniel é um babaca.

Eu pisquei para afastar as lágrimas. Tudo fazia sentido. A motivação por trás do trote daquela noite. Mas ainda assim, de alguma maneira, ouvi-me dizer:

— Por favor, não use essa pista.

Tag fechou os olhos e cerrou os dentes.

— Você está brincando. Você não pode continuar achando...

— Não, eu apenas não quero estar no meio — interrompi rapidamente. — Você tem razão: ele é um imbecil e merece. Mas não quero qualquer ligação comigo, tirando ser uma carta de baralho anônima.

— Mas é *preciso* — argumentou ele. — Todo mundo foi retirado da lista de suspeitos, Lily. Eu coloquei a mim e a Blair em uma pista, Maya está na enfermaria, Alex deu uma palestra chapado para seis testemunhas, Manik está literalmente *com* Daniel tentando encontrar essas testemunhas... e, vamos ser realistas, Zoe é simplesmente muito foda. Por enquanto, o nome de todos foi riscado com tinta vermelha. — Ele me olhou. — Menos o seu.

— Menos o *meu*? — Eu o encarei de volta. — Fala sério, eu nunca estive nessa lista de suspeitos para início de conversa, Tag. — Eu balancei a cabeça, pensando na minha imagem de anjo-em-cima-da-árvore-de-Natal. — Meu Deus.

— Você estará quando Daniel *realmente* parar para pensar nesse trote, e também o resto da escola, porque há uma chance de ele compartilhar as pistas. — Tag segurou o envelope. — Lily, se não escondermos esta aqui, que admito ser maldosa num nível ensino fundamental...

— Ou seja: pura maldade.

— Sim, em sua forma mais pura — concordou Tag, assentindo. — Ou seja, se a usarmos, a Ames nunca vai identificar você como Coringa. Daniel é seu par no baile. Por que você escreveria algo assim? — Ele soltou o ar. — Mas se pularmos e mudarmos as coisas... — Ele fez uma careta. — Amarelinha, fico com medo de você se ferrar.

Eu me agachei ao lado dele, me sentindo uma completa idiota. Por quê? Por que eu me ferraria? O que denunciaria meu envolvimento?

— O acesso ao prédio — murmurou Tag. — Nenhum Coringa conseguiu fazer um trote interno antes porque os crachás dos alunos não funcionam após o anoitecer. O único aluno que não perde o acesso é o nosso presidente, mas ele é quem está resolvendo os enigmas. Embora aquele aluno do nono ano tenha roubado o crachá dele, acho que acusá-lo como autor do trote seria demais. — Ele suspirou. — Nós dois sabemos que aqueles alarmes irritantes disparam se as portas ficarem abertas por muito tempo, e a Campo nunca os deixaria passarem batidos. Não vai haver qualquer sinal de arrombamento. Se tivermos sorte, algumas janelas das salas de aula terão sido esquecidas abertas, mas nós não quebramos nenhuma. A única explicação lógica será o crachá de algum professor.

— E isso significa eu — murmurei com amargura, depois praguejei: — Merda.

Tag estava certo; precisávamos usar o cartão de Dia dos Namorados casualmente cruel. Daniel veria que eu não era suspeita. Se as pistas viessem a público, eu duvidava que mais alguém tentasse me responsabilizar. Eles se perguntariam como os culpados teriam conseguido entrar no Hubbard e no observatório, mas, por causa da minha reputação, provavelmente concluiriam que uma operação diurna audaciosa era mais provável do que me recrutar para conseguir o crachá de um professor.

Lily Hopper nunca *faria uma coisa dessas!*, eu podia imaginar Blair dizendo.

Eu segurei o envelope no lugar enquanto Tag o colava no casco do veleiro, e então ele fechou a mochila e nos despedimos silenciosamente dos veleiros e das pranchas de surfe. Nenhum de nós disse nada até a porta do abrigo de barcos ter terminado de descer.

— Há outros motivos para pensarem que você é o Coringa — disse Tag. — Não é só por causa do bilhete dourado de Leda.

— Aham, claro. — Bufei, indo em direção ao nosso carrinho de golfe. — Com certeza.

Mas o contato repentino da mão de Tag no meu braço me fez parar no meio do caminho. Ele já estava falando, recitando adjetivos em uma velocidade que sugeria que estava nervoso. Não consegui ouvir nenhum deles devido ao rugido do oceano.

— Eu contei ao Alex logo depois que fui escolhido! — gritou ele em um volume que finalmente consegui ouvir. — Foi no fim do ano passado, e praticamente rimos o verão inteiro sobre a loucura iminente quando fosse a minha vez. Eu me recusei a discutir quaisquer planos concretos, é claro.

Dei a ele um único aceno de cabeça.

— Claro.

— Porque eu queria falar com *você*, Amarelinha. Era com você que eu queria tramar... — Ele não terminou a frase, o vento chicoteando seu cabelo. — Adiei os planos por meses porque não confiava em mim mesmo para ir até a sua casa, bater na porta e pedir para você escrever em um caderno estúpido comigo. Eu sei que tramar o trote com outras pessoas vai contra o código, mas eu não me importava. Tudo o que eu queria era preparar listas, fazer anotações nos mapas do campus e escrever enigmas ridículos com você. — Ele suspirou. — Se Alex não tivesse me trancado no nosso quarto em um fim de semana para resolver a logística, não sei se estaríamos aqui agora. Ser o Coringa não parecia valer a pena se eu não podia ter você como minha parceira nos planos...

Ele estava tremendo quando terminou de falar. Embora uma parte de mim quisesse se jogar nos braços dele, a outra parte me disse para ficar quieta e responder:

— E, ainda assim, eu não era boa o suficiente para você.

Talvez tenha sido um erro, desenterrar nosso finado relacionamento, mas...

Paciência, pensei.

Os olhos de Tag se arregalaram.

— O quê? Do que você está falando?

— Você teria ido se eu fosse boa o suficiente para você — falei, reunindo o máximo de coragem que conseguia. — Tag, você teria entrado na minha casa, sorrido e me mostrado um caderno novo depois de dar oi com um abraço apertado. Você teria ido atrás de mim escada acima e teríamos colocado nossos chapéus de Coringa invisíveis e feito planos mágicos.

Meu Deus, eu conseguia imaginar direitinho. Era tão fácil visualizar, até a maneira como ele teria se jogado na minha cama desfeita e como eu teria pulado em cima dele assim que ele revelasse o segredo.

— Mas eu já sabia que não era boa o suficiente para você — continuei, assentindo, resoluta. — Então tudo bem. Está tudo completamente...

— Por que você pensaria isso? — explodiu Tag. — Por que você acharia que não era o bastante para mim?

— Por causa da Blair! — gritei mais alto que as ondas rugindo no oceano. — Porque você decidiu sair com Blair Greenberg, *linda* e *glamorosa* e intelectualmente *superior*!

— Mas você terminou comigo — afirmou Tag como quem dizia o óbvio. — Depois de dois meses se afastando...

— Eu não me afastei!

— Se afastou, sim! — retrucou ele. — Você começou a ficar em casa aos sábados à noite em vez de ir às festas e, sempre que eu queria faltar também, você me dizia para não fazer isso, para eu ir sozinho me divertir com o Alex. — Sua garganta se moveu quando ele engoliu. — Era como se você não quisesse passar nenhum tempo comigo. E aí, no dia seguinte, você estava sempre fazendo dever de casa quando eu aparecia no brunch do Josh para a vizinhança, e depois convidava nossos amigos para irem ao cinema com a gente mais tarde. As sessões de domingo à tarde eram só nossas, Lily. Eram a *nossa* tradição.

— Eram. — Olhei para o chão. — Até você faltar a uma delas sem me avisar.

Tag soltou um longo suspiro.

— Eu fiz isso de propósito — disse ele depois de um tempo. — Não me orgulho disso, mas queria ver se você se importaria. — Ele deu de ombros. — Você não se importou.

Meus olhos ficaram marejados.

— Não é verdade. — Engoli em seco, me lembrando. — Fiquei sentada no meu quarto olhando para o celular a tarde toda, me perguntando se deveria ligar para você.

— E por que não ligou?

— Porque achei que você tinha encontrado algo melhor para fazer — admiti. — Algo melhor para fazer com alguém melhor do que eu.

Tag largou a mochila, e perdi o fôlego quando ele se aproximou para levantar a gola da camisa xadrez de flanela.

— O que poderia ser melhor do que passar a minha tarde vendo um filme estrangeiro estranho... — Seus dedos mexeram na manga da camisa, tão perto do meu pulso. Algo começou a se acumular no meu peito, como se a água estivesse enchendo meus pulmões. — Com cerca de quatro idosos na sala e minha única e exclusiva...

Eu não o deixei terminar; em vez disso, agarrei seu rosto e quase esmaguei minha boca contra a dele.

Nossas cabeças bateram uma na outra.

— Meu Deus — murmurei quando não deu certo.

Tag soltou a camisa e riu.

— O que foi isso?

— Um beijo — respondi, com a voz fraca.

Desviei o olhar, constrangida, mas depois o senti trazendo meu rosto de volta. Os dedos dele roçaram os meus antes de os entrelaçarem. Tag os ergueu, e eu corei quando ele me envolveu em seus braços. Ele pôs a mão na minha lombar, a palma da outra entre as minhas omoplatas.

— Eu queria que você tivesse ido — sussurrei. — Eu teria adorado fazer listas, anotar mapas e consultar um dicionário de rimas com você.

— Eu também queria ter ido — sussurrou ele de volta, e nós dois balançamos de leve com a brisa do mar. Seus músculos se contraíram. — Mas hoje à noite foi bom, não? Tirando algumas coisas que deram errado?

— Foi mais do que bom, Coringa. Foi até, eu ousaria dizer, *divertido*. — Eu o senti relaxar quando eu sorri. — Vamos só rezar para não dar mais nenhuma merda.

Tag sorriu de volta.

— Tudo está bem quando termina bem — murmurou ele, beijando as minhas covinhas de leve antes de dar um passo para trás e me olhar.

Você está com o meu sorriso favorito no rosto.

Houve um momento de silêncio entre nós.

E então...

E então.

Tag e eu estávamos nos beijando, e ah — ah, os lábios dele eram suaves e delicados, mas também faiscavam como estrelinhas nos meus. Senti um frio na barriga quando o beijo se aprofundou, e um arrepio quando

Tag deslizou as mãos ao redor da minha cintura para me puxar mais para perto. Eu me ergui na ponta dos pés e enrosquei as mãos em seu cabelo escuro.

— Amarelinha — disse ele, sem ar, o coração batendo muito acelerado. — Eu não quero que tudo dê errado agora. Nós precisamos...

— Eu sei — falei, beijando o pescoço dele. — Precisamos voltar para as pistas. — Eu suspirei. — Agora não, Tag. Por favor. Só mais um pouco.

Por mais de um ano, ele estivera inalcançável, mas naquele momento... Eu não conseguia me impedir de deixar o barco correr solto. As estrelas cintilantes que eu via enquanto estava de olhos fechados me diziam que valia a pena.

— Não é disso que eu estou... — começou Tag.

Quando o beijei de novo, ele soltou um gemido e deslizou as mãos sob minha camiseta. Tudo em mim *doía* de desejo. Ainda não estávamos perto o suficiente, mesmo que nossos quadris já estivessem colados. Era agonizantemente maravilhoso.

— Tem a sala de troféus lá em cima — sussurrou Tag no meu ouvido.

— Como assim? — Eu sorri e joguei meus braços ao redor de seu pescoço, o suor escorrendo em minha testa. — Desde quando a equipe de vela tem troféus suficientes para encher uma sala?

Nós cambaleamos para trás contra a parede externa do abrigo de barcos, rindo como se o sol nunca fosse nascer.

— Pode não haver muitos novos — respondeu Tag depois de um beijo feroz. — Mas tem muitas primeiras colocações dos anos 1960 e 1970.

Eu prendi meus dedos nos passadores da calça dele. Outro beijo, outro beijo, outro beijo caleidoscópico.

— Você tem uma? — perguntei, ofegante. — Na mochila?

Os ombros de Tag desabaram.

— Não — disse ele, depois tossiu. — Não coloquei na lista de hoje à noite.

E foi aí que a percepção nos atingiu como um raio: tentávamos compensar o tempo perdido quando não havia tempo a perder. Nós nos separamos e nos encaramos, aterrorizados.

— Pegue a mochila! — gritei.

— Pegue as chaves! — gritou ele.

Só tínhamos tempo para fugir.

PISTA CINCO

ROSAS SÃO VERMELHAS
VIOLETAS SÃO AZUIS
NO CORREIO DAS HOPPERS
ESTARÁ A SUA LUZ!

DEZESSEIS

O carrinho de golfe serviu de veículo de fuga, só que um veículo de fuga não ajuda muito se você estiver levando junto a situação da qual você queria fugir. Tag e eu ficamos em silêncio total, olhando rigidamente para a frente enquanto eu dirigia. *No que ele está pensando?*, me perguntei, minha pulsação disparando junto com o carrinho de golfe. *Me diga, Tag. No que você está pensando?*

Eu não sabia nem o que *eu* estava pensando. Pelo menos não com muita clareza. Aqueles minutos velozes e furiosos entre nós tinham sido incríveis, mas fiquei confusa. Eu ainda o amava, mas será que ele sentia o mesmo? Ou eu era apenas a sua parceira de crime favorita porque trabalhávamos bem juntos?

E quanto a Blair? Será que eu era apenas a melhor pessoa para distraí-lo dela? Mesmo que fosse pela trilionésima vez, eles tinham terminado, mas ele *também* a protegera em um dos enigmas.

Será que nós só tínhamos nos deixado levar pelo momento?

Senti um aperto no coração. Que belo caos havíamos criado.

Portanto, percebi com tristeza, *não vamos mais tocar no assunto*.

Não havia tempo para conversas daquele tipo se quiséssemos esconder as pistas até o amanhecer.

Não voltamos para a Gilmore Lane. Em vez disso, dirigi perto da água, seguindo pelo calçadão de tábuas que serpenteava ao longo da praia da

Ames. Acabaria passando pela minha casa. O atalho perfeito, ainda mais às quatro da manhã.

Quando Tag finalmente falou, meu corpo estremeceu.

— Acho que devíamos esconder o carrinho aqui — disse, indicando um ponto entre duas dunas rochosas mais adiante. — Podemos voltar a pé.

— Tudo bem.

Assenti. Antes nas dunas do que no meu quintal, e o calçadão era uma das rotas favoritas de quem saía para correr no campus, então o carrinho seria encontrado e devolvido ao setor de manutenção e paisagismo em um dia.

— Você realmente pensa em tudo — comentei depois que Tag limpou o volante e os assentos com os lenços desinfetantes que tirou da mochila.

— Seria melhor se fosse água sanitária.

Meu celular vibrou, e uma sensação ruim me invadiu ao ver uma nova mensagem de Zoe. Por alguma razão, pressenti que não seria boa.

Acho bom o resto das suas pistas ser brutal, Swell, escreveu ela. Por causa do maldito Daniel Rivera, acabei de quebrar o tornozelo.

— Ah, não. Não, não pode ser...

Zoe já usava bandagens nos tornozelos antes dos jogos de basquete. Ela não precisava de um acidente sério comprometendo sua carreira. Com quatro anos pela frente na Duke, ela estava apenas começando.

Você não quebrou o tornozelo, Zoe, escreveu Alex, embora sem dúvida estivesse bem ao lado dela. Você torceu.

Desde quando você tem um diploma em medicina, Alex?, retrucou ela. Os ligamentos foram rompidos!

Tag suspirou e digitou: O que aconteceu?

Então, olhou para mim como se dissesse: *Precisamos ir logo.*

Nossa caminhada rápida logo se transformou em uma corrida. Quando estávamos perto da minha casa, Zoe tinha terminado de explicar que ela e Alex não chegaram ao nosso ponto de encontro no percurso de cordas porque Daniel e Manik tinham chegado muito perto deles na floresta. Eles decidiram sair correndo, o que havia feito Daniel reagir feito um pastor alemão. Ele perseguiu a gente até Manik conseguir convencê-lo a parar, **escreveu ela**. Ele disse a Daniel que o barulho devia ter vindo de Tag e Blair, já que estávamos perto do santuário das esculturas. Ele ficou sabendo que eles voltaram hoje à noite...

Desviei o olhar do meu celular para Tag, o coração batendo forte. Ele e Blair tinham voltado? Mais cedo, ele tinha dito a Bunker que ele e Blair haviam terminado de vez.

Ele estava mentindo?, me perguntei. *Em nome do nosso disfarce de amantes ao luar?*

— Não — disse ele antes que eu pudesse perguntar. — Não, não estamos juntos. De jeito nenhum. Não ouça a *People Magazine*.

— Mas...? — sussurrei, esperando ele completar.

Tag desacelerou o passo.

— Mas sentamos juntos no jantar — disse ele — e ela me convidou para o baile.

— Ah — falei, me sentindo por fora. Eu tinha jantado em casa, não no refeitório, então não sabia. Zoe e Pravika provavelmente sabiam, mas talvez estivessem tentando me poupar. Os cantos dos meus olhos arderam. Nosso momento no abrigo de barcos não significava nada.

Eu queria deitar na minha cama e chorar. Sim, Tag tinha dito que eu era boa o suficiente para ele, mas era tarde demais. Eu tinha terminado nosso namoro e ele seguira em frente; o melhor que poderíamos fazer era ser amigos.

Mas não podíamos ser amigos. *Eu* não podia ser amiga dele.

— Lily — chamou Tag, mas eu o ignorei.

Li o resto da mensagem e descobri que Zoe havia caído ao tropeçar em um galho de árvore e mal conseguia andar. Alex a estava levando lentamente de volta para o alojamento dela e inventando uma história convincente sobre como ela teria conseguido machucar o tornozelo enquanto estava dentro do próprio quarto.

Eu não disse nada até chegarmos ao meu quintal. A casa estava escura e minha mãe, eu esperava, estava dormindo.

— Certo, não vamos demorar — pedi, andando com pressa pelo gramado. Ele estava vários passos atrás de mim. — Pista no envelope, fita pronta.

— Você... não quer ler?

— Não — respondi quando passamos sob a luz automática da varanda. — Alex disse que ele vai até o departamento de admissões depois de ajudar Zoe a chegar no dormitório, então suponho que a pista leve até lá. — Eu fiz uma pausa. — Essa é a última, certo?

— Sim, sete, o número da sorte — disse Tag, baixinho.

Avançamos pela entrada como dois espiões. Tag fechou o envelope e arrancou tiras de fita quando chegamos à caixa de correio. Não pude deixar de olhar na direção da casa enquanto ele abria a pequena porta da caixa de correio; a janela da minha mãe dava para o gramado da frente.

— Tente colar no teto — sugeri, sem tirar os olhos das janelas. — Minha mãe e eu nunca enviamos nada, mas o carteiro é fofoqueiro, e o Josh pega a correspondência todos os dias porque agora usa o nosso endereço.

— Quando é o casamento? — perguntou Tag.

— No outono — contei, animada. — Em outubro.

Então parei e arfei, horrorizada. Minha mãe e Josh ainda não tinham anunciado o noivado. Apenas Bunker e Penny Bickford sabiam, pois era como se fossem da família.

Tag riu.

— Relaxa, eu já sei há meses. O Josh é péssimo em guardar segredos. Eu jantei na casa dele outro dia... — Ele parou e soltou um suspiro frustrado.

Vi suas mãos trêmulas.

— Minhas mãos não estão firmes — disse ele. — Você pode colar, por favor?

— Só se você comer mais jujubas — respondi com o estômago azedo. — Tag, agora.

O aparelho de insulina dele ia disparar de novo a qualquer momento para apontar o nível de açúcar baixo.

— Eu não tenho mais — disse ele. — Eu comi as últimas.

— Então coma outra coisa — falei, com os cotovelos enfiados na caixa de correio. — Algum outro lanche.

Tag não abriu a mochila.

— Não... — sussurrei, prendendo o último pedaço de fita no lugar e fechando a porta da caixa de correio silenciosamente. — Acabou tudo? É sério que você só trouxe aquelas jujubas?

Ele deu de ombros, desanimado.

— Eu tive que me forçar a comer hoje por causa do nervosismo.

— Bem, e bebida? Você deve ter um Gatorade ou algo assim.

— Está na mochila do Alex. Não tinha espaço na minha.

Eu gemi.

— Meu Deus, Tag, retiro o que eu disse mais cedo. Você fez um péssimo trabalho ao preparar essa mochila.

— Eu sei — concordou ele. — Primeiro, nada de camisinha, agora isso...

Meu sangue ardeu em minhas veias. *Primeiro, nada de camisinha.*

Ele estava tentando ser engraçado? Eu me contive para não dar um empurrão nele. Não poderia haver uma maneira pior de tentar amenizar a situação.

Quando sua bomba disparou, o que era inevitável, ele a silenciou... Mas isso não resolveu o problema.

— Vem comigo. *Precisamos* arranjar alguma coisa para você comer.

Você consegue, garanti a mim mesma. *Você consegue invadir a própria casa.*

Tecnicamente, continuou a voz na minha cabeça, *você nem precisa invadir nada, já que deixou a porta dos fundos destrancada...*

Isso! Meus ombros se endireitaram. *Perfeito!*

Meu Deus, estava tarde. Outra voz imaginária me repreendeu, dizendo que eu deveria estar na cama.

— O que você quer? — perguntei a um Tag pálido depois de acomodá-lo no tronco da árvore com o balanço de pneu.

Estávamos bem embaixo da minha janela. Eu conseguia ouvir o aparelho de ruído branco que eu deixara ligado.

— Talvez a gente tenha Gatorade, mas... — Eu parei de falar ao girar a maçaneta, mas a porta se recusou a abrir. Estava trancada? *Como?* Eu tinha certeza de que a havia deixado aberta!

Aquilo não poderia estar acontecendo.

Minha mãe, pensei. Ela devia ter acordado no meio da noite e descido para tomar água ou mais chá. Talvez eu não tivesse fechado a porta direito, e o vento a tivesse aberto... Eu imaginei minha mãe meio adormecida, fechando a porta e trancando-a com um bocejo.

— Tem a portinhola de cachorro — lembrou Tag. — Acho que você consegue passar por ela sem dificuldade.

Eu olhei para a portinhola de cachorro. Os professores que moravam na casa antes de nós a haviam instalado e, embora minha mãe e eu não tivéssemos nenhum animal de estimação, a coonhound de Josh a adorava. Ela sempre ia e voltava, ia e voltava...

— Prometa que não vai contar para ninguém — falei. — Inclusive o Alex.

Ele assentiu com seriedade.

— Não vou contar para ninguém, tirando o Alex.

Eu olhei feio para ele antes de me abaixar na varanda dos fundos para passar pela portinhola. Foi até fácil me posicionar, mas me senti tão estúpida quando minha cabeça passou pela aba de borracha. *Eu poderia ter entrado pela porta de verdade*, percebi. *Eu poderia ter* destrancado *a porta com a maldita chave de casa no meu maldito bolso.*

Do lado de fora, Tag estava rindo como se eu tivesse expressado aquela percepção em voz alta.

Mas eu não poderia voltar atrás. Não, depois de tudo aquilo, eu teria que entrar pela portinhola.

Meu coração começou a bater mais rápido quando percebi que as luzes do teto da cozinha não estavam como eu as havia deixado. Estavam acesas no modo suave em vez de totalmente desligadas. Minha mãe tinha mesmo estado na cozinha desde que eu saíra de casa.

— Maravilha — sussurrei, então me arrastei pela portinhola de cachorro e me pus de pé.

A geladeira ficava na parede oposta, então tirei meus tênis e avancei um passo de cada vez, apenas de meias. Quando abri a porta da geladeira, houve um clarão de luz, mas o suspiro aliviado que soltei foi cedo demais. Por toda a parte, havia recipientes de comida para viagem e potes de plástico cheios de restos. Estavam todos organizados e empilhados de maneira sistemática, mas ainda assim eram muitos. Fazia um tempo que não limpávamos a geladeira.

Eu revirei o refrigerador, vasculhando até o fundo para confirmar que não tínhamos Gatorade, que já estaria vencido, de qualquer forma. Nós só comprávamos para Tag.

Dois minutos depois, rastejei de volta pela portinhola de cachorro e encontrei Tag suando em bicas.

— Aqui — sussurrei, oferecendo-lhe uma garrafa fechada de suco de toranja e um pão de pretzel para sanduíches. — Pode escolher.

Como incentivo, peguei uma garrafa de ketchup que também havia trazido e derramei um monte no pão de pretzel. Até caiu um pouco no meu joelho.

— Você me conhece — disse Tag, inclinando a cabeça de um jeito bem-humorado.

— Sim, conheço — falei em tom inexpressivo. — Muito bem, pelo visto. — Eu lhe entreguei o pão encharcado de ketchup. — Agora coma, por favor.

Tag não discutiu. Ele devorou o pão em apenas algumas mordidas, então lambeu os dedos sujos de ketchup. Meu estômago se revirou, meio enjoado e meio apaixonado. Mesmo depois de quatro anos, eu ainda era incapaz de entender a obsessão dele por ketchup, mas, sem ela, Tag não seria quem era.

— Pronto para ir? — perguntei alguns minutos mais tarde, depois que ele tomou um gole do suco para fazer o pão descer. Enfiei a garrafa em sua mochila pesada, só por via das dúvidas.

Tag abriu a boca, mas, em vez de sua voz, ouvi um miado inconfundível.

— Isso foi um gato? — perguntou ele, franzindo a testa enquanto olhava ao redor para o quintal escuro. — Pareceu um gato.

— Sim — murmurei enquanto um gato laranja conhecido pulava na varanda. Seus olhos castanhos eram enganosamente inocentes sob a luz da lâmpada automática. — Boa noite, sr. Goodfellow — cumprimentei, então me virei para Tag. — O Robin aqui é o gato de rua da nossa vizinhança, mas ele prefere a nossa casa porque minha mãe o mima.

— Josh deve *adorar* — comentou Tag. Então, chamou o gato para mais perto da árvore. Demorou um pouquinho, mas, depois que pisquei algumas vezes, o gato deixou Tag acariciar sua cabeça. — Prazer em conhecê-lo, Puck.

Robin Goodfellow, ou "Puck", era o ser mitológico travesso de *Sonho de uma noite de verão*, de William Shakespeare. Tinham sido necessárias apenas três visitas para minha mãe lhe dar um nome.

— Leda, eu te amo — dissera Josh. — Você sabe que te amo e amo tudo em você, mas não posso concordar com isso. Primeiro você o alimenta, depois coloca um nome nele... — Ele gemeu. — Logo ele vai pensar que mora aqui!

Josh não gostava muito de gatos.

— Certo, estou pronto — disse Tag enquanto eu observava Puck. Pelo canto do olho, vi ele se levantar e se espreguiçar. — Um de nós deveria mandar uma mensagem para Alex avisando que estamos indo.

Eu assenti, mas então vi Tag desenroscar a tampa de plástico do suco e tomar dois goles.

— Não foi suficiente? — perguntei. — Se continuar bebendo, não vai ser muito?

Pelo que Tag havia me contado sobre diabetes, eu tinha trazido o pão e o suco para que ele pudesse ter uma opção. Ambos eram ricos em carboidratos, que aumentariam o nível de açúcar no sangue dele, mas juntos poderiam ser demais.

— Lily, está tudo bem — disse ele enquanto eu sentia um aperto no peito. — Acredite, estou bem. Me sinto melhor, bem melhor do que antes. — Ele sorriu para mim. — Está pronta?

DEZESSETE

O departamento de admissões da Ames ficava na vila acadêmica da escola, então Tag e eu respiramos fundo antes de seguirmos pelo meu bairro. Era o caminho mais rápido até o campus principal. Eu me sentira segura mais cedo, correndo para encontrar o Coringa à meia-noite, mas naquele momento eu estava menos confiante. Todas as casas estavam adormecidas e a lua ainda brilhava, mas baixei bem o boné de beisebol.

Talvez tivesse a ver com Puck, o Gato, nos seguindo.

— *Por favor*, vá embora — implorei a ele. — Vá para a casa dos De-Luca. Sei que odeia a piscina deles, mas lembra aquele lindo parquinho que eles têm? A sra. DeLuca mandou fotos suas no escorrega!

— Talvez ele esteja sentindo o cheiro da Stevie em mim — disse Tag. — Ela ficou se esfregando nas minhas pernas hoje antes de eu sair.

— Ou talvez ele apenas goste de você — resmunguei.

Tag riu.

— Talvez Alex e eu possamos passar a cuidar dele para os professores.

— É, talvez — concordei, me aproximando ainda mais dele.

Estávamos caminhando com os braços entrelaçados, como se esperássemos ser separados a qualquer momento. Não era nem preciso dizer que estávamos tensos com a ideia de voltar ao campus, com os carros da Campo patrulhando e as luzes dos alojamentos acesas. Pensei em Pravika e em seu hábito de acordar antes de o sol nascer para terminar os deveres da escola. Será que o alarme dela já tinha tocado?

E quanto a Daniel, Manik e os alunos do nono ano? Onde estavam? Até onde sabíamos, Josh poderia até estar envolvido, à essa altura.

— Tem certeza de que a gente não devia mandar uma mensagem para Manik? — perguntei. — Para ver o que está acontecendo com ele?

— Tenho — confirmou ele enquanto dobrávamos uma esquina. — Não seria muito prudente distraí-lo de sua missão de busca e resgate. — Ele fez uma pausa. — Sem falar que seria muito injusto roubar a atenção dele de volta para nosso pequeno trote.

Eu bati meu ombro no dele. O Tag brincalhão estava voltando, o que me fez sorrir. Era reconfortante saber que ele não tinha exagerado no suco, que ele estava mesmo bem.

— Você se arrepende de ter chamado o Manik? — perguntei de repente.

— De jeito nenhum. Eu estava falando sério lá no Pátio Real. Ele se dedicou, deu suor, sangue e sanidade como editor... Merece saber que os almanaques estão em um lugar seguro. Não quero que ele gaste um segundo sequer se preocupando.

Nossos celulares vibraram com uma nova mensagem.

Estou em casa, **avisou Zoe.** *Alex me ajudou a deitar e foi lá embaixo pegar gelo no freezer da cozinha. Ele está enrolando meu tornozelo destruído com uma atadura elástica.*

Protocolo RGCE, meu bem, **acrescentou Alex.** *Repouso, Gelo, Compressão e Elevação!*

Obrigado, doutor, **respondeu Tag** antes de guardar o celular no bolso. Nenhum de nós disse nada, então seguimos em silêncio.

— Sinto muito por não ter lido a pista — falei depois de um tempo. — Eu queria ter lido. Agora estou curiosa para saber por que o Coringa escolheu o departamento de admissões.

Tag não respondeu.

Por favor, não pergunte por que não li, pensei, sabendo que havia chances de ele perguntar. Era uma dúvida válida, afinal. Mas eu não queria responder, não queria explicar que tinha ficado chateada por Blair ser o par dele para o baile.

— Acredito que o Coringa memorizou todas as pistas — disse Tag depois de alguns instantes. — Ele não só as leu cem vezes, mas também pensou que seria vantajoso memorizá-las. — Ele me deu um olhar convencido. — Parece que ele estava certo.

— Só se ele provar que decorou mesmo — respondi, para incentivá-lo, quando ele não disse mais nada.

Tag sorriu, então começou a pular e agitar os braços no ar, anunciando em tom brincalhão:

— *Sr. Presidente! Sr. Presidente!*
Está convocado para uma reunião urgente!
A pauta contém uma grande questão:
OS ANUÁRIOS DA AMES, ONDE ESTÃO?

Eu aplaudi silenciosamente sua performance.

— Nada mal. — Eu estava rindo. — Nada mal mesmo.

O departamento de admissões não era apenas a sede para os futuros alunos da Ames, mas também abrigava todas as pessoas mais importantes da escola (os VIPS, como minha mãe os chamava). O escritório do reitor DeLuca ficava no segundo andar, enquanto a diretora Bickford tinha o terceiro andar todo para ela. Daniel também realizava reuniões semanais lá com o conselho estudantil, e parte delas era dedicada a promover a escola para os pais dos possíveis futuros alunos na sala de espera, antes de tratarem de suas pautas na sala de reuniões do primeiro andar. De acordo com Pravika, a secretária do grupo, aquelas reuniões eram intermináveis. O número de "minutos" que ela havia registrado no laptop era surpreendente.

— É a pista favorita do Alex — contou Tag enquanto entrelaçava o braço no meu mais uma vez.

Atrás de nós, Puck sibilou.

— Pelo visto, não é a do Puck — comentei antes de olhar para trás a fim de ver se o gato tinha resolvido ir embora.

De fato, eu o vi correndo pelo gramado da madame Hoffman, seu movimento visível como se fosse dia.

Porque havia uma luz na escuridão. Não eram faróis de carro, mas um único feixe que oscilava de leve. Poderia até ser uma lanterna, mas meu palpite era de que seria uma lanterna de cabeça, como aquela que eu tinha usado lá no percurso de cordas.

— Tag — murmurei. — Tem alguém vindo aí.

— Eu sei — murmurou ele de volta. — Estou ouvindo os passos batendo no concreto.

E uma respiração pesada, pensei.

— Oi!

Tag e eu paramos onde estávamos e vimos Anthony DeLuca desacelerar na nossa frente.

— E aí, Anthony? — cumprimentou Tag com toda a naturalidade.

— Eu não sabia que você corria à noite, Anthony — comentei, depois de disfarçar um gritinho de susto.

Anthony cumprimentou Tag batendo os punhos cerrados.

— É, eu corro à noite. Ou de manhã cedo. — Ele deu de ombros. — Acabei dormindo às sete da noite ontem, então quatro e meia já é manhã para mim.

Quatro e meia?, pensei, resistindo ao impulso de consultar meu celular. *Já são quatro e meia?*

Tínhamos apenas duas horas antes de o sol nascer.

— Mas enfim... — continuou Anthony, seu tom ficando mais malicioso. — Como foi?

Um instante se passou em três batidas fortes do meu coração.

— Hã? — Tag fingiu confusão, já que parecia que minha língua tinha ficado presa na boca. — Como foi o *quê*?

— Ah, por favor. — Anthony esticou os braços sobre a cabeça. — Você sabe.

Nós sabíamos? A menos que alguém tivesse tomado um soro da verdade, como Anthony poderia saber do trote? Ele estava apenas no segundo ano. O fato de Tag e eu estarmos juntos no bairro dos professores tão tarde não ajudava muito a esconder, mas...

Mas nada, percebi, tomada pelo alívio. Anthony não sabia de nada sobre o Coringa. Ele estava fazendo piada sobre outra coisa.

Os letais alunos de latim de Bunker Hill e o homicídio que estavam destinados a cometer.

— Sem corpo, sem crime — falei sem me abalar, cruzando os braços.

— Tem certeza? — perguntou Anthony, quase incrédulo. — Porque *parece* que teve.

Ele apontou para a gente e, pela primeira vez em horas, Tag e eu nos olhamos, *com atenção*. Meu Deus, nossa aparência gritava "assassinamos brutalmente um de nossos colegas e enterramos o corpo na floresta". O cabelo de Tag estava despenteado pelo vento, meu rabo de cavalo estava meio desmanchado e nossas roupas estavam cobertas de manchas de suor, lama seca e folhas. A calça de Tag estava rasgada no joelho esquerdo e a camisa, meio esticada depois dos nossos beijos no abrigo de barcos. Um hematoma misterioso estava surgindo em minha canela e — para completar — eu tinha até ketchup na coxa.

Que conveniente, pensei. *Sangue.*

— Quer dizer, cadê a pá? — disse Anthony. — É só o que está faltando.

— Sem corpo — repeti.

— Sim, porque vocês o enterraram — retrucou, rindo, enquanto eu olhava Tag pegar a bomba no bolso. Meu coração acelerou. Tinha apitado? Eu não ouvira nada. — Mas, falando sério, o que vocês estavam... — Ele notou Tag pressionando alguns botões na bomba. — Está tudo bem, Swell?

— Sim, tudo certo — disse Tag, tentando se concentrar. — Só preciso de um bolus.

Anthony assentiu.

— Entendi.

Eu fechei os olhos. Tag era bem transparente com os amigos sobre a diabetes, mas nunca tanto assim. Os dois nadavam juntos no inverno, e Josh gostava de brincar que Tag era o herói de Anthony, mas, até onde eu sabia, os dois não eram tão próximos. Eu duvidava que Anthony entendesse do que ele estava falando.

O que significava que ele precisava de insulina.

Ele exagerou, sim, pensei, com um arrepio subindo pela nuca. A bomba de Tag sabia quanta insulina administrar regularmente, mas, quando o açúcar no sangue dele aumentava de maneira repentina, ela o instruía a aplicar um bolus, que era uma dose maior de insulina para equilibrar as coisas. Era uma dose única, principalmente após as refeições... ou, naquele caso, lanches improvisados. Por que eu tinha dado aquele suco?

— Lily só está me acompanhando até em casa — contou Tag a Anthony depois de guardar a bomba de volta no bolso da calça jeans. — Resolvemos acampar na floresta ontem à noite.

— Acampar? — perguntou Anthony. — Onde estão os travesseiros e sacos de dormir?

— Com a pá — brinquei em tom sério.

— Que pode ou não estar enterrada com o corpo — acrescentou Tag, e tive que morder o lado de dentro da bochecha para não rir. Ele deu de ombros. — No nono ano, fiz uma lista de coisas que queria fazer antes de me formar, e acampar era uma delas.

Eu sorri. Tag não estava mentindo, mas ele já tinha riscado aquele item da lista havia muito tempo. Tinha sido no verão entre o primeiro e o segundo ano, quando visitamos a cabana de Josh em Montana. Nós dormimos sob o céu por três noites seguidas. Eu jamais tinha visto tantas estrelas.

Anthony logo fez a pergunta mais óbvia, porque ninguém estava imune às fofocas da Ames:

— E a Blair?

Em resposta, Tag lhe deu um olhar confuso.

— Anthony, que isso — disse ele. — Nós dois sabemos que Blair Greenberg não acampa.

Então ele pegou minha mão, entrelaçou os dedos nos meus e os ergueu para beijar meu pulso. Meu coração quase parou, como se hipnotizado.

Era como se eu tivesse recebido uma injeção de magia nas veias.

Mesmo que fosse só fingimento.

Eu tinha que admitir. Tag e eu estávamos fingindo.

— Tenha um bom resto de corrida, Anthony — falei alguns minutos depois.

Assim que ele se afastou em direção à praia, apertei a mão de Tag. Com força.

— Você teve que aplicar um bolus.

Tag gemeu.

— É, eu não queria ter que fazer isso na frente dele, mas de repente me senti péssimo e precisei dizer alguma coisa. Nunca mais vou tomar tanto suco de toranja de uma vez.

— Eu apoio essa decisão — comentei, engolindo em seco. — Você tem certeza de que tomou a dose certa? Quero dizer, uma dose precisa ser baseada em...

Tag cobriu minha boca com a mão.

— Sim, está tudo sob controle. Por favor, pare de se preocupar tanto.

Por favor, pare de me dar motivos para me preocupar, pensei, mas não disse. Em vez disso, dei um tapa no ombro dele antes de começar um jogo invisível de amarelinha na rua.

Ele riu e então me seguiu.

Pouco antes de Tag e eu chegarmos à ponte coberta, mandei uma mensagem para Anthony: Sem corpo.

Sem crime, **respondeu ele.**

PISTA SEIS

SR. PRESIDENTE! SR. PRESIDENTE!
ESTÁ CONVOCADO PARA
UMA REUNIÃO URGENTE!
A PAUTA CONTÉM UMA GRANDE QUESTÃO:
OS ANUÁRIOS DA AMES, ONDE ESTÃO?

DEZOITO

Não era nossa intenção esbarrar em mais alguém, mas Tag e eu tentamos nos arrumar um pouco antes de atravessarmos a ponte para o campus. Refiz meu rabo de cavalo enquanto ele ajeitava os cabelos e o moletom. Depois, ele mergulhou a mão no riacho para limpar o ketchup na minha perna.

— Eu poderia ter limpado sozinha — consegui dizer, meus pulmões se recusando a soltar o ar. Era precioso demais.

— Não me importo de fazer isso. Sei que você não gosta de cobras.

Um arrepio percorreu minhas costas. Por algum motivo, havia cobras por todos os lados na Ames, mas a margem do riacho era o lugar favorito delas.

— Lembra quando encontrei uma na minha bota no ano passado? — perguntei. — E você não acreditou em mim?

Ele riu. A mão dele descansava na minha coxa. Eu não tinha forças para afastá-la.

— Sim, porque era Halloween e você estava fantasiada de *Jessie*.

É, verdade. No baile da Ames, eu e minhas amigas tínhamos combinado de ir vestidas como personagens da Pixar, e é claro que fui de Jessie de *Toy Story* por causa do meu cabelo ruivo. Tag e eu havíamos saído mais cedo da festa e, depois de encontrarmos um lugar deserto para ficarmos a sós, eu tinha voltado para casa descalça.

— Como foi o baile? — perguntara minha mãe ao me ver colocando as botas de vaqueira na sala de estar.

Antes que eu pudesse responder, uma cobra saíra de dentro de uma delas. Ela se escondera debaixo do nosso sofá, obrigando Josh a pegar uma vassoura para colocá-la para fora.

— Taggart Swell — falei. — Por que a Jessie roubaria a fala do Woody?

— "Tem uma cobra na minha bota!" — respondeu ele em sua melhor imitação de Woody, mas então perguntou em um sussurro: — Você ouviu isso?

— Ouvi — sussurrei de volta, agarrando a manga do moletom de Tag e o puxando para um dos cantos escuros da ponte coberta. Havia algo se movendo ali perto. Eu não conseguia dizer se era alguém a pé ou a brisa entre as árvores ou...

Miau.

Revirei os olhos.

— Tá de brincadeira.

Tag pegou o celular e desbloqueou a tela para iluminar Puck vindo em nossa direção.

— Oi, amigão — disse ele quando o gato se sentou aos seus pés.

— Não fique dando corda.

— É só um gato.

— Sim, e os gatos têm um espírito independente — retruquei, citando Josh. — Cachorros querem agradar, mas gatos têm opiniões fortes sobre as coisas.

Tag pensou um pouco.

— Concordo. A Stevie às vezes tem a mente fechada.

Eu dei um soco no braço dele.

— E o Puck parece determinado a se juntar a nós. — Olhei para o outro lado da ponte e suspirei. — Nós deveríamos ir, Tag.

O departamento de admissões ficava na outra extremidade do campus principal; era o primeiro prédio da escola que você via ao entrar pelos portões da frente. Depois de ultrapassar a ponte, Tag e eu teríamos que atravessar furtivamente os dormitórios dos estudantes do primeiro e do segundo ano e a maior parte da vila.

Juntos, avançamos de lado, tateando ao longo da parede da ponte até chegarmos ao canto mais distante. Puck miou de novo e até se esfregou em nossas pernas, mas eu me recusei a interagir com ele. Avistei um carro da Campo passando pela ponte e avancei com Tag para as sombras. O único problema é que havia muito poucas.

— *Como* fizemos isso antes? — perguntei, sem ar, enquanto observávamos os postes acesos, as janelas alegres e iluminadas dos dormitórios, e imaginávamos os outros guardas da Campo circulando. O turno do dia só começava às seis e meia, quando os estudantes podiam sair dos dormitórios.

— Não faço a menor ideia — respondeu Tag. — Mas de alguma forma vamos fazer de novo. — Ele estendeu a mão e apertou meus dedos quando eu a peguei.

Começamos nos esgueirando e evitando as luzes dos postes acesos, mas tivemos que correr para trás de algumas moitas quando um Toyota RAV4 entrou em nosso caminho. Puck, naturalmente, ficou parado debaixo de um poste enquanto o carro passava por nós.

— Eu conheço aquele carro — disse Tag baixinho. — É da sra. Kathy, não é?

— É.

Engoli em seco. A sra. Kathy gerenciava o refeitório, onde a comida não aparecia como mágica quando as portas se abriam às seis e meia. Mais membros da equipe do refeitório estariam chegando ao campus em breve. Sem falar em...

— Acho que precisamos sair das ruas — sussurrou Tag.

Assenti.

— Sim, o movimento está prestes a aumentar. — Senti meu estômago se contorcer. — Mas o que você sugere que a gente faça? Os campos esportivos não são caminho para o departamento de admissões.

Tag ficou quieto por um momento.

— Vamos usar os dormitórios como cobertura.

— Tá de brincadeira? — perguntei enquanto Puck se enfiava entre nós. — Não tá *vendo* os dormitórios? — Eu apontei para a fortaleza das garotas do nono ano com suas janelas acesas. — Do nada todo mundo resolveu acordar cedo.

Por causa das provas.

— Nem todo mundo — argumentou Tag, me cutucando para que eu olhasse para o dormitório do outro lado da rua: a Casa Macalester, o amado alojamento dos *garotos* do nono ano. Quase todas as janelas estavam apagadas.

Cerrei os dentes.

— É porque estão colocando o sono em dia.

Sabíamos que eles haviam voltado para a Casa Mack sem incidentes. Daniel e Manik estão supervisionando enquanto todos sobem de volta pela janela da cozinha, avisara Alex, depois de ter deixado Zoe no dormitório e seguido sozinho para o departamento de admissões. Ele quase não tinha percebido quando os meninos se aproximaram, em um silêncio pouco característico, mas conseguira subir em uma árvore para evitar ser visto.

— Sim, estão todos cansados — comentou Tag. Ele queria ir em frente; eu *sabia* que ele queria. — Ninguém vai ver a gente do lado de fora. Vamos fazer que nem na ponte, seguir juntinho dos prédios, as costas contra a parede. Os faróis dos carros só iluminam os gramados da frente. — Ele se posicionou ao meu lado. — O que acha?

— Acho que Manik e Daniel estão discutindo o que deu errado hoje à noite — falei, apontando para a suíte dos monitores do lado direito. A luz atravessava as frestas das cortinas parcialmente abaixadas.

Tag suspirou e tirou o celular do bolso.

— Uma vez que se junta ao Coringa — murmurou enquanto digitava uma mensagem —, você é leal ao Coringa.

Manik respondeu em um minuto: A distração já está acontecendo, chefe. Estamos ocupados planejando uma reunião obrigatória no alojamento para falar sobre os eventos de hoje à noite. Fico preocupado de vocês ainda estarem aí fora, mas boa sorte. Me avise se precisarem de algo. Se tiverem que se esconder, a janela da cozinha está destrancada.

Tag reagiu com um coração à mensagem.

— O que foi? No momento, eu amo Manik.

— Ótimo. — Engoli em seco. — Isso é bom.

— É... — Ele me olhou por cima da tela do iPhone. — Amarelinha, o que foi?

— Pensei em um atalho, mas acho que você não vai gostar.

— Por que não?

— Porque envolve o Hub.

Tag olhou na direção do apartamento do supervisor de dormitório. Estava escuro, mas não porque Josh estava dormindo... ou mesmo lá.

Afinal, ele tinha um trabalho a fazer.

Assim como a equipe do refeitório.

～

O plano de Tag de nos esgueirarmos pela Casa Mack foi engenhoso. A Campo passou direto por nós. Embora os faróis do Prius tivessem varrido o jardim, não iluminaram longe o suficiente para encontrarem nem mesmo a ponta dos meus tênis.

— Estamos invisíveis — sussurrou Tag, abraçando a mochila junto ao peito para se colar o máximo possível à parede de cedro. — Nada e ninguém pode nos ver...

Foi tudo tranquilo até chegarmos ao final do prédio. Puck aguardava pacientemente em um banco sob mais uma luz de poste.

— A barra está limpa? — perguntou Tag para ele.

Em resposta, o gato ergueu uma das patas e começou a lambê-la com delicadeza.

Foi suficiente para mim. Segurei a mão de Tag e decidi arriscar, correndo a toda até o prédio de matemática. Puck saltou do banco e nos seguiu.

— Ainda não sei se gosto muito dessa ideia de atalho — sussurrou Tag quando nos escondemos em um dos cantos do prédio. — Ele vai estar lá dentro preparando o café da manhã.

— Eu sei — sussurrei de volta, porque, assim como o refeitório, o Hub abria às seis e meia em ponto.

Às vezes, seis e quarenta e cinco, se Josh estivesse querendo bater papo com os alunos do último ano na fila da porta do restaurante. Quem chegasse primeiro sempre ganhava um café da manhã grátis.

— Mas ele vai estar na *cozinha*. Vamos passar escondidos pelo restaurante e sair pela porta do Centro Estudantil. — Fiz uma pausa. — Diminuiria um pouco do risco se passássemos por dentro do Hubbard. Não precisaríamos ficar tanto tempo lá fora na Terra de Ninguém.

Terra de Ninguém, ou seja, o Círculo. Não haveria nenhum esconderijo lá; poderia muito bem ser uma pradaria aberta no Kansas. As poucas árvores eram altas demais para conseguirmos subir em uma emergência, e de que adiantava uma cadeira ou uma rede na hora de se esconder?

— Tudo bem, tudo bem. — Tag cedeu. — Mas vamos mandar mensagem para o Alex primeiro.

Eu assenti, desbloqueei meu celular e escrevi: Localização atual?

Admissões, **respondeu ele**. Aguardando ansiosamente a chegada de vocês!

Ótimo, **digitou Tag**. Estou com saudades, Alexander.

Eu também, Taggart, **respondeu Alex**. Mas não se esqueça de que você é simplesmente o melhor, *you're simply the best*, tá?

— Tag, foco.

Eu bloqueei meu celular e o obriguei a fazer o mesmo. Não tínhamos tempo para referências desnecessárias de *Schitt's Creek*, mesmo que a performance de Patrick no episódio do microfone aberto sempre derretesse o meu coração. Assim como a amizade de Tag e Alex. Eu esperava que não fosse muito difícil para eles no início da faculdade, com Tag na Virgínia e Alex na Columbia.

— Não há um sensor de identificação na porta externa do Hub e eu não tenho uma chave. — Pensei no chaveiro da minha mãe. — Ou talvez até tenha, na verdade. — Respirei fundo. — Mas, como o Josh está lá dentro, vai estar destrancada...

— Ou simplesmente aberta a todos — observou Tag depois de nos aproximarmos do Hubbard Hall.

O prédio onde o trote havia começado estava silencioso e fechado, exceto pela porta preta mantida aberta e uma van de entrega do refeitório parada na rua com o motor ligado.

— Ele mencionou se estava precisando de alguma coisa?

— Ah, mencionou, sim. Farinha, ovos, manteiga, bacon, só alguns itens básicos. Mas tem um garoto que acabou com o estoque de ketchup dele. Ele usa no café da manhã, no almoço e no jantar, ouvi dizer que ele praticamente bebe com um canudo.

Tag olhou feio para mim, mas depois bateu duas vezes os nós dos dedos nos meus. *Você é engraçada.*

Eu dei um peteleco no braço dele. *Obrigada.*

Esperamos mais alguns minutos para ver se víamos Josh ou o entregador. Quando nenhum deles apareceu, Tag e eu nos aproximamos pé ante pé da entrada. De visitas anteriores à cozinha, eu sabia que ela ficava à esquerda, a tal despensa "pequena demais" ficava à direita e o salão do restaurante ficava à frente. Só precisávamos agir no momento perfeito.

Que acabou não sendo aquele.

Alguém saiu do prédio. Não Josh, mas Raymond, do refeitório. Tag e eu ficamos imóveis, com as costas contra a parede escura do Hubbard.

— Olá, amiguinho — disse Raymond, avistando Puck perto de sua van. — Quer me ajudar a descarregar?

Maldito gato, pensei. *Por que ele insiste em se juntar à equipe?*

— Ei, Ray, por favor me diga que você trouxe... — Ouvi Josh dizer lá de dentro, mas ele se calou quando saiu para o ar fresco da madrugada e viu seu arqui-inimigo. — Boa tentativa. — Ele cruzou os braços e balançou a cabeça para Puck. — Boa tentativa, mas eu não sou a minha noiva.

Raymond arfou de surpresa.

— Você e Leda finalmente estão noivos?

— Você não vai colocar a pata no meu restaurante — disse Josh para o gato, então olhou para Raymond. — Sim, estamos... Na verdade, faz um tempinho, mas ainda não anunciamos nada. Decidimos esperar até depois da formatura. — Ele sorriu. — Este ano, o foco é a Lily.

Ah, Josh, pensei, meu coração se enchendo de amor por ele. Desde que Josh tinha pedido minha mãe em casamento, em outubro, ela dizia que eles estavam esperando a hora certa para contar às pessoas, e eu me perguntava por que a hora ainda não tinha chegado. Naquele momento, entendi.

— Ainda assim — disse Raymond. — Parabéns!

— Obrigado, Ray — respondeu Josh, passando a mão pelo cabelo bagunçado. — Agradeço muito. Nós estamos bem... bem de saco cheio desse gato vigarista!

Puck estava indo atrás do que queria. Pisquei, surpresa, ao ver o gato passar direto por Raymond, depois driblar Josh e entrar correndo no prédio.

— Eu sabia! — exclamou Josh, voltando para dentro com Raymond em seu encalço. — Eu falei para a Leda!

— Rápido, é a nossa chance — disse Tag. — Stevie sempre está atrás dos nossos lanches, então aposto que o Puck vai procurar comida e eles vão segui-lo até a cozinha.

Corremos juntos para a entrada e, depois de avançarmos porta adentro, senti o aroma dos temperos vindo da cozinha e ouvi panelas batendo. Raymond tentava mediar o conflito entre um Josh furioso e um Puck travesso.

— Não, Josh, violência nunca é a resposta...

Puck miou em zombaria.

— Que safado. — Tag sorriu enquanto nos movíamos pelo restaurante escuro, os sofás vazios e as cadeiras ainda empilhadas em cima das mesas, e então entramos no modo fuga e atravessamos rapidamente o Centro Estudantil. — Vamos ter que agradecer ao Puck depois.

— Isso se ele *sobreviver*.

— Gatos têm sete vidas.

— Mas ele não tinha sido alvo da frigideira favorita do Josh antes — brinquei.

— *Touché* — disse Tag, fazendo cócegas em minha cintura antes de sairmos derrapando pela saída lateral de volta para a rua.

Tudo estava silencioso, exceto por um *miau* bem audível.

— Não — sussurrei, avistando Puck sentado a alguns metros de distância, com o rabo balançando em expectativa. — Não é possível.

— Faça carinho nele — disse Tag quando o gato se aproximou de nós. — Ele estava disposto a levar uma frigideirada por você.

Balancei a cabeça e sorri quando Puck me deixou fazer carinho atrás das orelhas.

— Muito bem — falei para ele. — Agora vamos terminar isso.

DEZENOVE

De alguma maneira, conseguimos chegar ao departamento de admissões. Cortar caminho pelo Hubbard nos poupou de atravessar o Círculo inteiro, mas ainda tivemos que rastejar pela grama por parte dele, nos achatando no chão feito estrelas-do-mar sempre que o farol de um carro se aproximava. Então, nos agachamos perto do muro baixo do Crescente antes de corremos de uma varanda dos dormitórios do segundo ano e nos escondermos atrás das colunas do auditório.

— Antes tarde do que nunca — cumprimentou Alex quando chegamos. Ele e sua mochila saíram de trás dos arbustos de buxo perfeitamente aparados que cercavam o prédio. — Por que demoraram tanto?

— Por causa da versão da Ames do *American Ninja Warrior* — disse Tag enquanto o nó de ansiedade no meu peito começava a se desfazer.

Nós tínhamos conseguido, mas engoli em seco ao olhar meu celular e ver a tela marcando o horário de cinco horas e vinte e dois minutos. Olhei para a guarita mais adiante na rua. O antigo posto de Gabe ficava de frente para os portões, então seu sucessor estava de costas para nós.

— Ih, quem é esse? — perguntou Alex, vendo Puck junto dos meus calcanhares. Ele tinha mantido distância no caminho até ali, mas se aproximou.

— Puck. Alex, este é o Puck.

— Tipo os de hóquei? — Ele levantou uma sobrancelha. — Ou o Puck de *Sonho de uma noite de verão*?

— Você vai descobrir em breve — disse Tag, então indicou o caminho de pedra ladeado por tulipas, com um movimento da cabeça. — Vamos lá?

— Não! — exclamou Alex antes que Tag atravessasse o gramado. — Tem uma câmera agora. — Ele apontou para a elegante entrada em arco. — Estamos fora do campo de visão, mas está vendo? Bem ali?

— Desde quando? — perguntei depois de avistar uma câmera de segurança apontada para a entrada principal.

Meus ombros desabaram. A Ames era considerada antiquada não só por ter sido fundada no século XIX, mas também porque seus prédios não tinham câmeras. Os portões de entrada e as ruas de entrega dos fundos tinham sensores eletrônicos ligados vinte e quatro horas por dia, mas havia uma cerca ao redor de todo o campus. Uma cerca alta demais para ser transposta a menos que você tivesse um gancho de escalada à mão. Além disso, tínhamos a dedicada equipe de Segurança do Campus. Não tinha como a cobertura ser mais cuidadosa.

Depois de alguns instantes, Tag suspirou.

— Bem, eu entendo — disse ele. — Pelo menos para este prédio. É como um museu. Pessoas aleatórias entram e saem o dia todo, todos os dias. Precisa de mais segurança mesmo.

— Peraí — falei. — Não me diga que você está desistindo.

— Não estou. — Ele olhou para Alex. — Alguém deixou uma janela aberta?

— Mas é claro — disse Alex. — Lá na direção adjunta de admissões, eu acredito. — Ele apontou para o lado do prédio. — Por aqui.

— Só falta mais uma pista, Coringa! — Eu tentei animar Tag. — Estamos quase lá, tão, tão perto.

Ele demorou a responder.

— Como você vai voltar? — perguntou ele. — Não quero que você passe por aquele labirinto de novo, e Lily... — Ele bocejou. — Lily, temos menos de uma hora.

De fato, o céu tinha mudado de preto para um roxo profundo e estava clareando para um violeta. O nascer do sol estava chegando.

— Não se preocupe — sussurrei. — Vou me esconder em algum lugar até seis e meia, daí vou para casa. Se alguém perguntar, vou dizer que saí para dar uma caminhada matinal.

— Mas você nunca dá caminhadas matinais.

— Bem, há uma primeira vez para tudo.

— Aqui vamos nós — disse Alex, abrindo uma janela do escritório.

Puck pulou agilmente e entrou. Nós três o seguimos — mas não com a mesma agilidade.

A direção adjunta de admissões estava escura, com sombras assustadoras que acabaram se revelando uma imensa bagunça quando acendi a lanterna do meu celular. Havia pilhas de pastas coloridas e papéis, fotos de família emolduradas e vários bonecos colecionáveis do New England Patriots, além de um enorme globo e uma luminária de chão em forma de Torre Eiffel.

— O sr. Hoffman tem um gosto eclético — comentou Alex. — Quero o nome do decorador dele.

O trinco se fechou com um clique quando saímos pela porta e entramos no saguão de escritórios do primeiro andar. Havia uma escada em espiral no centro, e, se inclinássemos a cabeça para trás e olhássemos para o alto, era possível ver o teto de vitral da rotunda do prédio. Ele exibia o brasão de armas da Ames, um tabuleiro de xadrez em azul-claro e vermelho com uma gaivota dourada por cima.

Apontei para a diagonal do saguão.

— Acho que a sala de reuniões é a porta à esquerda. — Fiz uma pausa. — Ou é à direita?

— À esquerda — suspirou Alex, mas, antes que o segundo colocado na eleição presidencial pudesse ir até a base de operações do conselho estudantil, Puck começou a bater firmemente na perna dele. — O quê? O que foi?

Um arrepio subiu pelas minhas costas.

— Alguém está aqui — sussurrei. — Alguém está aqui e...

O som súbito, mas inconfundível, de um ronco completou a frase por mim.

— Pelo amor de Deus — disse Alex baixinho. — *Nós* é que deveríamos surpreender as pessoas, e não sermos *surpreendidos*.

— Bem colocado, Alexander — murmurou Tag. — Agora, onde é que esse Sandman acampou?

Puck entendeu aquilo como um sinal para seguir adiante, e eu cobri a lanterna com minha mão para que pudéssemos segui-lo. Ele parou perto de um sofá contra a parede distante, onde um homem barbudo e corpulento estava dormindo.

— Esse é o...? — perguntou Alex.

— Sim — confirmei, perplexa. O que o sr. Hoffman estava fazendo ali? — Esse é o nosso diretor adjunto de admissões.

— Os colegas dele vão se divertir muito com ele depois... — disse Alex, mas então ficou em silêncio, como se não soubesse o que fazer em seguida.

Para ser sincera, eu também não sabia.

Esperamos uns cinco minutos antes de darmos os braços uns aos outros, como crianças, e atravessarmos o saguão. Nossos passos ecoavam pelas paredes independentemente de quão devagar tentássemos andar. Meu coração batia forte, embora Puck não tivesse saído de perto do sr. Hoffman. *Ele vai soar os alarmes*, tentei me tranquilizar. *Puck vai fazer um escândalo se ele acordar.*

Tag começou a cantarolar "The Final Countdown" assim que fechamos com todo o cuidado a porta da sala de reuniões atrás de nós. Ele acendeu as luzes, mas imediatamente as diminuiu até que a sala ficasse quase escura outra vez. Uma mesa oval de mogno ficava no centro com uma dúzia de cadeiras combinando, e as paredes bege estavam vazias, exceto pelas várias janelas e uma lousa interativa padrão. Alex não perdeu tempo e foi direto para a mesa lateral, que estava cheia de copos e xícaras limpos. A jarra de água estava vazia, mas Alex colocou uma cápsula de Starbucks Breakfast Blend na cafeteira.

Eca. Café.

— *Alex* — sussurrei. — É sério isso?

— Relaxa, mãe — disse ele. — Vai estar pronto quando terminarmos.

— E você vai deixar aí se não estiver — disse Tag secamente enquanto lutava com o zíper da mochila. Parecia que estava emperrando.

— Aqui, deixa eu tentar — falei no momento em que ele vencia a guerra, mas me sentei ao seu lado à mesa de qualquer maneira.

Ele tinha começado a esfregar a testa e, quando toquei as costas dele, sua pele irradiava calor. Dava para sentir através do moletom. Meu estômago se revirou.

— Como posso ajudar?

— Pista — disse ele. — Precisamos do envelope da pista e da fita, a fita adesiva. — Ele suspirou pesadamente. — Eu deveria ter trazido tesouras. Estou cansado de rasgar fita adesiva, Lily.

Eu assenti e retirei a pasta e o rolo de fita adesiva da mochila abarrotada.

— Pega, Nguyen — falei, jogando a fita para Alex. — Use os dentes se precisar.

— Você vai ler? — perguntou Tag quando virei o envelope para selá-lo. — Não quer ler o enigma?

— Quero — respondi com sinceridade —, mas não temos tempo. — Lambi a aba do envelope e entreguei a pista para Alex. — Por que você não a declama enquanto Alex a esconde?

Tag abriu a boca, mas só saíram duas palavras:

— Não consigo.

— Não seja modesto, Taggart — disse Alex enquanto se arrastava debaixo da mesa. — Declamar poesia sem dúvida deixa a pessoa em uma posição vulnerável, mas este é um espaço seguro.

— E você decorou todas as pistas — acrescentei. — É vantajoso, lembra?

Tag passou a mão pelo cabelo, depois assentiu.

— Sim, sim, eu decorei — disse ele, sua risada soando mais como a do Coringa do que a de Tag. — Só preciso... preciso de um palco...

Antes que eu tivesse tempo de agarrar o capuz do moletom dele para impedi-lo, Tag subiu na mesa de reuniões. Suas pernas vacilaram um pouco quando ele se ergueu. Alex saiu de baixo da mesa a tempo de ver Tag sorrir e cantar:

Hambúrgueres e batatas, como é bom comer!
Milk-shakes e sorvetes, tem de tudo, pode crer!
Lá no Hub, com suas refeições sem igual,
É onde aguardam os almanaques, afinal...

Alex e eu subimos na mesa antes que Tag pudesse fazer uma reverência. Havia algo errado. Ao recitar o primeiro verso, ele tinha sido charmoso e carismático, mas, ao fim do poema, parecia que uma névoa o tinha envolvido. Alex segurou as mãos de Tag.

— Ele está tremendo — disse Alex. — Lily, me diga por que ele está tremendo!

— Não grite com ela — repreendeu Tag, ríspido.

— Eu *não* estou gritando com ela — argumentou Alex enquanto eu tentava tirar o moletom ensopado de Tag. Ele não estava mais quente, mas estava encharcado de suor frio. — Eu só quero saber do seu estado de saúde nas últimas horas. — Ele olhou para mim. — Por favor.

Eu contei tudo a ele, e seus olhos se arregalaram quando mencionei o bolus.

— Mas qual o problema com isso? — perguntei, o coração apertado.
— Ele faz isso com regularidade, disse que tem uma quantidade precisa já programada...

— Calcular essa quantidade com precisão pode ser difícil — explicou Alex, abrindo o zíper da mochila, com as mãos também trêmulas. — Quando você não está contando direito os carboidratos do que come ou bebe, pode ser difícil *pra cacete*. — Ele revirou a mochila. — Sei que ele tentou, Lily, mas sei também que exagerou. Ele aplicou insulina demais e agora está com hipoglicemia.

Tag cambaleou, então pus meus braços em volta de sua cintura para equilibrá-lo.

— Foi isso que aconteceu? — perguntei, porque, por mais que Alex soasse como um médico, ele não era um. Ninguém entendia mais de diabetes do que Tag. — Você exagerou?

— Eu não deveria ter tomado na frente do Anthony — respondeu ele. — Eu não estava concentrado... Estava nervoso, achando que talvez ele fosse ligar os pontos e nos acusar de estarmos no meio do trote. — Ele gemeu. — Podemos sair daqui? Está tão quente. Sinto como se estivesse em um... um lugar com lava. — Ele engoliu em seco. — Um vulcão.

Eu o abracei ainda mais forte, percebendo que ele havia passado de um suor frio para um calor repentino. Mudanças bruscas de temperatura não podiam ser boas.

— Alex, como resolvemos isso?

— Estou procurando algo para ele beber e voltar ao normal — explicou Alex, com a cabeça praticamente *dentro* da mochila. — Sei que joguei um Gatorade aqui dentro, mas a Zoe...

— Tag, que tal a gente se sentar? — sugeri.

Ele estava totalmente apoiado em mim.

— Tem cadeiras...

— Amarelinha, está muito calor aqui — sussurrou Tag. — Podemos ir lá fora, por favor?

— Droga! — Alex jogou a própria mochila de lado. — A Zoe *realmente* roubou aquele Gatorade!

Senti meu coração se apertar. *Não tem Gatorade, não tem Gatorade, não tem Gatorade.*

— Espera, ele tem uma garrafa de suco — exclamei, lembrando. — Eu peguei antes de sairmos da minha casa. Alex, está na mochila dele.

Ele estalou os dedos.

— Deve servir!

Agimos rapidamente a partir daí. Alex encontrou o suco e fez o amigo tomar alguns goles antes de atender ao pedido dele de sair dali.

— Continue bebendo — falei enquanto Tag descia da mesa e saía pela janela da sala com a nossa ajuda. Não era muito alto, porque o prédio do departamento de admissões ficava em uma pequena colina.

— Deve fazer efeito em uns dez minutos — avisou Alex quando estávamos sentados ao lado dele. — Se bem que da última vez não foi assim.

Última vez?, pensei, e estava prestes a perguntar em voz alta, mas de repente surgiu uma preocupação mais urgente. Um nó se formou em minha garganta quando vi o carro da Campo se aproximando. Ainda não estávamos na mira, mas só porque ele tinha desaparecido atrás do auditório. Logo ele viraria a esquina e seus faróis nos encontrariam como um arqueiro olímpico encontra o alvo.

Minha pulsação acelerou. Mal ouvi Alex dizer que precisávamos ir, mal o senti sacudir meu ombro. Foi só quando ele cutucou meu nariz à la Alexis Rose que ouvi sua voz rouca.

— Lily, me ajude aqui!

Embora tenhamos conseguido levantar Tag, não foi suficiente. Ele cambaleou quando tentamos fugir.

— Minhas pernas estão moles — disse ele, ainda em uma voz arrastada, afundando de volta na grama. — Não consigo me mexer.

— Então nós vamos ficar com você — dissemos Alex e eu ao mesmo tempo.

— Não. — Tag tremeu com um calafrio. Ele tinha começado a suar frio de novo. — Vocês precisam ir. *Corram.* — Os dentes dele estavam batendo. — Não deixem a Campo pegar vocês.

— Taggart, você está com hipoglicemia — argumentou Alex. — Se acha mesmo que vou deixar você aqui...

— Alex, *por favor* — implorou Tag. — Não podemos correr o risco. *Não podemos correr o risco.*

Senti meu estômago revirar. Tag dissera a mesma coisa para Alex para impedi-lo de chegar perto da casa de Bunker no observatório. Ele estava pensando na advertência no histórico de Alex...

— Alex, vaza daqui. Eu cuido disso.

— O quê? — Alex ficou boquiaberto. — Lily, não.

— Lily, sim. Não vamos deixar você ser expulso da escola. Saia daqui antes que você estrague tudo.

Joguei a mochila de Coringa de Tag para ele. A Campo *não* precisava encontrá-la.

Alex pegou a mochila, mas balançou a cabeça.

— Ele é meu melhor amigo. Não posso deixá-lo.

— Então, fique — explodi. — Mas pelo menos *se esconda*!

— É. — Tag tremeu de novo quando apontei para a sala de reuniões. Tínhamos apagado as luzes, mas não nos demos ao trabalho de fechar a janela. — Seu café está esfriando.

— Que café? — perguntou Alex, inexpressivo.

Bati o pé.

— Anda!

Depois de dar uma última olhada para Tag, Alex pegou as mochilas e mergulhou na escuridão.

— Você não sabe o que está fazendo, Amarelinha — sussurrou Tag enquanto eu me sentava de novo e o abraçava, as lágrimas escorrendo pelo meu rosto. — Você não sabe o que vai acontecer...

— Não, não sei — sussurrei de volta, observando o carro branco amassado piscar os faróis antes de parar. Meu coração martelava no peito. — Mas estou preparada.

DEPOIS

VINTE

Já estava subentendido que eu não prepararia omeletes para o café da manhã e que também não passaríamos no Hub para comer panquecas. Em vez disso, cheguei ao fundo do poço, desembrulhando pateticamente um Pop-Tart de mirtilo.

— Mãe... — comecei.

— Você precisa acordar — disse ela, tensa. — Nada de ficar *bocejando* enquanto estivermos lá dentro.

Assenti, sem nem pensar em discutir. Leda Hopper estava intimidadora naquela manhã. Nada de leggings e chinelos gastos. Em vez disso, ela vestira o melhor da Banana Republic que tinha no armário: calça capri justa com uma blusa branca sem mangas e um casaco preto curto. Os saltos altos ecoavam no chão da cozinha, e ela havia até mudado o cabelo, os cachos loiros lisos como uma régua. Eu não me lembrava de tê-la visto tão bem-vestida antes, mas ela nunca precisara se arrumar assim... Não era todo dia que a filha tinha uma audiência disciplinar.

Meu Pop-Tart estava com gosto de papelão. A Ames agira rápido. Mal haviam se passado cinco horas desde o momento em que Gabe e o sr. Harvey haviam nos encontrado.

— Ora, ora — dissera Gabe, aproximando-se alegremente pela colina com sua lanterna —, o que temos aqui?

Ambos tinham parado de andar quando viram quem eles tinham ali.

— Lily — dissera o sr. Harvey, parecendo desconcertado pela primeira vez na carreira. — Lily Hopper.

Eu irrompi em lágrimas.

— Por favor, nos ajudem — pedi. — Tag precisa de ajuda. Ele está tendo uma crise hipoglicêmica. Dei suco para ele, só que não sei mais o que fazer...

Em segundos, Gabe estava ao lado do Tag, e eu me lembrei de que a irmã dele era diabética. Ele tinha mencionado uma vez.

— Como você está, amigo? — perguntou ele.

— Essa é uma pergunta complicada — respondeu Tag, devagar.

— Vamos levantá-lo — disse Gabe, olhando para o sr. Harvey. — Ele precisa ir à enfermaria. E deveríamos ligar para o supervisor de dormitório dele para avisar.

— Muito bem — concordou o sr. Harvey. Parecia que ele estava deixando Gabe no controle aquela noite, ou pelo menos fingindo para fins de treinamento. Ele apontou para mim. — E a Lily?

— Eu quero ir para a enfermaria também — respondi, embora a pergunta não fosse para mim. — Não vou sair do lado dele até saber que ele vai ficar bem.

Gabe e o sr. Harvey pensaram, e o sr. Harvey acabou decidindo. Eles me levariam junto, mas eu teria que ir embora assim que minha mãe aparecesse na enfermaria.

Ela acabou chegando mais rápido do que a gente.

— Leda, oi — cumprimentou o sr. Harvey com toda a educação, como se não soubesse como ela reagiria. Ela ainda estava com a calça do pijama, mas tinha fechado o casaco até o pescoço, e estava de braços cruzados.

— Obrigada, Roger — disse ela com um aceno de cabeça antes de me dizer para entrar no carro e ir direto para a cama quando chegássemos em casa.

Eu deitei em posição fetal debaixo dos lençóis, mas não conseguia dormir.

Por favor, me diga que você está bem, **escrevi para Alex por mensagem**.

Sim, estou bem, **respondeu ele**. Ouvi a conversa com a Campo e fui embora depois de vocês. Agora estou esperando pelo Taggart.

Dei um suspiro profundo de alívio. Alex estava bem.

Ele mandou outra mensagem: Obrigado, Lily. O que você fez foi muito importante para mim.

De nada, Alex, **escrevi de volta antes de me render ao sono**. Eu também queria esperar e ter notícias de Tag, mas estava cansada demais. Assim que minha cabeça tocou o travesseiro, apaguei.

Minha mãe bateu na minha porta duas horas depois.

— Penny vai nos receber às nove horas — avisou ela.

Sonolenta, estendi a mão para meu celular e vi que eram quase oito horas... e que minhas notificações mostravam uma mensagem de Tag. Meus dedos atrapalhados não conseguiam digitar minha senha rápido o suficiente. Eu estava desesperada para saber se ele estava bem.

Pare de se preocupar, estou bem, **dizia a mensagem**. O suco não foi suficiente para eu me recuperar por completo, então a enfermeira do turno da noite me deu um pouco de suco de maçã e me monitorou por um tempo. Depois, o sr. Rudnick me buscou e me levou de volta para o dormitório. Que merda, Lily, eu sinto muito. Estraguei tudo para você.

Senti meus olhos lacrimejarem. Tag ia levar uma segunda advertência. Ele tinha sido pego no carro comigo no nono ano, e depois... aquilo. Será que a diretora Bickford o expulsaria? Uma semana antes da formatura?

Não precisa pedir desculpas, **digitei**. Eu que escolhi ficar, e faria tudo de novo. Minha audiência é daqui a uma hora. Eu vou dizer o seguinte...

— Vai dar tudo certo — falei para mim mesma e para minha mãe quando entramos no carro. Não havia nuvem alguma no céu azul brilhante, mas nenhuma das duas queria ir a pé até o campus. Coloquei o cinto de segurança e vi Puck na varanda dos fundos, me observando como se desejasse boa sorte. — Vai ficar tudo bem.

Minha mãe desligou o motor, fechou os olhos por um instante e depois se virou para olhar para mim.

— Lily, eu te amo, mas você entende que *não* vai escapar ilesa dessa situação, certo? Não faz diferença você ser uma "filhote". Se a Ames der tratamento especial a certos alunos, a escola não terá integridade.

— É apenas a minha primeira advertência.

— Não importa. Uma advertência é uma advertência. A sua talvez não a impeça de se formar, mas todas as punições ficam no histórico dos alunos, e se Georgetown souber que você tem uma... — Ela esfregou as têmporas. — Lily, o que você estava fazendo?

Um nó se formou na minha garganta, impedindo a verdade completa de escapar. Eu queria contar sobre o trote do Coringa, mas não podia. De repente, ele parecia irrelevante. Quando me lembrava da noite anterior, eu não pensava nos anuários roubados e nas pistas da caça ao tesouro. Em vez disso, apenas duas pessoas vinham à mente.

— Tag e eu estávamos conversando — comecei devagar — e resolvemos ter uma última aventura juntos. — Engoli em seco. — Eu sei que decidimos no calor do momento...

— E que foi uma estupidez — interrompeu ela.

— E que foi uma estupidez — repeti, assentindo. — Mas só temos mais uma semana de aula, então pensamos, ah, *é esta a maldita estação*, e resolvemos comemorar.

Minha mãe só ligou o carro de novo e saiu da garagem.

— Isso quer dizer que vocês voltaram? — perguntou ela quando a ponte coberta entrou em nosso campo de visão. — Porque um passarinho chamado Bunker me contou que sim.

Arrepios subiram pela minha nuca. Bunker se lembrava de nos ter visto? Como era possível? Ele estava tão bêbado.

— Ele telefonou hoje de manhã — explicou ela. — Depois de tomar café da manhã com o sr. Harvey, ele me ligou e pediu desculpas por não ter me avisado que você estava fora de casa ontem à noite. Ele achou que você seguiria a sugestão dele de voltar para casa.

Alguns segundos se passaram. Minha mãe pegou a ponte coberta.

— Acho que nunca terminei com ele de verdade, mãe — sussurrei quando o sol desapareceu da vista.

— É — disse ela baixinho, estendendo a mão através do console para pegar a minha. — Eu também acho que não. — Ela apertou meus dedos. — Mas ontem à noite, minha filha...

Ela não terminou a frase, balançando a cabeça. Esperei que continuasse, mas ela não disse nada. A atenção dela estava na direção. Estudantes, todos usando blazers da escola e mochilas coloridas, estavam a caminho da primeira aula. Eu tinha sido dispensada da aula de história para a reunião.

Paramos no estacionamento recém-asfaltado do prédio do departamento de admissões, e meu celular vibrou no bolso do blazer. Eu o peguei e vi uma mensagem da Zoe: TODO MUNDO SABE.

Meu coração começou a bater mais rápido. Já? Todo mundo já sabia do trote? O primeiro sinal ainda nem tinha tocado. Quem tinha ido à sala do anuário?

Outra vibração anunciou que estávamos em uma conversa em grupo. Não sobre o trote, **esclareceu Alex**. Todo mundo sabe sobre você e Tag, Lily. Não sobre ele ter ido para a enfermaria ou algo assim, mas sabem que vocês foram "flagrados se pegando" perto do departamento de admissões. Sabem que vocês têm audiências hoje de manhã.

Óbvio, pensei. Óbvio, porque as fofocas dos alunos se espalhavam na velocidade da luz. As fofocas dos funcionários também, embora a maioria dos alunos não soubesse disso.

— Lily! — Minha mãe acenou. Ela já estava quase na porta do prédio enquanto eu ainda estava parada ao lado do carro.

Vai pro inferno, People Magazine, foi a última mensagem que li antes de guardar o celular no bolso e correr até a porta. Entrei com a minha mãe no saguão espaçoso e pensei em perguntar por que o sr. Hoffman tinha dormido ali, mas não perguntei. Algumas horas antes, ela perdera a cor quando eu lhe entregara as chaves sem dizer nada. Ela havia percebido o sumiço delas depois que a Campo ligara para contar sobre mim. Eu suspeitava que ela já soubesse que Tag e eu tínhamos usado seu crachá para entrar nos prédios.

Vou contar a ela a verdade e somente a verdade, decidi assim que começamos a subir a escada em espiral do saguão. Eu lhe contaria tudo, como sempre fiz — tudo, desde ser escolhida pelo Coringa até o momento que escondemos a última pista na sala de reuniões do conselho estudantil.

Mas, primeiro, eu precisava enfrentar as consequências de ter sido pega no flagra.

A única palavra possível para descrever a sala de Penny Bickford era "encantadora". O espaço ensolarado e amplo se estendia por todo o terceiro andar do prédio do departamento de admissões, com paredes de um verde-claro primaveril, móveis brancos e vasos de flores frescas em cima de todas as superfícies. As janelas do chão ao teto mostravam uma deslumbrante vista do mar, mas o que eu gostava mais era da sua coleção de arte, que era de muito bom gosto. Várias obras em pastel eram minhas, e minha favorita era uma paisagem à beira do lago de Montana. Josh e minha mãe tinham ido fazer uma trilha enquanto eu passava o dia todo pintando, e depois que Penny desembrulhara seu presente de aniversário, me dera um beijo na bochecha, dizendo que ficaria perfeita em seu escritório. Lembro-me de meu coração se encher de alegria.

Naquele dia, porém, eu não conseguia nem olhar para a pintura. A diretora Bickford estava sentada na cadeira atrás da mesa enquanto o reitor

DeLuca estava parado perto do parapeito da janela. O pai de Anthony preferia ficar de pé.

— Bom dia, Leda — cumprimentou a diretora Bickford enquanto minha mãe e eu nos sentávamos nas cadeiras confortáveis em frente à mesa. Ela me cumprimentou com um aceno de cabeça. — Lily.

— Bom dia, diretora — respondi em uma voz fraca.

Ninguém disse mais nada. Estávamos esperando por mais uma pessoa.

— *Pardon, pardon!* — Madame Hoffman entrou apressada na sala alguns minutos depois. — Meus alunos do primeiro ano estão no laboratório de línguas esta manhã, e eu precisava prepará-los antes de sair. — Ela suspirou. — Tive algumas dificuldades técnicas.

— Vou avisar ao departamento de TI hoje mais tarde, Camille — disse o reitor DeLuca antes de gesticular para que minha orientadora acadêmica ocupasse a cadeira vazia à minha esquerda.

Ela se sentou.

Ainda assim, ninguém disse uma palavra. Senti o Pop-Tart de mirtilo se revirar em meu estômago. Será que era para *eu* começar a conversa? Ir direto ao ponto e confessar minhas transgressões? Eu não fazia ideia.

Minhas mãos já estavam suadas quando a diretora Bickford enfim uniu as mãos na mesa e fez contato visual comigo.

— Francamente, Lily — disse ela, em uma voz firme —, estou chocada por estarmos aqui nessas circunstâncias.

Só consegui assentir.

O reitor DeLuca pigarreou e consultou seu iPad.

— De acordo com o relatório de Roger Harvey — disse ele —, você e Taggart Swell foram encontrados juntos do lado de fora do prédio do departamento de admissões às cinco e quarenta e sete da manhã. Foi isso mesmo?

Senti um aperto no coração.

— Foi.

— E você está ciente de que alunos não podem sair dos dormitórios entre o toque de recolher e seis e meia da manhã?

— Rob, Lily não tem um dormitório — lembrou madame Hoffman em tom educado. — Ela é filha de um membro do corpo docente.

— Sim, bem — disse o reitor DeLuca —, os filhos dos docentes são oficialmente categorizados como alunos diurnos e, a menos que tenham permissão para passar a noite, alunos diurnos devem sair do campus no horário do toque de recolher dos residentes. — Ele olhou para mim. — Lily, como você é uma aluna do terceiro ano, deveria ter saído do campus principal às dez e meia.

Eu saí, pensei. *Sempre saio.*

Mas, daquela vez, voltei.

Minha mãe teve a audácia de revirar os olhos:

— Minha filha conhece as regras, Rob. Podemos pular a revisão do manual da escola e ir direto ao assunto?

— Eu também não queria estar aqui, Leda — murmurou DeLuca, então deixou o iPad de lado e se concentrou em mim. — Lily, você saiu escondida, certo?

— Bem, é claro que saiu — disparou a diretora Bickford antes que eu tivesse tempo de responder. — E eu gostaria muito de saber o *motivo*.

Então, respirei fundo e disse que, nos últimos dias, Tag e eu tínhamos falado sobre uma despedida final juntos.

— Nos encontramos à meia-noite e partimos em um tour particular pelo campus para relembrar os últimos quatro anos. Tudo o que fizemos foi andar juntos por várias horas.

Porque, no nível mais básico, tinha sido exatamente aquilo. Houve muitas paradas ao longo do caminho com uma missão importante para cumprir, mas a caça ao tesouro era na verdade um tour. Mesmo que estivesse omitindo a história por trás da caminhada, eu não estava mentindo.

— Foi um erro — concluí. — Nenhum de nós deveria ter saído escondido. Poderíamos ter feito nosso passeio durante o dia em vez de no meio da noite.

— Sim, poderiam. Deveriam, aliás. — A diretora suspirou. — Depois de meus muitos anos aqui, entendo que há um certo...

— *Je ne sais quoi?* — sugeriu madame Hoffman.

— *Merci*, madame — disse ela. — Entendo que há um certo *je ne sais quoi* em relação a casos ilícitos no campus, ainda mais sob as estrelas, mas temos um toque de recolher por inúmeras razões. — Ela fez uma pausa. — A segurança dos alunos sendo uma delas.

— Eu entendo — falei, sentindo um aperto no peito. — Mas eu não o abandonei... jamais abandonaria.

— Considero isso admirável — disse o reitor. — Pelo que Roger Harvey escreveu, você teve a chance de fugir, mas continuou lá. — A voz dele se suavizou. — Não sei se poderia dizer o mesmo de alguns alunos.

— Me salvar nem passou pela minha cabeça — respondi, me endireitando na cadeira. — Não fui criada para abandonar ninguém. — Segurei a mão de minha mãe, mas fiz questão de olhar nos olhos de todos. — Nossa família na Ames me ensinou muitas coisas ao longo dos anos, e a importância de sempre cuidarmos uns dos outros é uma delas. — Respirei fundo. — Sinto muito por ter saído escondida, diretora Bickford, mas não me arrependo de ter permanecido com ele.

A sala ficou em completo silêncio enquanto a diretora trocava um olhar com o reitor. Daria para ouvir um alfinete caindo.

— Lily, querida — disse ela por fim —, pode sair por alguns minutos? Temos muito a discutir. — Ela me deu um sorriso fraco. — Por que não pega algo para beber?

— Ah, sim — respondi, levantando-me da cadeira. — Claro.

Ela vai me dar uma advertência, pensei enquanto escolhia uma água com gás saborizada na geladeira cheia da bancada de mármore na cozinha. Meus dedos tremiam um pouco quando abri a lata e tomei um longo gole. *Ela não tem escolha.*

Comecei a andar de um lado para o outro, dizendo a mim mesma que não seria o fim do mundo. Alex tinha uma advertência, mas ainda assim tinha sido aceito na Columbia em dezembro. Talvez Georgetown não se importasse quando visse a minha. Eu sou uma adolescente, e adolescentes cometem erros. Nem tinha sido um erro tão grande. Eles tinham que entender.

— Lily?

Eu me virei e vi minha mãe parada na porta, seu rosto indecifrável.

— É muito ruim? — perguntei com um soluço. Muita água com gás rápido demais.

Minha mãe se apoiou na moldura da porta.

— Precisamos estar com as malas prontas até o fim do dia letivo — disse ela. — Se não tivermos saído do campus até as cinco da tarde, a Campo tem o direito de nos retirar usando linguagem obscena. — Ela suspirou. — Vamos pegar um avião para Montana e, depois de jogar fora o resto das coisas da nossa casa, o Josh vai se juntar a nós. Penny disse que seria melhor nós três mudarmos nossos nomes...

Eu ri tanto que a água com gás saiu pelo meu nariz.

— Sério, mãe?

— Sim, sério, Lily. — Ela apontou para a sala da diretora. — Volte para lá logo.

᠆᠆᠆

Meu estômago estava agitado como as ondas em alto-mar quando voltei para a cadeira dos acusados, e eu não conseguia decidir se vomitava no meu colo e corria o risco de arruinar a cadeira branca imaculada ou se vomitava bem em cima do tapete azul e branco, condenando-o a ser mandado para um aterro sanitário.

A indecisão foi suspensa quando ouvi meu nome.

— Lily, você tem um histórico exemplar — disse a diretora Bickford. — É uma das jovens mais promissoras que a Ames viu em muito tempo, tanto dentro quanto fora da sala de aula. — Ela abriu um sorriso terno. — Exceto por esse tropeço. Só resta uma semana de aula, então *não* vamos dar a você uma advertência...

— Ah, obrigada! — exclamei. — Muito obrigada mesmo.

— ... mas você *será* disciplinada — concluiu ela.

Meu coração acelerou. Disciplinada? O que aquilo significava? A mão da minha mãe no meu ombro, me reconfortando, sugeria que era mais do que uma simples detenção de sábado à noite.

— Primeiro, você cumprirá detenção amanhã à noite — disse o reitor DeLuca. — Das sete às dez da noite na sala de palestras do centro de ciências.

Concordei, me preparando para mais.

— Segundo, você não poderá comparecer ao baile de formatura dos alunos do terceiro ano na semana que vem.

— Ah — falei em voz alta, sem querer. — Ah, bom... nossa.

A diretora Bickford abriu a boca para explicar, mas eu não estava mais prestando atenção. O baile de formatura... eu não poderia comparecer ao baile de formatura, uma noite que eu tinha idealizado ao longo dos anos a ponto de comparar com o baile da Cinderela. Meu lindo vestido azul-bebê estava destinado a ficar no meu armário. Eu não iria arrumar o cabelo e me maquiar com a Zoe e a Pravika, e... merda.

Merda.

Eu teria que dizer a Daniel que não poderia mais ser seu par. Mais tarde, eu teria que olhar nos olhos dele e dizer que tinha estragado tudo e não poderia ir. Aquela perspectiva era pior do que fazer um trote com ele, porque envolvia *ter uma conversa* com ele. Depois do que Tag me contara na noite anterior, eu não planejava falar com ele nunca mais.

— E, por último — disse o reitor —, vamos retirar o seu privilégio de comparecer ao jantar dos formandos e, portanto, de suas responsabilidades como suboradora.

— Sinto muito — acrescentou a diretora Bickford quando não reagi visivelmente. — Você teria sido excelente; sabemos que seu discurso teria sido maravilhoso. — Ela se levantou da cadeira. — Isso é tudo, Lily. Pode sair.

— Obrigada, diretora — falei, depois apertei a mão do reitor. — Obrigada, reitor DeLuca.

Madame Hoffman ecoou minhas palavras, mas não entendi o motivo de minha mãe continuar sentada.

— Você não vem? — perguntei para ela depois que minha orientadora fugiu para a aula de francês.

Minha mãe cruzou as pernas.

— Não, ainda não — disse ela simplesmente. — Ainda não terminei aqui.

Ainda não terminei aqui.

Demorei um segundo para processar as palavras, mas então notei que a diretora Bickford e o reitor DeLuca tinham ido para a sala de reuniões adjacente. Eles estavam se preparando para uma chamada de vídeo com os Swell em Chicago.

Tag não me dissera que horas sua audiência aconteceria, mas é claro que seria logo depois da minha. Tudo seria resolvido antes do almoço.

Ao contrário da madame Hoffman, o orientador acadêmico de Tag chegou cedo.

— Ah, Leda — disse ele. — Eu me perguntei se a veria aqui.

O sr. Rudnick, o supervisor de dormitório de Tag, suspirou e balançou a cabeça de um jeito cansado quando viu minha mãe, e eu me surpreendi quando Josh entrou na sala. Em vez de sua habitual calça jeans e seu uniforme da equipe de natação da escola, ele estava usando um terno escuro. Juntos, ele e minha mãe pareciam prontos para aniquilar os demais docentes.

De repente, me ocorreu que talvez ela não tivesse se vestido de maneira tão severa para a minha reunião, mas para a de outra pessoa.

— Você sabe que os pais dele são advogados — lembrei.

— Sim, estou ciente — disse ela. — Josh e eu somos *defensores*.

— Porque defensores nunca são demais — acrescentou Josh.

Então eu o vi olhar feio para o orientador acadêmico e para o supervisor de dormitório de Tag. Os dois não iriam defendê-lo como Josh e minha mãe fariam, porque não o amavam como eles.

Eu me enchi de esperança.

— Lily! — disse a diretora Bickford da sala de reuniões. — Você não deveria ir para sua próxima aula?

Eu tenho um tempo livre, quase falei, mas minha mãe me cutucou.

— Chispa daqui.

— Não o deixe ser expulso — sussurrei. — Por favor.

— Não vou — disse ela, depois me encarou. — Estou morrendo de raiva dele, Lily, mas juro que troco meu nome e me mudo para Montana antes de deixar que o expulsem.

VINTE E UM

Eu havia colocado meu celular no silencioso antes da minha audiência, mas, depois de sair da sala da diretora Bickford, tirei-o do bolso. Vi tantas mensagens que fechei os olhos e respirei fundo. De amigos até aquele colega aleatório da aula de artes do último semestre, todo mundo havia mandado mensagens para saber qual era a fofoca. *Eu não consigo fazer isso*, pensei, sentindo o calor aquecer minha nuca. *Não agora, não por enquanto.*

Sexta-feira era o dia em que visitas ao campus e entrevistas dos futuros alunos eram feitas, então eu podia ouvir o burburinho no saguão do departamento de admissões, e havia muito movimento. Três estudantes guias me lançaram olhares demorados enquanto passavam por mim, e engoli em seco quando um deles ergueu uma sobrancelha. As mensagens de Zoe, Alex e todas as outras não lidas tinham razão: todo mundo sabia.

Conhecendo Tag, ele driblaria o caos pegando a escada dos fundos, mas de jeito nenhum eu sairia do prédio sem ele. *Pense, Lily*, disse a mim mesma. *Onde você pode se esconder por um tempo?*

Bati na porta do sr. Hoffman um minuto depois. Ela estava entreaberta, o que interpretei como um sinal de que ele não estava ocupado.

— Pode entrar! — convidou ele.

Depois de desviar o olhar de alguns papéis, o diretor adjunto me deu um sorriso gentil. A esposa dele devia ter contado sobre minha audiência.

— Olá, Lily. Como posso ajudar?

— Oi — falei baixinho, depois engoli em seco. — Tudo bem por você se eu... ficar aqui um pouquinho?

O sr. Hoffman assentiu. Ele era bondoso e atencioso, sempre se vestindo de Papai Noel para as crianças mais novas na festa de fim de ano do bairro.

— Claro. Eu tenho uma reunião de equipe daqui a pouco, mas fique à vontade. — Ele se esticou para pegar uma almofada da poltrona. — Pode passar o tempo que quiser.

— Obrigada. — Eu me perguntei pela milionésima vez por que ele tinha dormido ali na noite passada. Mas eu não pretendia levantar aquela questão. — De verdade.

— Sem problemas.

Assim que ele fechou a porta atrás de si, peguei a caixa de lenços.

Meus olhos ardiam e formigavam antes que as lágrimas surgissem. Minha mãe... Eu sabia que ela estava decepcionada comigo. Quatro anos de dedicação e eu me formaria naquelas condições. Ela havia ficado tão orgulhosa quando eu lhe contara que seria a suboradora... Só que, em vez de dirigir a palavra a meus colegas de classe em nosso jantar de formatura, eu estaria no sofá de casa. Provavelmente comendo comida chinesa e maratonando filmes da Marvel.

Caramba.

E Tag. Eu estava preocupada. O que ia acontecer com ele?

Quando finalmente enxuguei as últimas lágrimas, desbloqueei meu celular para encarar as mensagens.

— Me deixem em paz — murmurei enquanto deletava quase todas as perguntas frenéticas, porque ninguém fora do meu círculo social receberia respostas imediatas. Muito menos por escrito.

Ei, espero que tenha corrido tudo bem, **dizia a mensagem de Anthony**. Desculpa se meu pai tiver sido um idiota.

Ele foi severo, **respondi**. Mas estava só fazendo o trabalho dele.

Pravika tinha enviado uma série de mensagens.

AIMEUDEUS!, dizia a primeira. VOCÊ E TAG? BOA, LILY!

Calma, Veeks, digitei antes de ler as outras mensagens dela, então adicionei: Não é o que você pensa.

Porque não era. Tecnicamente, tínhamos ficado na noite anterior no abrigo de barcos, mas era como se a brincadeira do Coringa nos tivesse levado em uma jornada louca pelo País das Maravilhas. Os olhos verdes de Tag tinham brilhado ao luar antes de tudo começar a girar.

— Amarelinha... — sussurrara ele após o primeiro beijo que tinha me deixado tonta, o som da voz dele fazendo meu corpo vibrar. — Eu não quero que tudo dê errado agora. Nós precisamos...

Já chega, Lily, falei para mim mesma. Acabou. Estava decidido. Tinha sido só uma noite de diversão.

Com o coração apertado, apaguei o que tinha escrito para Pravika. Em vez de responder sobre Tag, contei a ela o que tinha acontecido na minha audiência e criei um grupo com Alex, Zoe e Maya (já que Zoe contaria tudo a ela de qualquer maneira). Eu não conseguia identificar o motivo de minha hesitação em incluir Manik, mas no fim também o coloquei na conversa. Ele era um ajudante do Coringa, então merecia saber. Nada de advertência, mandei, mas ficarei em detenção amanhã.

Ufa!, respondeu Zoe.

Ao mesmo tempo, chegou uma mensagem de Maya: Eles pegaram leve com você!

Meninas, acho que ela ainda não terminou, escreveu Alex.

Meus dedos tremiam enquanto eu digitava: Nada de baile nem jantar de formatura, e não sou mais a suboradora.

Ninguém respondeu por um tempo, então chegou uma mensagem do Manik. Sinto muito, Lily. Isso é horrível. Eu me sinto péssimo.

Os outros escreveram coisas parecidas até Maya quebrar o gelo.

Pelo menos você não vai ter que ir ao baile com meu irmão, **disse ela**. Já é alguma coisa.

Engoli em seco. Daniel havia mandado uma mensagem, mas eu ainda não tinha respondido. Ei, **escreveu ele**. Eu não sei quanto tempo duram as audiências disciplinares — nunca estive em uma —, mas me ligue depois.

Ajam naturalmente hoje, **lembrou Alex**. Especialmente você, Manik.

Os almanaques, percebi de repente. Eles deveriam ser distribuídos naquela tarde!

Não se preocupe, **escreveu Manik**. Já tenho tudo planejado. Eu e Daniel combinamos um encontro na sala do anuário na hora do almoço. Vou "me atrasar", assim ele é quem vai descobrir que sumiram.

Assim que todos curtiram a mensagem dele, encerramos a conversa. Bloqueei o celular, mas logo a tela se iluminou com uma mensagem privada do Alex: Quer que eu espere com você?

Abri um pequeno sorriso. Alex, você está na aula.

Sim, mas posso pedir para ir ao banheiro e não voltar depois.

Não, pensei. Alex não podia se meter em problemas.

Obrigada, mas estou bem, **digitei**. Preciso conversar com o Tag.

Concordo, **ele respondeu**. Só ofereci caso você achasse que poderia ajudar ter alguém mediando a conversa.

Eu ri. Senti sua falta, Alex Nguyen.

Eu também, Lily Hopper. Também senti sua falta.

※

Mandei uma mensagem para Tag avisando que eu estava esperando lá embaixo. Uma hora depois, eu me sentia como se alguma coisa estivesse corroendo meu estômago aos poucos. O segundo tempo tinha terminado e já estava na hora das reuniões de alunos com professores... Quanto tempo a audiência dele ia durar? Onde ele estava?

Eu me assustei quando meu celular apitou com uma resposta. Estou na escada secreta, respondeu Tag. Você ainda está aqui?

Sim! Já estou indo, enviei e, depois de escrever um rápido bilhete de agradecimento para o sr. Hoffman, saí correndo da sala dele. Segui em zigue-zague pelo saguão movimentado. Meu coração batia forte enquanto eu virava em um corredor lateral e corria para a porta com os dizeres: ACESSO PARTICULAR.

Eu abri e vi Tag sentado ao pé da escada.

— Lily...

Tag mal teve tempo de se levantar antes que eu me jogasse em seus braços e o apertasse com toda a minha força. Ele me abraçou de volta, um de seus maravilhosos abraços de urso que sempre me faziam derreter.

— Urso — sussurrei contra seu peito. — O que aconteceu com você?

— O que aconteceu *comigo*? — Ele suspirou e se afastou para me encarar; seus olhos estavam com um tom acinzentado. — Eu prefiro saber o que aconteceu com *você*.

Eu ignorei o comentário.

— Você foi expulso?

Tag mordeu o lábio e fez que não com a cabeça.

— Graças a Deus! — Soltei todo o ar preso que estava em meus pulmões. — Minha mãe jurou...

— Eu só não fui expulso — murmurou Tag.

Meu estômago se revirou.

— O que você quer dizer com isso?

Ele passou a mão pelo cabelo.

— Eu só não levei uma advertência, mas tiraram todo o resto.

— O mesmo aconteceu comigo. — Assenti. — Baile, jantar de formatura, discurso de suboradora...

— *O quê?* — A mão de Tag apertou meu quadril. Eu não tinha percebido que ela estava ali. — Eles tiraram o título?

— Sim... Mas tudo bem, porque o Alex é o próximo na lista e vai arrasar.

Tag ficou em silêncio.

— Eu encontro você na detenção amanhã à noite? — perguntei.

— Não — respondeu ele, tossindo. — Não, já que estarei em prisão domiciliar.

Meu coração acelerou.

Prisão domiciliar.

Prisão domiciliar?!

— Posso assistir às aulas — continuou ele em um tom monótono — e almoçar no refeitório, mas, depois do último sinal, só tenho uma hora para nadar antes de ter que voltar ao dormitório, falar com o sr. Rudnick e passar o resto da noite no meu quarto. O jantar será entregue lá. — Ele fez uma pausa. — O Josh negociou os treinos de natação. O reitor DeLuca não ia me deixar treinar.

— Esse reitor é um idiota — murmurei, embora nós dois soubéssemos que não era verdade. Ele estava apenas fazendo o trabalho dele.

Tag riu um pouco.

— Obviamente, devo esquecer o baile e o jantar de formatura, mas também não posso participar da cerimônia de formatura...

Fiquei boquiaberta.

— ... o que, é claro, significa que agora meus pais vão vir.

— Espera, eles não viriam antes? — perguntei, incrédula.

— Não, eles tinham uma viagem de negócios importante para Hong Kong agendada — respondeu Tag. — Minha irmã e o marido dela já tinham decidido vir, mas você conhece meus pais. — Ele deu de ombros. — Eles não se importam até de repente se importarem.

Meus olhos se encheram de lágrimas.

— Eu não gosto nem um pouco dos seus pais.

Um canto da boca de Tag tremeu em um sorriso.

— Eles foram completamente inúteis na conversa por vídeo. Minha mãe só conseguia se concentrar na minha cagada com a hipoglicemia e perguntar se eu estava bem, e meu pai achou que era a hora perfeita para perguntar por que não tem recebido nenhuma cobrança da minha terapeuta ultimamente.

— Você tem uma terapeuta?

— Tenho. — Tag deu de ombros de novo. — Quero dizer, tinha... ou ainda tenho. Faz um tempo que não temos uma sessão... — Ele não terminou a frase. — Mas, enfim, sua mãe assustou todo mundo. Parecia que ela estava só esperando o momento de atacar. Eu esperava ser expulso, e o sr. Rudnick e meu orientador também. Eles nem tentaram ajudar. Mas, depois que o Josh conseguiu fazer meus pais calarem a boca, a Leda assumiu o controle. Ela sugeriu nada sutilmente que a diretora Bickford retirasse a advertência e me deixasse ser punido de outras maneiras.

Meu coração parou. Aquela coisa de *prisão domiciliar* tinha sido ideia da minha mãe? Como assim?

— Ela me salvou — disse Tag com um suspiro aliviado. — Ainda vou receber meu diploma, e a UVA não vai ficar sabendo de nada. Devo tudo a ela.

Ficamos ali em silêncio por alguns momentos.

— Eu sei que a culpa é nossa — falei depois de um tempo —, mas eu odeio isso.

— Sim, cem por cento nossa — respondeu Tag —, mas eu também odeio isso.

Mais silêncio.

— Você falou com o Daniel? — arriscou ele. — Contou a ele sobre ter que perder o baile?

Neguei com a cabeça:

— Mas imagino que ele já saiba que não vai mais acontecer, por causa do que a *People Magazine* tem dito sobre nós...

Ele evitou olhar nos meus olhos, e também fitei um ponto distante para contemplar silenciosamente nossa situação. Precisávamos descobrir como sair daquele prédio. Faria toda a diferença para o trote.

— O Manik disse que ele e o Daniel vão se encontrar na sala do anuário na hora do almoço — falei.

— Que bom. — Tag assentiu. — E o Manik pretende se atrasar, certo? Então Rivera vai estar sozinho quando descobrir que sumiram?

Não pude deixar de sorrir.

— Isso mesmo, Coringa.

— Estou pensando em quando entregar a primeira pista — disse Tag, ainda meio distraído. — Depende de como essa primeira parte vai se desenrolar, aí o envelope vai para a caixa de correio dele.

— Também precisamos reconsiderar nossos álibis — falei, fazendo contato visual com ele de novo. Seus olhos haviam retornado ao tom verde natural. Senti meu coração se acelerando. — Por mais criminosamente malignas que sejam aquelas duas pistas sobre nós dois, elas estão um pouco frágeis agora que todo mundo sabe que saímos escondidos. Porque quando descobrirem que os almanaques sumiram... vão se perguntar... — Eu fiz uma careta. — Devemos considerar nossas opções.

Tag me olhou com uma expressão neutra, quase entediado.

— Considerar nossas opções?

De repente, senti vontade de empurrá-lo, então foi o que fiz. Ele estava brincando, me provocando, e eu caía toda vez.

— Vamos lá! — exclamei quando ele sorriu. — Opções, Tag!

— Não temos opções, Amarelinha — disse ele em um tom leve. — Temos *uma* opção.

Meu estômago deu uma cambalhota. Sim, tínhamos, e eu sabia que aquela opção estava nos esperando em agonia. Os alunos acreditavam que Tag e eu havíamos sido pegos juntos, e ali estava a chance de seguir com a história. Todo mundo, inclusive o velho Bunker Hill, achava que tínhamos voltado.

Como eu poderia ser o Coringa?, diria Tag se fosse questionado. *Eu estava com a Lily.*

E eu estava com o Tag, eu diria a outras pessoas. *Como eu poderia saber sobre os almanaques?*

Eu nunca fora capaz de fingir com Tag. Sempre era tudo ou nada com ele. Mas, pelo bem do Coringa, eu sabia que tinha que tentar, não importava quão traiçoeiro já me parecesse e quão doloroso fosse ser no final. Ele talvez não sofresse, mas eu sim.

— Lily — Tag estendeu a mão —, você confia em mim?

VINTE E DOIS

De mãos dadas, Tag e eu subimos correndo a escada de pedra curva ao longo da colina. O período de reunião com os professores havia acabado, e faltavam apenas alguns minutos para o terceiro tempo, então não foram muitos os alunos que nos viram sair juntos do departamento de admissões. Ouvimos alguns assobios ao atravessarmos o Círculo juntos, além de um assobio exagerado, mas eu tinha quase certeza de que tinha sido o Alex, a caminho da aula de russo.

Embora já soubéssemos quais eram nossos destinos, parecia que estávamos nos agarrando um ao outro com todas as nossas forças.

— Você está apertando a minha mão — observei enquanto subíamos os degraus dois de cada vez.

— Você também — respondeu Tag.

Nenhum de nós afrouxou o aperto.

De *todas* as aulas em nossas grades de horários, é claro que nossa próxima seria latim. *Latim!* Era tão dolorosamente ridículo que eu quase queria rir.

Lembrei-me da luz forte da lanterna do Bunker na noite anterior, e de como ela nos flagrara depois de termos escondido a segunda pista. Queríamos evitar a casa dele a todo custo, a ponto de rastejarmos pelo gramado para não sermos vistos!

No entanto, lá estávamos nós, correndo até a porta dele. Gentilmente, soltei meus dedos dos de Tag quando chegamos à varanda. Estavam tão entrelaçados que foi como desfazer um daqueles nós de marinheiro complicados que Tag fazia tão bem.

— Lily...

Notificações em nossos celulares o interromperam.

Suspirei e tirei meu iPhone do bolso para colocá-lo no modo silencioso. Bunker sempre confiscava os celulares no início da aula, guardando-os em uma caixa de charutos laqueada, mas, se um deles tocasse, ele o mantinha como refém até o fim do dia.

O grupo do Coringa, imaginei, até tocar na tela e ver a notificação: um e-mail do presidente do conselho estudantil da Ames.

Senti meu estômago revirar.

— Tag...

Eu suspirei.

Ele não respondeu, já lendo o e-mail.

Olhei para baixo para ler o meu também.

Para: grupo_todos_os_alunos@ames.edu
De: DRivera@ames.edu
Assunto: Distribuição dos almanaques

Olá, Ames,

Fico muito feliz em anunciar que hoje é o grande dia!
A edição deste ano do almanaque da escola Ames estará disponível para retirada hoje à tarde. Venha para o auditório após o sinal. Irei distribuí-los até a hora do jantar.
Não deixem de trazer uma caneta para coletar as assinaturas dos colegas!

Tudo de bom,
Daniel

Tag e eu nos entreolhamos. Vi que havia um sorriso se formando nos lábios dele, mas tudo o que ele fez foi inclinar a cabeça para mim.

— O quê? — perguntei, meu coração acelerando. — Qual é a graça?

— Ele não faz ideia — respondeu ele. — Ele não faz ideia de como está dando um tiro no pé.

Eu balancei a cabeça.

— Você está parecendo o Alex.

— Sim, nós ouvimos muito isso. — Tag sorriu.

— O Alex pode ser bem babaca às vezes, Tag.

— Bem, então somos três — disse ele em um tom leve, então ergueu o celular. — Este e-mail é *absurdo*. Não tem como ele ser mais narcisista. — Ele revirou os olhos. — Quer dizer, pelo menos dê crédito a quem merece. Ele não poderia escrever um agradecimento a Manik e à equipe do anuário? Nem meio parágrafo?

Li a mensagem de novo, sabendo que Daniel programava o envio da maioria de seus e-mails de presidente do conselho estudantil. Ele devia ter escrito aquele no dia anterior, porque não tinha como ele estar de tão bom humor naquele momento. Você está realmente me ignorando, Lily?, escrevera ele enquanto Tag e eu finalizávamos nosso plano no departamento de admissões.

Além disso, ele não poderia ter acabado de enviar o e-mail. O celular dele estava guardado na caixa de charutos.

— Vamos lá — falei em voz baixa. — Só temos dois minutos.

Tag assentiu.

— Você não é um babaca — acrescentei. — Desculpe.

— Não, não precisa se desculpar. — Ele tocou minha cintura. — Nós dois sabemos que sou. — Ele me deu um aperto tão suave que faíscas percorreram o meu corpo. — Mas estou tentando melhorar.

Assenti antes de me afastar dele. Ondas de calor nebulosas pulsavam a partir do ponto tocado por ele, e era demais. O afeto sempre tinha sido muito natural entre nós dois, mas parecia errado. Se ninguém no campus estava vendo, eu não queria continuar com aquela mentira.

Aquela triste, bela e trágica mentira de que nos amávamos.

Tag me seguiu assim que virei a maçaneta da porta de Bunker e entrei na casa. O hall de entrada estava vazio, e a sala de estar também, mas nenhum de nós achou aquilo estranho. Bunker dava aula em seu jardim de inverno.

— Ah, excelente! — disse ele quando Tag e eu entramos no cômodo redondo, todo de vidro. A luz do sol entrava pelo teto, e nosso professor tinha um brilho nos olhos. — Estávamos começando a nos preocupar achando que vocês tivessem se perdido.

Tag fez uma piadinha, mas entrou por um ouvido e saiu pelo outro. Depois de depositarmos nossos celulares na caixa preta laqueada, percebi que não havia lugar para sentar, além dos da mesa que nossa turma chamava de "tabuleiro de xadrez". Outra das amadas antiguidades do Bunker, a pequena mesa de mogno tinha um tabuleiro de xadrez de mármore embutido no centro e era grande o suficiente para duas pessoas. Fechei os olhos por um momento. Tag e eu tínhamos nos sentado somente ali por quase três anos. Só depois do término é que uma colega de classe silenciosamente roubara meu lugar. Ela ficara com minha cadeira enquanto eu passava para o sofá do outro lado da sala. Foi a única vez que houve uma troca de lugares entre os sete alunos de latim assassinos.

No entanto, parecia que tínhamos voltado e minha antiga cadeira estava me esperando. Olhei de relance para o sofá e vi que Daniel tinha sua companheira de assento original de volta. Ela me deu um sorrisinho amigável antes de tomar um gole de chá, mas a expressão de Daniel estava sombria quando nossos olhares se cruzaram.

— Bem, bem, podem se servir de uma xícara de chá — ofereceu Bunker quando Tag e eu tiramos nossas mochilas. Ele apontou para a bandeja de chá. — Precisamos começar.

Nenhum de nós prestou muita atenção na aula. Eu abri uma página em branco no meu caderno e marquei a data com uma das minhas canetas coloridas, mas meus tópicos resumindo a aula foram escassos. A página de Tag estava igual, mas o maior indicador era a perna balançando. Era um tique que aparecia sempre que ele estava impaciente, cheio de expectativa... ou cheio de *empolgação*.

Eu não queria que Tag chamasse ainda mais atenção, então rabisquei um pequeno bilhete em meu caderno antes de girá-lo na direção dele. *Por gentileza, pare de balançar a perna*, dizia.

Ele pegou o lápis. *ME OBRIGUE*, respondeu.

A solução foi muito fácil. Respirei fundo e entrelacei minha perna na dele por baixo da mesa, firme, acalmando o movimento. Tag só mexeu a perna mais duas vezes antes de relaxar.

Ajeitei minha postura quando senti o olhar de alguém em mim. Não precisei examinar o entorno para saber que Daniel estava me encarando. Algo em meu estômago se retorceu enquanto eu escrevia outro bilhetinho para Tag.

Preciso falar com o Daniel depois da aula.

Ele assentiu, sabendo que era a coisa certa a fazer. Daniel e eu éramos parceiros de estudo havia muito tempo e tínhamos combinado de ir ao baile juntos. Por mais que eu quisesse, não podia simplesmente ignorá-lo.

E você deveria conversar com a Blair, acrescentei.

O rosto de Tag se contorceu ao ler o bilhete, e ele abriu a boca para dizer algo antes de perceber que não podia. Estávamos em aula. Em vez disso, ele rabiscou uma resposta.

POR QUE EU DEVERIA CONVERSAR COM A BLAIR?

Porque ela convidou você para o baile, escrevi.

A resposta de Tag foi rápida: *ISSO NÃO SIGNIFICA QUE EU ACEITEI*.

Meu coração deu um salto, e minha caligrafia se tornou ilegível.

Você não aceitou?

— Não — murmurou Tag baixinho, balançando a cabeça. — Você presumiu que sim.

Um nó se formou em minha garganta. É, eu *tinha* presumido. Na noite anterior, Tag insistira que não estava mais com a Blair, mas ela ainda tinha sugerido que fossem juntos ao baile... e eu nem lhe dera a oportunidade de responder.

— Ah — falei antes de varrer o assunto para baixo do tapete metafórico, envergonhada por não ter ficado sabendo por minhas amigas e ainda *mais* envergonhada por ter esperanças de que nossos beijos no abrigo de barcos significassem algo.

Não percebi que Tag tinha escrito outra mensagem até ele bater no caderno com o lápis. **NÃO PRECISO CONVERSAR COM A BLAIR, AMARELINHA, MAS PRECISO CONVERSAR COM VOCÊ E VOCÊ PRECISA CONVERSAR COMIGO. CERTO?**

Meus olhos se encheram de lágrimas. Ele estava certo; a gente *precisava* conversar. Conversar *de verdade*. Todos os segredos mal contados e verdades não ditas eram insuficientes para esclarecer o que havia acontecido entre nós e, se havia algo que eu queria antes da formatura, era colocar os pingos nos is.

Estava claro que Tag sentia o mesmo.

Nós vamos conversar, escrevi com a caneta gel. *Eu prometo.*

Não saímos juntos da aula de latim. Quando o relógio de Bunker tocou, Tag guardou as coisas na mochila com naturalidade enquanto eu fechava a minha em tempo recorde.

— Daniel... — comecei a dizer, mas Bunker acenou para mim antes que eu pudesse chamar a atenção de Daniel.

Fui até o quadro enquanto meus colegas pegavam seus celulares na caixa de charutos.

— Sim, sr. Hill?

Bunker me lançou um olhar que dizia: *Não precisa me chamar de "sr. Hill".*

— Sim, Bunker? — tentei de novo.

— Sinto muito pela sua audiência disciplinar. Pela mensagem de sua mãe, parece que Penny foi bem dura com você.

Suspirei.

— Pelo menos não levei uma advertência.

— Não, embora eu ache que uma advertência teria sido uma punição menos severa — refletiu ele. — Em vez disso, ela roubou todas as alegrias de fim de ano que você merece experimentar.

— Você não quer dizer *merecia*? Tag e eu não seguimos o seu conselho. Não fui para casa ontem à noite. Não *merecemos* nada.

Bunker deu uma risadinha.

— Ah, minha querida Lily, mesmo que vocês tenham ignorado minha sugestão e não tenham prestado a mínima atenção na minha aula hoje, vocês dois merecem cada alegria que a vida tem a oferecer. — Ele abriu um sorriso sugestivo. — Suspeito que uma delas tenha acontecido ontem à noite.

— Daniel! — gritei, pulando da varanda de Bunker como um esquilo-voador. — Ei, Daniel!

Já na metade do caminho até a escadaria da colina, Daniel se virou e parou para me esperar.

— Oi, Lily — disse ele, enfiando as mãos nos bolsos enquanto eu respirava fundo para me recuperar. — A aula foi bem interessante hoje, né?

Eu conseguia sentir minhas bochechas esquentando. O tom brusco dele sugeriu que Bunker não tinha sido o único a reparar que Tag e eu estávamos em nosso próprio mundinho.

Babaca, tive vontade de dizer.

— Desculpa — falei em vez disso. — Desculpa por não ter te ligado mais cedo. Tive muita coisa com que lidar hoje de manhã, e achei que seria melhor se conversássemos pessoalmente...

— Ok. — Daniel deu de ombros. — Estamos conversando pessoalmente agora.

— Certo. — Assenti. — Certo.

Ficamos em silêncio por vários segundos.

— Lily, não quero me atrasar para a aula da sua mãe — disse Daniel, olhando para o relógio. — Tenho um trabalho para entregar e, com base no que aconteceu hoje de manhã, é melhor você também não chegar atrasada para a sua aula.

Argh, pensei. A voz dele estava cheia de condescendência, e daquela vez eu não conseguia ignorar.

— Eu não posso ir ao baile com você. — Mantive minha voz estável. Não importava o que acontecesse, eu seria educada. — Parte da minha punição é não ir ao baile.

Daniel não piscou.

— Eu estava animada também — menti. — Teria sido ótimo.

— É mesmo? — Daniel inclinou a cabeça. — Porque não tenho tanta certeza disso. — Ele olhou para longe e soltou um muxoxo de desdém. — Na verdade, duvido muito.

Franzi a testa.

— Como assim?

— Eu gostava de você, Lily. Eu gostava *muito*, o suficiente para esperar você superar o Swell... Mas, justo quando achei que isso poderia acontecer, você decide mostrar quem é de verdade.

— Sim, eu deveria ter falado antes — admiti. — Deveria ter falado que só queria ser sua amiga, Daniel, mas não quis magoar você. — Eu tropecei nas palavras. Parecia que a minha nuca estava formigando. — É só que, bem, o Tag...

Daniel revirou os olhos.

— Agora está mais do que óbvio o que o Swell significa para você, o que ele sempre significou. Estou envergonhado por ter pensado que alguma vez tive uma chance... Me sinto humilhado, para ser sincero.

Eu não disse nada.

— Mas também acho que me livrei — continuou ele. — Eu não imaginava que você era o tipo de garota que saía escondida à noite. Eu achava que você era diferente, mais focada no futuro do que no presente, como eu. Achava que você estava acima desse lugar.

Do nada, um fogo ardente se acendeu em meu peito. Eu queria apontar que ele também tinha saído escondido, mas sabia que ele retrucaria que tinha quebrado as regras por uma causa nobre. Sabia que ele responderia que era *dever* de um monitor encontrar os alunos desaparecidos.

Então, em vez disso, eu o provoquei.

— Fiz coisa errada, foi?

— Foi. Você fez e, mesmo sem considerar essa coisa toda com o Swell, não seria bom para a minha imagem se...

— Você é tão babaca! — explodi. — Você é o cara mais arrogante e narcisista desta escola, Daniel! — Botei as mãos nos quadris para não dar na cara dele. — Fui eu quem saiu escondida e foi pega, e você está preocupado com a *sua* reputação?

Como resposta, a mandíbula de Daniel ficou tensa.

A adrenalina percorreu minhas veias. Quaisquer escrúpulos que eu ainda tivesse sobre roubar os almanaques evaporaram. Sumiram por completo, e foi incrível. *Você está prestes a manipulá-lo como a porra de uma marionete*, disse uma voz na minha cabeça.

VINTE E TRÊS

Em vez de mandar mensagens, esperei até o almoço para contar pessoalmente a Zoe e a Pravika toda a conversa com Daniel.

— Vou acabar com a raça dele — declarou Maya depois que terminei de falar. Ela recebera alta da enfermaria uma hora antes. O rosto já estava corado de novo. — Estou falando sério, Lily. Estamos falando de muletas.

Ao lado de Maya, Zoe gemeu.

— Por favor, não fale em muletas — disse ela. — Só de pensar nelas estou tendo flashbacks... — interrompeu-se, lembrando de repente que Pravika estava com a gente. Pravika, que não fazia ideia de que Zoe, Maya e eu tínhamos acompanhado o Coringa na noite anterior.

Devemos contar a ela?, perguntara Zoe por mensagem mais cedo, e eu hesitara por um momento antes de responder: *Com certeza.*

Mas ainda não, disse Zoe.

Ainda não, concordei, porque uma das melhores partes do trote de formatura era não saber quem era a pessoa — ou pessoas — por trás dele. Se contássemos a Pravika naquele momento que éramos três ajudantes do Coringa, um pouco da magia se perderia. Surpreendê-la depois seria mais divertido. Eu já conseguia imaginar as perguntas que ela faria, querendo saber todos os segredos dos bastidores.

— Argh, Zoe — disse Pravika, balançando a cabeça. — Ainda não consigo acreditar que você tropeçou na sua bolsa de ginástica e torceu o tornozelo. Por que não acendeu a luz antes de ir ao banheiro?

Alex tinha razão: Zoe não tinha quebrado ou torcido o tornozelo, só o machucado o suficiente para que a pele acordasse com um hematoma roxo. Com aquela história falsa circulando, o treinador de atletismo fizera uma avaliação naquela manhã antes de enfaixar firmemente o tornozelo dela e envolvê-lo com uma bandagem grossa para que ela conseguisse andar sem problemas.

— Eu sei, Veeks, foi idiotice minha — disse Zoe com um suspiro.

— Meninas, vocês se importam se a gente sentar com vocês? — perguntou uma voz.

Nós quatro nos viramos e vimos Tag, Alex e dois amigos deles segurando milk-shakes e sacolas do Hub. O cheiro divino da comida deles chegou até a nossa mesa.

— Ah, garotos — sussurrou Pravika.

— Eca, garotos — disse Maya, e chegou mais perto da namorada. Zoe riu e beijou a bochecha dela.

Eu sorri para Tag.

— Só se você nos pagar em batatas fritas.

Sorrindo de volta, ele tirou um cone grande de batatas fritas da sacola de papel.

— Eu imaginei que esse seria seu preço.

— Por que pediram para viagem? — perguntei depois que ele, Alex e os outros trouxeram cadeiras extras para a nossa mesa. — Por que não comeram no Hub?

— Porque nosso sofá favorito estava ocupado — respondeu Alex com a boca cheia de queijo quente. — Pela Blair.

— Hum...

Eu não precisava ouvir mais. A separação do grupo de amigos deles parecia inevitável depois de Blair ter brigado com Tag durante a aula de cálculo.

— Bem, agora sei por que você disse não para mim — falara ela em tom estridente.

— Pois é — respondera Tag simplesmente, assentindo.

Ele me presenteou não só com batatas fritas, mas também com um cheeseburger e um milk-shake de creme com chocolate. Deixei minha salada murcha de lado e sorri.

— Obrigada — falei enquanto ele desembalava o próprio almoço. Óbvio que incluía dez pacotes de ketchup.

— Na verdade, viemos para nós cinco ficarmos juntos — murmurou ele quando os outros começaram a conversar entre si. — Alex e eu queríamos que o time estivesse todo no mesmo lugar quando a notícia se espalhasse, então Blair roubar nosso sofá foi uma ótima desculpa para pedirmos nossa comida para viagem.

Escondi meu sorriso tomando um gole do milk-shake, que estava denso e cremoso.

— Teve notícias do Manik?

— Tive. Ele também estava no Hub e me deu um sinal de positivo. Estava lotado, então o tempo de espera pelo pedido vai explicar o atraso dele. — Tag riu. — Estou impressionado.

Rimos juntos antes de prestarmos atenção ao assunto da mesa: o baile.

— Vocês precisam priorizar o que é importante e convidar alguém logo — dizia Pravika aos amigos de Tag, o que deixou meu coração apertado. Embora minha punição tivesse me salvado de uma noite com Daniel, eu ainda queria ir. Era o baile de formatura!

No que ele está pensando?, me perguntei, dando uma olhada rápida na direção de Tag. Ele estava devorando nuggets. *Se a opção não tivesse sido tirada de nós, será que iríamos juntos?*

Já estávamos dançando de mãos atadas.

— Está bem, está bem, está bem — disse um dos colegas dele, rindo. — Prometo que vou convidar alguém. — Ele fez uma pausa. — Pravika, você quer ir ao baile comigo?

Minha amiga abriu um sorriso radiante e, após uma rodada de aplausos, todos terminaram a refeição... No entanto algo me incomodava. Nosso horário de almoço estava quase acabando, mas não tínhamos recebido nenhuma atualização de Manik. Por que ele não tinha mandado uma mensagem para o grupo? Daniel já deveria ter descoberto que os almanaques tinham sumido, não?

Pelo canto do olho, vi Tag pegando a bomba para aplicar o bolus. Alex também o monitorava. Os amigos nem piscaram, porque sabiam que era normal. Mas eles não o tinham visto na noite anterior.

— Tudo certo, Taggart? — perguntou Alex.

— Tudo certo, Alexander — respondeu Tag. Então tocou meu joelho com o seu sob a mesa, me dizendo o mesmo silenciosamente.

Fiquei vermelha antes de pegar meu celular. Meu coração começou a bater mais rápido quando vi que Manik tinha acabado de mandar uma mensagem.

Preparem-se, dizia.

Depois de ler o alerta no meu celular, Tag desbloqueou o dele e tocou a tela algumas vezes. Algo estava acontecendo.

Menos de um minuto depois, uma série de toques de iPhone e vibrações de Androids abafaram as vozes em nossa mesa.

— Outro e-mail do meu irmão — avisou Maya com um suspiro aparentemente desinteressado. — Deve ser um lembrete para...

Pravika soltou um gritinho.

— Meu Deus!

— Puta merda. — Alex tirou os olhos arregalados do celular. — Gente, vocês precisam ler isso...

Para: grupo_todos_os_alunos@ames.edu
De: DRivera@ames.edu
Assunto: Atualização sobre a distribuição do almanaque

Ames,

Hoje, como todos sabem, é o dia de os almanaques serem distribuídos.
No entanto, devido a um imprevisto, isso não vai acontecer. O editor-chefe,

Manik Patel, e eu acabamos de descobrir que os almanaques **sumiram**. O corpo docente foi informado sobre a situação e estamos trabalhando juntos para descobrir o que aconteceu. Se tiver alguma informação sobre o paradeiro dos anuários, por favor, envie um e-mail para Manik (MPatel@ames.edu) ou para mim (DRivera@ames.edu).

Obrigado,
Daniel

Um silêncio caiu sobre o refeitório. Depois de um instante, os cochichos dos estudantes que olhavam para os celulares substituíram as conversas animadas e o som dos talheres.

— Isso é uma piada? — perguntou um aluno do segundo ano perto de nós. — Como os almanaques podem ter desaparecido? Deve ser uma piada, né?

Então, como se fosse em resposta, nossos celulares receberam outra notificação. Só que daquela vez o e-mail não era de Daniel; era de alguém *sem* um e-mail oficial da escola Ames. Fechei os olhos e me concentrei para manter uma expressão neutra antes de abrir e ler a mensagem de Tag.

Para: grupo_todos_os_alunos@ames.edu
De: coringa23@gmail.com
Assunto: Atualização sobre a distribuição do almanaque #2

Saudações, Ames,

Minha nossa, que mistério temos aqui! Os anuários estão desaparecidos? Faltando apenas uma semana para o fim das aulas? Bem, eu diria que é um mistério que deve ser resolvido... Mas não sem mim.

Não temam, vou oferecer minha ajuda em breve, mas, por enquanto, deixo este conselho: em tempos difíceis como estes, a melhor esperança é olhar para nossos líderes!

Atenciosamente,
O Coringa

Prendi a respiração, ouvindo o silêncio completo se transformar em gritos e exclamações até o refeitório inteiro irromper em uma risada unânime e estrondosa. Nossa mesa logo foi cercada. O time de lacrosse masculino sacudiu os ombros de Alex, cumprimentando-o.

— Cara! — Eles sorriam como se tivessem vencido as finais estaduais. — Que porra é essa?

— Pois é! — Alex segurou o próprio celular, o e-mail do Coringa ainda na tela. Ele estava preparado, porque sabia que todos achariam que era ele. — O que está acontecendo? Os almanaques? — Ele assobiou. — Boa, Coringa.

Maya franziu falsamente a testa.

— Espera, não foi você? Você não é o Coringa?

— Infelizmente, não. — Alex suspirou fundo. — E você sabe que era o meu maior sonho na vida.

— Você vai encontrar um novo sonho, Alexander — encorajou Tag, sempre leal. Ele estava tão relaxado na cadeira, os dedos acariciando meu cabelo com naturalidade.

Eu jamais suspeitaria dele, pensei enquanto tentava ignorar a pontada de dor no meu peito. Meu Deus, tudo o que eu queria era sair do refeitório e entrar escondida na sala de armazenamento secreta do Centro Estudantil para que Tag pudesse soltar minha trança e *realmente* enroscar os dedos no meu cabelo. Eu queria agarrar as lapelas do blazer dele e sorrir antes de...

— Eu tenho que ir — avisei de repente, embora ninguém estivesse ouvindo. Estavam todos muito ocupados assediando Alex. Zoe e Maya estavam desempenhando seus papéis bem. — Vejo vocês mais tarde.

A mão de Tag desceu para o meu ombro, as pontas dos dedos quentes roçando meu pescoço.

— Espera, o quê? — disse ele enquanto eu tremia. — Para onde você vai?

— Eu não sei direito — murmurei —, mas isso é demais pra mim.

— Certo, então vamos — disse Tag, dando uma piscadela. — Eu conheço uns lugares.

A coleção de pistas que espalhamos pela Ames me veio à mente, e senti meu coração se apertar em um nó. Ele era o Coringa, e eu era ridiculamente apaixonada por ele.

— Não, não, pode ficar. — Forcei um sorriso. — Alex precisa do parceiro.

A essa altura, algumas das minhas amigas do teatro tinham passado na frente dos caras do lacrosse para questionar Alex.

— Certo. — Tag assentiu devagar. — Mas vejo você mais tarde, né? Antes de eu ter que... — Ele se interrompeu, incapaz de terminar a frase.

Antes de ele ter que voltar para o quarto. Por causa da prisão domiciliar.

Eu ainda não conseguia acreditar. Prisão domiciliar? Sério? Eu não conseguia me lembrar da última vez em que um estudante havia sido colocado sob prisão domiciliar. Será que aquela regra existia mesmo?

Eu iria descobrir.

~

— Caramba, que dia — disse Anthony durante nossa caminhada de volta para casa.

O sol estava se pondo no céu, os raios de luz formando halos ao redor das nuvens brancas.

— Você acha que o Alex esperava que tudo explodisse daquele jeito? — Ele riu. — Foi o caos.

Hesitei antes de responder, sentindo os cantos da minha boca se curvarem para cima. Anthony... bem, talvez ele suspeitasse de que Alex tivesse algum envolvimento na brincadeira, mas eu sabia que, ao contrário do restante da escola, ele não acreditava que Alex fosse o Coringa.

Ele *sabia* que Alex não era o Coringa.

— Você viu o Daniel por aí? Ouvi dizer que ele está furioso.

Eu me esforcei para conter um sorriso. Sim, eu tinha visto o Daniel; tínhamos aula de física no último tempo e, embora o odiasse até o último fio de cabelo, eu tinha me sentado ao lado dele. Não havíamos trocado uma palavra, mas eu o pegara observando Alex do outro lado da sala. Daniel o encarava com a mesma intensidade que eu, quando achei que ele era o Coringa.

Mas, naturalmente, Alex se salvou de qualquer confronto pós-aula ao ir ao banheiro, antes de o sinal bater, e não voltar. Presumi que ele voltaria para buscar a mochila mais tarde.

— Eu sei que Alex é a escolha óbvia — disse Anthony enquanto nos aproximávamos da casa dele —, mas ele está levando muitos soquinhos de cumprimento. As pessoas precisam parar de parabenizá-lo com socos. Ele fica roxo fácil.

Sorri um pouco. *Ah, Anthony.*

— Não se preocupe — falei. — Alex está são e salvo no quarto.

Depois de eu dar um breve abraço de boa noite em Tag, eu tinha percebido que Alex estava ansiosíssimo para segui-lo até o dormitório.

— Eu sei. — Anthony endireitou os ombros. — Ele me pediu para fazer uma chamada de vídeo durante o jogo do Bruins e Rangers mais tarde.

— Ah... — Eu o cutuquei com o cotovelo. — Que romântico.

Anthony ficou vermelho.

Eu ri, e ele se sentiu à vontade para rir também antes de nos despedirmos.

O carro de Josh estava na entrada da garagem quando cheguei em casa.

— Estamos aqui dentro! — disse minha mãe, da cozinha, assim que fechei a porta atrás de mim.

Embora a comida de Josh estivesse com um cheiro incrível, eu não conseguiria comer. Será que íamos falar sobre a minha audiência disciplinar?

Minha mãe estava tentando picar pimentões em cubinhos enquanto Josh monitorava várias panelas no fogão. Parecia comida demais.

— O que é tudo isso? — perguntei.

— É o jantar — respondeu Josh, movendo-se para mexer algo que tinha começado a chiar.

— Para cem pessoas? — brinquei. — Vamos receber o bairro inteiro hoje à noite?

Notei os potes na bancada, além da caixa térmica vazia no chão. Josh não estava fazendo jantar apenas para nós, mas também para Tag. Eu não deveria ter me surpreendido; Josh sempre o tratara como um irmão mais novo. Sempre cuidara dele.

— Claro — respondeu minha mãe depois que perguntei se a comida era para Tag. — Você ia gostar de comer a comida do refeitório entregue no quarto? — Ela desviou os olhos da tábua de cortar e abriu um sorrisinho.

O que, por algum motivo, me fez explodir.

— Bem, é culpa *sua* ele ter que fazer isso — falei, em um tom mais hostil do que pretendia.

Minha mãe ergueu uma sobrancelha.

— Quê?

— É culpa sua — repeti. Meu coração martelava no peito. — *Prisão domiciliar*, mãe? Em toda a história da escola Ames, alguém já foi colocado em prisão domiciliar? Você precisava mesmo...

— Sim, Lily, precisava — interrompeu ela enquanto Josh provava diplomaticamente o que parecia ser um molho à bolonhesa. — Eu *precisava* mesmo ser tão rigorosa. — Ela largou a faca, tendo terminado de massacrar o pobre pimentão. — Penny ia expulsá-lo, e ninguém naquela mesa de reunião fez qualquer objeção.

— Exceto nós — interveio Josh.

Minha mãe assentiu.

— Os pais dele também não ajudaram em nada. Eles ganham a vida argumentando e nem *tentaram* comprar a briga, nem mesmo pelo filho deles. — Ela suspirou. — Todos estavam concordando, então precisei ser a policial má para ser a boazinha também. — Ela me olhou por um longo tempo. — Você se lembra de "*aut viam inveniam aut facium*"?

As palavras dela fizeram meu coração quase parar.

Aut viam inveniam aut facium.

Eu encontrarei um caminho ou criarei um, pensei, fechando os olhos e visualizando as palavras tatuadas no bíceps de Tag. Não havia um caminho direto para salvá-lo de ser expulso, então minha mãe havia criado um. Um caminho impiedoso, mas, ainda assim, um caminho.

— Por favor, me diga que não está mais brava com ele — sussurrei, os olhos lacrimejando. — Por favor, me diga que todas as punições já são castigo suficiente. — Minha voz vacilou. — Você não pode ficar com raiva dele.

Minha mãe pegou a faca para continuar massacrando os legumes.

— Eu pareço estar com raiva? Estou preparando pelo menos uma semana de jantares para ele.

Josh tirou do forno uma assadeira de macarrão com queijo, que Tag sempre cobria de ketchup.

— Ah, é mesmo? — perguntou ele secamente. — Deve ter havido algum mal-entendido aqui. — Ele colocou a assadeira em uma grade de resfriamento e fez um gesto em direção ao prato recém-preparado. — Porque achei que *eu* estava preparando jantares para ele.

Na cozinha aconchegante, minha mãe se virou e deu um beijo no pescoço de Josh. Ele sorriu e tateou às cegas para enlaçar a cintura dela com um dos braços.

— Não, não estou mais *brava* com ele — disse ela. — Ainda estou *chateada*, mas não quero mais colocar fogo nele. — Ela abaixou a voz. — Porque ele nunca deixa de...

Josh e eu trocamos olhares confusos, mas, quando minha mãe voltou a falar, meu coração acelerou.

— Eu quero colocar numa moldura. — Sua frustração se derreteu em um sorriso relutante, mas divertido. — Eu quero colocar aquele e-mail numa *moldura*. Um dos meus alunos me mostrou.

— Mãe — comecei, prestes a confessar tudo.

— Leda, você tem algo para dividir com a turma? — perguntou Josh.

Ela suspirou.

— Os almanaques, Josh. Os almanaques roubados? O trote do Coringa?

— Sim, sim, Alex Nguyen é um gênio do crime. Mas o que isso tem a ver com... — Os ombros de Josh de repente se endireitaram, e ele se virou para mim.

Levantei as mãos em rendição.

— Olha, eu não sou o Coringa. — Engoli em seco. — E o Alex também não. — Meu coração batia forte. — Mas nós o ajudamos.

~

Josh ficou parado, chocado, enquanto minha mãe e eu comíamos.

— Eu não quero saber — disse ele, mudando de ideia quase na mesma hora. — Na verdade, quero sim.

— Essas *fajitas* estão maravilhosas, querido — comentou minha mãe em certo momento, com toda a naturalidade, para deixar claro que não tinha o menor interesse em ouvir sobre o meu envolvimento no roubo dos almanaques.

Na verdade, ela dissera mais cedo, enquanto Josh ia entregar o baú de tesouros culinários de Tag, que não queria saber. Pelo menos não por enquanto:

— É um trote fantástico, e devo admitir que parte de mim achou divertido... e *impressionante*... você ter participado. — Ela suspirara. — Mas terminou com você sendo pega, Lily. — Ela balançara a cabeça. — Ainda estou muito frustrada e decepcionada, então não quero detalhes.

Meus olhos tinham se enchido de lágrimas. Era estranho não contar algo a ela, e ainda mais estranho ela não querer saber.

Depois do jantar, deixei a mochila no quarto e vesti o pijama enquanto minha mãe cortava pedaços enormes do cheesecake com gotas de chocolate que Josh assara relutantemente para nós.

— Só prometam comer porções de um tamanho adequado — pediu ele. — Não comam metade numa noite só...

— Quer assistir ao novo episódio de *Project Runway*? — perguntei enquanto voltava para o andar de baixo. — Ou você está... — As palavras morreram nos meus lábios quando entrei na sala.

Porque Penny Bickford estava sentada no nosso sofá, ainda vestindo o elegante terninho creme de mais cedo, as pernas cruzadas como se estivesse determinada.

— Boa noite, Lily — disse ela.

— Boa noite, diretora Bickford — respondi, sabendo que não era hora de chamá-la de "Penny". Algo me dizia que ela não estava ali como minha avó postiça.

Onde estava minha mãe?

— Sua mãe deu uma saidinha — informou Penny, adivinhando meus pensamentos. — Eu pedi que nós três tivéssemos uma conversa em particular.

— Nós três? — perguntei.

— Isso mesmo. — Ela assentiu. — Gostaria que você fizesse uma chamada de vídeo com o sr. Swell, já que ele está detido no dormitório dele no momento.

Uma onda de nervosismo tomou conta de mim. Ai. Ai, não. Daniel tinha dito que estava trabalhando junto com o corpo docente para encontrar os anuários. Como Tag e eu tínhamos sido pegos na noite anterior, éramos os primeiros suspeitos da diretora Bickford.

— Claro — falei, tentando manter a calma. — Só, hã, me deixe buscar meu celular. — Apontei para o andar de cima. — Está no meu quarto.

Na verdade, estava no bolso do meu moletom, mas eu precisava avisar Tag.

— Atende, atende — murmurei um minuto depois, de volta ao meu quarto. Ele não estava atendendo. — Atende, droga...

Três tentativas não foram suficientes, então mudei para a segunda opção.

— Você tem sorte de eu gostar de você, Lily — disse Alex como cumprimento. — Eu não desligo um telefonema com o Anthony por qualquer um.

— Cadê o Tag? — perguntei, um pouco frenética. — Ele não está atendendo o telefone.

— Bem, é claro que não, ele está dormindo. Ele apagou faz umas duas horas.

Olhei para o meu despertador, franzindo a testa. Eram nove da noite. O que o Tag tinha feito? Ido dormir às sete?

— Sinceramente, não sei como você ainda está de pé — disse Alex. — Com sua audiência disciplinar logo de manhã...

Eu grunhi. *Cacete, como isso pode ter acontecido ainda hoje de manhã?* De repente, parecia que tinha sido semanas antes.

— Uhum, uhum — cantarolou Alex em resposta aos meus grunhidos.

— Preciso que você acorde ele — falei, me controlando. — É uma emergência. Sacuda o braço dele até ele conseguir falar algo coerente e diga para ele vestir uma camisa e me ligar por vídeo, por favor...

— Olá, Taggart — cumprimentou a diretora Bickford quando voltei para baixo e me juntei a ela no sofá, sentada perto o suficiente para que ambas pudéssemos ver o rosto de Tag no meu celular.

Ele usava uma camiseta surrada do Chicago Cubs e estava sentado em sua escrivaninha com o cabelo escuro bagunçado pelo sono e com os olhos semicerrados. Senti um nó na garganta e tentei esquecer a necessidade de estar com ele, a necessidade de me enterrar no peito dele e ouvir seu coração enquanto ele beijava de leve a minha testa.

— Olá, diretora Bickford — disse ele. — Como está?

— Pronta para tomar um copo de vinho — respondeu ela sem rodeios, largando a fachada de diretora e deixando Penny vir à tona. — Vou direto ao ponto para poder ir para casa e fazer isso. — Ela suspirou. — Vocês roubaram os almanaques ontem à noite?

Uma expressão confusa passou pelo rosto de Tag.

— Hã, eu estava com a Lily... Como falei hoje de manhã, estávamos juntos. Nós estávamos, hã, você sabe... juntos. — Ele de alguma forma conseguiu corar para evitar a pergunta.

Mesmo assim, senti um arrepio na nuca.

— É o trote do Coringa — falei para Penny. — O Coringa pegou os anuários.

— Sim, Lily, estou ciente — respondeu ela. — O presidente dos estudantes, Rivera, deixou isso bem claro.

— Então por que está nos perguntando? — indagou Tag. — Se quer saber se vimos alguém...

— Estou perguntando por motivos óbvios — interrompeu a diretora. — Os almanaques foram vistos na sala do anuário ontem, mas não hoje, o que significa que desapareceram em algum momento nas últimas vinte e quatro horas. — Ela olhou de Tag para mim. — E o único outro acontecimento significativo nesse período é o caso de vocês dois. Logo, me pergunto se poderiam estar relacionados. — Ela pigarreou. — Porque, para ser sincera, Taggart, embora o sr. Nguyen sem dúvida tenha imaginação e entusiasmo suficientes, sempre achei que *você* daria um Coringa melhor.

Meu coração quase saiu pela boca, mas Tag manteve uma expressão tranquila.

— Alex não é o Coringa, diretora.

— Eu sei — disse ela enquanto eu ouvia o rangido da porta dos fundos. Minha mãe tinha voltado para casa. — Mas, como ele é considerado um candidato provável, vou conversar com ele amanhã. — Ela tirou uma poeirinha invisível de seu terno. — Obrigada a ambos pela sinceridade.

Minha mãe entrou na sala com uma garrafa de vinho branco gelado. Não importava qual fosse a situação, ela sempre sabia como acalmar os ânimos. A diretora Bickford sorriu agradecida e depois aconselhou Tag a repousar.

— Você parece muito cansado, querido.

Do fundo do coração, ela realmente gostava dele.

VINTE E QUATRO

No sábado, o mistério dos almanaques estava mais intrigante do que nunca. Sussurros sobre o possível esconderijo dos anuários tomavam os corredores, e todos se olhavam durante a primeira aula, tentando decifrar se o Coringa estava presente. Alex estava oficialmente fora do jogo, já que a escola inteira havia acordado com um e-mail dele:

Para: grupo_todos_os_alunos@ames.edu
De: ANguyen@ames.edu
Assunto: Por favor, parem de socar meu braço

Senhoras e senhores!

Embora eu fique extremamente lisonjeado por vocês acharem que sou digno de usar o chapéu colorido, eu NÃO sou o Coringa. Sei que é uma ideia quase impossível de aceitar, mas vocês todos devem refletir profundamente e encarar os fatos.
Repitam comigo: Alex Nguyen não tocou nos almanaques!
Não quero perguntas, sugestões, soquinhos ou outras parabenizações no momento. Por favor, respeitem minha privacidade.

Saudações,
Alex

Zoe e eu concordamos que ele era um bom mentiroso — quase bom demais. *Alex Nguyen não tocou nos almanaques.* Porque, realmente, ele não encostara um dedo neles. Em vez de nos ajudar a carregar as caixas na quinta-feira à noite, ele estivera segurando o cabelo de Maya enquanto ela vomitava no banheiro.

As aulas terminaram ao meio-dia e, naquela tarde, Blair Greenberg era a nova suspeita. Os alunos mais novos tagarelavam como pássaros ao redor da cadeira dela e, o que era mais surpreendente, ela não estava gostando daquela atenção. Pravika, Zoe, Maya e eu estávamos no Círculo, tomando sol em toalhas de praia a alguns metros dela, e nos sentamos, praticamente juntas, quando a ouvimos explodir.

— Não! — gritou ela. — Eu não sou o Coringa, então saiam de perto de mim!

— Alguém está irritada... — comentou Zoe depois de vermos Blair se levantando às pressas da cadeira.

Ela jogou o cabelo por cima do ombro e saiu aborrecida para o dormitório. Zoe abriu um sorriso irônico para mim.

— Bem, aí vem o meu irmão — disse Maya —, em sua missão para interceptá-la.

Ela apontou para Daniel, que estava quase correndo em direção a Blair. Ele era o único que não tinha aceitado a chegada do fim de semana: ainda vestia o blazer da escola, uma gravata listrada e calça cáqui. Eu apostava que ele estava suando.

E não só por estar fazendo quase vinte e sete graus.

— Daniel, não! — gritou Blair. — Não se atreva!

— Mas... — começou ele.

Antes que ele pudesse continuar, Blair desviou e até lhe mostrou o dedo do meio enquanto se afastava.

Pravika respirou fundo.

— Certo, ela *com certeza* não é o Coringa.

— Não — disse Zoe. — Apenas uma mulher furiosa.

Eu mordi a unha do dedo mindinho.

Voltamos a aproveitar o sol, mas pouco depois meu celular vibrou com uma mensagem de Alex. Acabei de sair da minha reunião com a Penny, dizia. Falamos mais sobre meu discurso de suborador do que sobre o trote em si. Ela também perguntou como Taggart está, considerando que está trancado no dormitório.

E o que você disse?, **perguntei.**

Que ele está ótimo, **respondeu ele.** Por causa das suas visitas.

Senti uma pontada de tristeza e comecei a enrolar minha toalha.

— Eu preciso ir — avisei às minhas amigas. — Me atualizem se algo interessante acontecer.

Cumprimentei um grupo de alunos do segundo ano com um aceno de cabeça. Eles estavam discutindo uma teoria de que os almanaques haviam sido roubados durante o dia. Do contrário, *como* o Coringa teria entrado na sala dos anuários?

Minhas amigas trocaram olhares divertidos e intensos.

Não voltamos de verdade, eu quase disse. *É só uma performance.*

Depois da conversa com a diretora na noite anterior, Tag e eu havíamos pegado no sono, cada um em sua casa, durante a chamada de vídeo. Vivíamos fazendo aquilo quando estávamos namorando. Nenhum de nós queria ser o primeiro a dizer boa-noite.

A Casa Grundy — o dormitório masculino do terceiro ano — parecia uma mansão georgiana convertida: tijolos vermelhos desbotados com telhado de duas águas, quatro chaminés e janelas altas com molduras brancas. Passei direto pela entrada da frente e fui para o quarto no canto do primeiro andar. Em vez de vidraças transparentes, as janelas de Tag e Alex eram de vidro colorido, então não dava para enxergar muito bem o lado de dentro. Eu me embrenhei nas plantas até encontrar um banquinho de madeira simples embaixo da janela. *Que conveniente*, pensei, balançando a cabeça antes de subir para bater no vidro colorido.

— Desculpe — disse Tag em uma voz cansada —, mas, por ordem da Ames, não quero me relacionar com ninguém agora.

— Você está revendo *Schitt's Creek*? — perguntei quando ele abriu a janela, reconhecendo a famosa fala de David.

— Talvez... — respondeu ele, sem conseguir fazer contato visual.

Corei; ele estava me olhando de cima a baixo, para o meu biquíni e o meu short. Minhas amigas e eu estávamos empenhadas em absorver vitamina D.

Umedeci os lábios.

— Talvez?

Tag piscou e passou a mão pelo cabelo antes de nossos olhares se encontrarem. A luz do sol realçava o verde dos olhos dele.

— Estou na metade da quarta temporada — admitiu ele.

— Entendi.

Uma gata pulou para a janela. Preta com patas brancas, só poderia ser a amada — porém proibida — Stevie. Tag a pegou nos braços para protegê-la do mundo exterior.

— O que vocês fazem durante as inspeções nos quartos? — perguntei.

— Temos um esquema — disse ele, e começou a explicar. Sorri ao ouvir a parte em que Stevie era temporariamente contrabandeada para fora do quarto em um saco de roupa suja. — Mas enfim... — Tag beijou a cabeça de Stevie antes de colocá-la de volta no chão. — O que foi? O Daniel já explodiu?

— Ainda não. Só queria ver como você está. — Meu estômago se agitou. — E, hã, sabe, talvez conversar? — Apontei para o amplo parapeito da janela. — Posso me sentar?

Tag assentiu e deu alguns passos para trás, abrindo espaço para eu me acomodar na beirada. Meus chinelos caíram no chão e, quando encontrei uma posição confortável, ele se sentou na ponta da mesa de sinuca que dividia com Alex. Ele respirou fundo.

— Por onde começamos?

Com as bochechas ainda coradas, dei de ombros, impotente.

— Não sei. Há tanta coisa.

— Sim — concordou Tag, esfregando a testa. — É verdade.

Ficamos em silêncio por um momento antes que algo me ocorresse.

— O Alex comentou que você teve hipoglicemia no ano passado... O que aconteceu? Foi aqui?

— Não, não. Foi durante o recesso de primavera.

Meu coração começou a bater mais rápido. *O recesso de primavera.*

— Por que não me contou? — perguntei.

O recesso de primavera tinha sido em março, e eu só havia terminado com Tag em abril. Ainda estávamos juntos. Desmoronando, sem dúvida, mas o fio não tinha se partido.

Tag balançou a cabeça.

— Não foi grande coisa. O Alex estava comigo.

— Mas ele não era o único — falei, uma suspeita começando a se formar. — A Blair estava lá também, não é?

— É — admitiu Tag. — Ela ficou sabendo que eu estava com o Alex em Nova York e nos implorou para pegarmos o trem até Greenwich e irmos a uma festa que ela estava organizando.

Ele me olhou.

— Lily, não aconteceu nada.

Meu coração acelerava cada vez mais. Lembrei de Tag me contando que saíra com Alex uma noite, mas eu jamais teria imaginado que a saída envolvia uma viagem de trem até Connecticut. Eu havia presumido que eles tinham encontrado um dos muitos amigos de Alex.

— Se não aconteceu nada... então por que você escondeu de mim?

Tag suspirou.

— Porque eu não queria que você interpretasse mal. Foi só uma festa idiota. Não significou nada. Até pensei em mandar uma mensagem contando que a Blair nos convidou, mas sei que você não gosta dela, então...

— É *óbvio* que eu não gosto dela — interrompi, meu estômago se revirando. — Qualquer pessoa que planta inseguranças nas pessoas e depois destrói relacionamentos... — Meus olhos se encheram de lágrimas, pensando que talvez não tivéssemos terminado se Blair não tivesse interferido. Ela conseguira puxar Tag para perto de si enquanto eu o afastava, sem perceber. Eu pisquei para afastar as lágrimas. — Mas não estou falando da Blair, Tag. Estou falando da hipoglicemia. Se não foi grande coisa, por que contar para mim seria um problema?

Tag respirou fundo.

— Porque *foi* grande coisa, na verdade — disse ele, baixinho. — Foi hipoglicemia de verdade, e fui parar no pronto-socorro.

Meu coração deu um salto.

— O quê?

— É. — Ele assentiu. — Os pais da Blair não estavam lá, então ela deixou todo mundo passar a noite na casa dela. A maioria das pessoas estava bêbada. Alex e eu dividimos o sofá no porão dela, e eu não me lembro bem, mas ele me acordou em algum momento. Aparentemente, eu estava tremendo como se estivesse pelado no meio de uma nevasca, e minha bomba de insulina estava apitando. Minha glicose estava em vinte.

Vinte? Eu fiz uma careta. Vinte era baixa demais, *perigosamente* baixa.

— Eu não estava com o meu estojo de injeção de glucagon — continuou ele, falando sobre os remédios de emergência. — Estava na minha mala, mas Alex e eu estávamos na rua quando Blair nos convidou, então não voltamos para o apartamento dele antes de irmos para a Penn Station. — Ele pausou. — Eu sou um idiota.

Fiquei quieta, sentindo que ele não tinha terminado.

— Alex vive tanto no momento — continuou ele — que às vezes me dá vontade de ser espontâneo assim também. — Ele mordeu o lábio. — É uma droga quando lembro que nem sempre posso. Até *pensei* em voltar para pegar o estojo, mas correr para pegar um trem no último segundo parecia muito mais emocionante.

— Não parece ser o tipo de coisa que o Alex deixaria passar — observei, abraçando os joelhos. — Ele é quase um pai superprotetor. Ele não perguntou se você estava com o estojo?

Tag assentiu uma vez. As palavras que ele não disse estavam implícitas: *Eu menti*.

— Meu Deus, Tag — sussurrei.

— Ele cuidou de mim o caminho todo até o hospital. A Blair dirigiu enquanto ele ficou no banco de trás tentando me fazer beber suco de laranja. Felizmente, o pronto-socorro me internou na hora e me forçou a engolir uma pasta de glicose nojenta antes de fazerem um acesso para estabilizar meus níveis. — Ele suspirou. — Depois, o Alex ficou uma fera. Você deveria ter ouvido, ele até ficou sem voz de manhã.

— Bem, fico feliz que você esteja bem — respondi, meio sem jeito.

Tag deslizou para fora da mesa de sinuca e se aproximou da janela.

— Lily, eu sinto muito por não ter contado para você.

— Eu também sinto muito — murmurei. — Me desculpe por ter dado a impressão de que eu só me preocupava com a presença da Blair. — Eu respirei fundo. — Foi muito legal da parte dela levar você para o hospital.

Tag não respondeu. Em vez disso, ele se aproximou, me abraçou e enterrou o rosto no meu pescoço. Sua pele parecia fria contra a minha, quente depois de tomar sol. Ele cheirava a seu xampu de coco com aquele leve toque de cloro de sempre.

Urso, pensei enquanto estendia a mão para passar os dedos pelo cabelo dele antes de massagear sua nuca. Senti uma pontada de dor quando Tag deu um beijo leve na minha clavícula. Ainda era tudo tão fácil entre nós dois, tão natural, tão inebriante.

Eu odiava aquilo.

Eu amava aquilo.

Somente quando o sol desapareceu atrás de uma nuvem foi que me forcei a escapar do seu abraço.

— Tenho que ir — sussurrei.

— Fique aqui — sussurrou ele de volta. — Por favor, fique.

— Não posso. — Balancei a cabeça. — A festa de aposentadoria do sr. Harvey é hoje à noite.

Tag esperou três segundos, então me soltou.

— Eu tenho algo para ele — disse Tag, e desapareceu no quarto para pegar algo.

Ele voltou com um envelope. Era branco em vez do preto misterioso do Coringa, com ROGER escrito na familiar letra bastão de Tag em vez de recortes de revista. Meus olhos começaram a lacrimejar, pois eu sabia que, em outros tempos, ele teria sido convidado para aquela festa. Tag costumava ser bem-vindo em todos os eventos dos professores. Eu quase abri a boca para sugerir que ele viesse, antes de lembrar que ele não podia.

— Eu volto depois — prometi, mesmo que ainda não tivesse me movido. Me sentia congelada, ainda sentada no parapeito da janela. — Logo.

— Eu estarei aqui.

───

Preparei meu famoso bolo com recheio de caramelo e cobertura de ganache de chocolate. Minha mãe ficou me observando o tempo todo, mas, para minha surpresa, foi Josh quem roubou uma colherada de cobertura enquanto eu fazia minha mágica.

— É um daqueles dias — explicou ele, dando de ombros quando minha mãe e eu olhamos para ele, confusas. Josh me ensinara tudo o que eu sabia sobre confeitaria, mesmo não sendo tão chegado em doces.

Os Hoffman tinham se oferecido para sediar a festa do sr. Harvey no quintal dos fundos da casa deles. Minha mãe deixou nosso presente com os outros e, antes de segui-la para fora, pus o cartão de Tag entre duas garrafas de vinho adornadas com fitas.

Encontrei o sr. Harvey com o reitor DeLuca, com o sr. Hoffman e com Josh, perto da fogueira. Gabe, o novato da Campo, também estava lá. Todos seguravam cervejas Bud Light, mas Anthony estava sendo forçado a tomar Sprite.

— Não acredito — dizia o sr. Harvey.

— Pode acreditar — disse o sr. Hoffman, rindo. — Passei a noite no saguão.

Meus ouvidos se apuraram na hora. Finalmente, o motivo pelo qual o sr. Hoffman tinha dormido no departamento de admissões na noite do trote.

Mas então um celular começou a tocar, um toque familiar.

— Pelo amor de Deus — disse Josh com um suspiro. — De novo não.

— O que foi? — perguntou DeLuca.

Josh pegou o celular no bolso de trás e, após um momento para se recompor, atendeu a ligação.

— Olá, Manik — disse ele. — A casa não está pegando fogo, está?

Todos por perto fizeram silêncio. Suspeitei que queriam ouvir a conversa tanto quanto eu. Por que Manik estava ligando para Josh?

— Bom, pode dizer ao Daniel que não mudei de ideia — disse Josh. — Quando trocamos mensagem hoje de tarde, eu disse a ele que não era necessário. Já fizemos duas semanas atrás, seguindo o cronograma.

Ele pausou para ouvir o que Manik estava dizendo.

— Entendo que os quartos deles devem estar uma zona de guerra — continuou com toda a paciência enquanto meus batimentos cardíacos se aceleravam. — Mas, Manik, eu sempre dou uma folga para os meninos nesta época do ano. Eles estão ocupados estudando para as provas e arrumando as malas para viajar. Tudo bem se tiver papel e roupa espalhados pelo chão. Vai ser tudo limpo uma hora. Não precisamos distraí-los com inspeções de quarto...

Inspeções de quarto, pensei, não apenas com surpresa, mas também com vontade de rir. Daniel estava pressionando para fazer inspeções de quarto a fim de revirá-los, na esperança de encontrar os anuários escondidos no armário de alguém ou enfiados embaixo da cama. Ele suspeitava dos meninos do nono ano.

Eu não tinha permissão de continuar na festa depois do jantar. *Nada de tratamento especial*, minha mãe dissera. *Se a Ames desse tratamento especial a certos alunos, a escola não teria integridade.*

Eu entendia. De verdade.

Embora madame Hoffman não tivesse me deixado ir embora para a detenção sem um prato de papel cheio de uma grande seleção de sobremesas.

— Eu já supervisionei a detenção antes, *ma chérie* — contou ela. — Seu estômago *vai* começar a roncar.

Ironicamente, Bunker estava supervisionando nossa noite de *ennui*, conferindo os nomes em uma lista e confiscando os celulares na entrada do auditório de ciências.

— Lily. — Ele assentiu para mim quando coloquei o celular na caixa de papelão. — Se o seu dever de casa já estiver feito, tomara que tenha trazido algo para se entreter...

Meus companheiros delinquentes eram em sua maioria alunos mais novos; observei-os abrindo as mochilas tristemente e pegando livros e pastas. Também pegaram laptops, embora eu soubesse que não havia wi-fi na detenção. *Talvez acabe sendo bom para vocês*, a queridinha dos professores em mim queria dizer. *Não há escolha a não ser estudar para as provas.*

O grande auditório estava tão silencioso que me sobressaltei quando alguém ocupou o assento ao meu lado.

— E aí, colega? — cumprimentou uma voz familiar. Eu me virei e encontrei Alex sorrindo para mim enquanto se acomodava em sua cadeira de rodinhas. — Como estamos hoje à noite?

— Eufórica — respondi ironicamente. — O que você está fazendo aqui?

Alex deu de ombros, concentrado em tirar o papel filme que cobria meu prato de guloseimas. Olhei para as portas do auditório e vi que Bunker as tinha fechado. Estávamos oficialmente isolados da humanidade.

— Você está mesmo de detenção? — sussurrei.

— Sim — murmurou ele enquanto mastigava um pedaço de cupcake red velvet. — Não oficialmente, mas o Bunker disse que era possível que a lista dele estivesse errada.

Revirei os olhos.

— Alex, para de graça.

— Ah, este é o meu favorito — disse ele, me ignorando e pegando um pedaço do bolo com recheio de caramelo. — Você fez para a festa de fim de ano do primeiro ano.

— *Shh!* — fez um estudante do segundo ano antes que eu pudesse responder. Ele estava duas fileiras na nossa frente, com o Microsoft Word aberto na tela do computador. — Estou tentando escrever um trabalho!

— Então você está sentado no lugar errado. — Alex apontou para o outro lado da sala, onde um grupo de alunos digitava como se estivesse sendo cronometrado. — O clubinho do laptop está lá.

— Você, às vezes, é uma pessoa horrível — falei depois que o garoto mudou de lugar.

— E daí? Não é como se eu precisasse do voto dele ou algo assim.

Fiquei quieta por um momento e então murmurei:

— Alex, a eleição foi há muito tempo. Eu sei que você queria ser o rei da escola, mas...

— Eu queria ser o *presidente* do conselho estudantil, Lily — murmurou ele. — Eu queria ser o presidente para fazer da Ames um lugar melhor. Rivera só queria para seu precioso currículo, para entrar em Harvard. — Ele bufou com desdém. — Não vou desafiá-la a listar todas as melhorias que ele fez, porque nós dois sabemos...

O resto do que ele disse foi incompreensível, graças ao quadradinho de limão que ele enfiou na boca. Presumi que tinha algo a ver com Daniel não ter realizado nada naquele cargo. Ele tinha feito o seu dever, e nada mais.

Mal sabia ele que o "mais" estava indo atrás dele.

Eu disse aquilo a Alex, que abriu um sorriso astuto.

— É, Daniel. Veja o que você me fez fazer.

Cutuquei o nariz dele.

— Karma.

Alex riu e pegou meu caderno de desenhos de figura humana.

— O que há de novo aqui?

— Ah, não muita coisa — respondi enquanto ele começava a folhear. — Você sabe que prefiro paisagens.

— Sim, mas você é tão boa em desenhar pessoas...

Ele não terminou a frase, encontrando uma página específica. Senti meu coração se apertar enquanto ele olhava para ela, e me encolhi quando ele olhou para mim.

— Você ainda tem isso? — perguntou ele baixinho.

— Óbvio — falei, tentando manter o tom de brincadeira, mas em vez disso ouvi minha voz vacilar.

Alex olhou de volta para o desenho. Era um desenho de Tag, um esboço muito antigo, do nono ano. Nem éramos amigos quando eu o fizera. Lembro-me de Pravika, Zoe e eu estarmos fazendo nosso dever de casa na biblioteca e termos visto Tag em uma das salas de leitura.

— Lily, olha! — Ambas as minhas amigas tinham sorrido. — Olha quem está lá...

Com elas, minha paixão secreta não era um segredo.

— Tudo bem — dissera Zoe depois que eu me recusara a falar com ele. — Então, eu desafio você a *desenhá-lo*.

Meu estômago tinha se revirado.

— O quê?

— Você me ouviu. — Zoe acenara com a cabeça em direção ao caderno de desenhos sob meu braço. — Desenhá-lo.

Pravika me dera um empurrãozinho e, por algum motivo, eu me deixara ser empurrada. Eu havia entrado na sala de leitura e, antes que minhas pernas derretessem como duas velas, ido até a mesa de mogno ocupada por Tag.

— Oi, Tag.

Quando ele tirara os olhos do livro, seu rosto estava banhado pela luz quente da lâmpada.

— Oi, Lily — cumprimentara ele com um sorriso. — Como vai?

Eu tinha ignorado a pergunta, começando a tagarelar.

— Tenho um trabalho para a aula de arte. Estamos desenhando pessoas, então preciso escolher alguém, e eu estava me perguntando se poderia desenhar você.

— Eu? — Tag erguera uma sobrancelha de forma cômica. — Como uma de suas garotas espanholas?

— São *francesas*. — Eu havia corrigido com um suspiro, sem saber na época que ele tinha errado a citação de *Titanic* de propósito para me tranquilizar. — A fala é "me desenhe como uma de suas garotas francesas".

— Você quer que eu pose? — perguntara ele ao me ver sentar à frente, o caderno de desenhos aberto em uma página em branco e o lápis de carvão na mão. Os olhos verdes vivos dele haviam encontrado os meus, e eu havia corado de vergonha sob o brilho deles.

— Não. — Eu balançara a cabeça. — Apenas fique... — Eu tinha procurado por uma palavra melhor do que "normal". Não queria que ele ficasse normal. — Apenas fique em paz. Está bem?

Os lábios de Tag haviam se curvado em um sorriso lento.

— Eu posso fazer isso.

Ao vê-lo voltar a ler sua cópia desgastada de *Duna*, eu tinha começado a desenhar. Pelas próximas duas horas, tínhamos ficado em completo silêncio — um silêncio que parecia estranhamente confortável e um dia se tornaria amoroso e familiar.

— É quase assustador — dissera Pravika certa vez. — Como vocês conseguem se entender sem dizer uma palavra.

O esboço me provocou uma pontada de dor. A forma como Tag repousava a cabeça em uma das mãos enquanto lia, o cabelo escuro desalinhado e a expressão tranquila no rosto de quinze anos. Enquanto os olhos dele se concentravam na página, sua mão direita havia se estendido distraidamente pela mesa, como se esperasse encontrar a de outra pessoa.

— Eu abracei meu caderno enquanto voltava para casa naquela noite — contei para Alex, lembrando-me de como estava me sentindo. — Nunca estive mais apaixonada por um desenho.

Alex respondeu esfregando as têmporas.

— Você foi vê-lo hoje.

Eu assenti.

— Sim, e falamos sobre...

— Eu sei sobre o que vocês falaram — interrompeu ele. — Ele me deu o resumo enquanto jantávamos espaguete à bolonhesa. — Ele suspirou. — Eu deveria ter estado lá. Vocês não estão falando sobre o que precisam falar. Não há dúvidas de que preciso orientar a conversa.

— Para quê? — perguntei com o coração acelerado. — Qual é esse tópico tão fascinante que precisa ser abordado?

A expressão no rosto de Alex mudou de exasperação para dor extrema. Esperei ele dizer algo.

— Você se lembra... — começou ele devagar. — ... do que eu disse na noite do trote? Sobre o Tag querer uma namorada?

Eu me lembrei de nós três — o time favorito — seguindo em direção ao santuário de esculturas. Tag ia na frente e estava fora do alcance de nossa conversa quando Alex afirmara que o fato de o amigo estar apaixonado pela gata deles podia ser interpretado como um desejo secreto de ter uma namorada.

— Claro — falei. — Você disse que ele queria uma namorada, mas que a Blair não contava, e então você usou uma metáfora bizarra sobre ela ser uma caixa de Band-Aids.

— *Bizarra?* — Alex franziu o nariz. — Não é bizarra, é brilhante.

— *Brilhante?* — Suspirei. — Alex, não faço a mínima ideia do que você quer dizer com isso.

Alex baixou a voz.

— Você quebrou o coração dele, Lily. Você o partiu em um milhão de pedacinhos. Eu tentei juntar os cacos e colocá-los de volta no peito dele, mas está faltando um, e nada funciona sem ele.

Senti uma dor aguda nas costelas, uma epifania se revelando para mim.

— Ah — soltei, ofegante.

— De novo e de novo, ele volta para Blair porque a parte mais preciosa está faltando — continuou Alex. — Ele fica tentando tapar esse buraco com o mesmo curativo porque acredita que perdeu você e nunca mais vai encontrá-la.

Meus olhos se encheram de lágrimas. Tentei secá-las, mas não adiantou.

— Alex...

— Ele quer muito encontrar você, Lily.

— Ele não *precisa* me encontrar — falei, começando a chorar baixinho no meio da detenção. Aquele tempo todo! Durante aquele tempo todo, Tag me amava, e eu não me permitira acreditar. — Eu já estou aqui, eu *juro*. Sim, me escondi por um tempo, mas ele não me perdeu. Ele já me encontrou, sempre fui dele. Você sabe disso, Alex.

— Claro — disse Alex com naturalidade. — Quer dizer, eu sei tudo. — Ele pausou. — Mas ele não, Lily. Ele acha que você está fingindo por causa do trote.

— Isso foi uma ideia ridícula dele! — sussurrei, exasperada. As pessoas estavam começando a olhar para mim, mas não me importei. Era tarde demais para me importar. — Eu *não* estou fingindo.

Alex colocou a mão nas minhas costas.

— Você deveria tentar dizer isso a ele.

— Bem, então vou tentar — respondi com o coração martelando, mas, antes que pudesse me levantar da cadeira em desafio, a mão de Alex foi para o meu ombro e o segurou com firmeza para me manter sentada.

— Srta. Hopper, você está em detenção no momento.

Eu resmunguei e me desvencilhei.

— E não tem ninguém para tirar a gente daqui.

— *Você* não tem ninguém para tirar você daqui — disse Alex, levantando-se com a maior naturalidade do mundo. — Estou livre para ir e vir conforme a minha vontade, já que não estou em detenção.

— Meu Deus, eu te odeio — falei, rindo.

Alex balançou a cabeça.

— Não acredito em você.

— Por que não?

— Porque você está com o sorriso favorito do Tag no rosto.

~

O vento soprou e sussurrou para mim enquanto eu descia apressada a escada de mármore do centro de ciências depois da detenção. *Não permita*, dizia o vento, as palavras passando por mim como a correnteza do mar. *Não permita que Tag deixe você de fora...*

Nas últimas horas, eu só conseguia pensar em minha conversa com Alex. Ele estava certo. Tag e eu tínhamos péssimas habilidades de comunicação. Tínhamos que parar de evitar a verdade, não importava quão assustadora fosse. Eu não podia deixar passar nem mais uma noite sem falar com ele.

O festival de música dos alunos da Ames era naquela noite, mas o palco já tinha sido abandonado quando passei correndo pelo Círculo. No entanto, ainda havia gente nas cadeiras e nas redes. Avistei meninas de saias xadrez, jeans largos, gargantilhas de plástico e cabelos longos presos em coques duplos. O tema daquele ano era uma homenagem aos anos 1990.

Meus pulmões protestavam dolorosamente quando cheguei aos três salgueiros que ficavam no canto da Casa Grundy. Os galhos balançavam na brisa em direção à janela de Alex e Tag. A luz atravessava o vitral e eu conseguia ouvir Dave Matthews e várias vozes tentando falar mais alto que Dave Matthews. Só porque Tag não podia receber visitantes não significava que seus colegas de alojamento não pudessem vê-lo. Eu chutaria que tinham abandonado o festival de música para ficar por ali naquela noite.

Nada arruinaria meus planos. Exalei, então inspirei fundo antes de sair das árvores e passar pelas moitas até o banquinho de madeira.

— Senha? — gritou Alex depois que bati na janela.

Os outros garotos riram.

— Cala a boca — disse Tag, sua voz soando próxima. — É a Lily.

De repente fiquei sem saber como começar quando a enorme janela rangeu e se abriu, então confiei no primeiro pensamento que me veio à mente. Agarrei o rosto de Tag e o puxei em minha direção. Foi só quando nossos lábios estavam a centímetros de distância que senti o cheiro de uma colônia picante. Um cheiro familiar, percebi, mas não intimamente familiar.

Não familiar como *Tag*.

Meu coração se apertou em horror.

— Por favor, não beije o mensageiro — implorou Alex.

Contendo um grito, eu o empurrei com tanta força que ele caiu para trás de volta no quarto, revelando Tag e dois amigos, todos me encarando. Tag não só estava sem camisa, usando um short cáqui antigo e respingado de tinta, como também ostentava o clássico chapéu de vaqueiro que havia comprado em Montana e botas douradas que só podiam ter sido um presente de inimigo oculto de Alex. Elas estavam mais para Mulher Maravilha do que Velho Oeste, mas não vinha ao caso. Arrepios percorreram minhas costas. *Eu prefiro caubói*, lembrei-me de Tag ter dito na noite do trote. *Caubóis são leais...*

Stevie miou e me trouxe de volta ao presente, chegando para se enroscar nas pernas de Tag. Pisquei e vi os garotos ainda me encarando, como se eu é que estivesse usando uma fantasia de Halloween.

— Certo... — falei devagar. — Vamos esquecer que isso aconteceu. — Fiz uma pausa, reunindo coragem. — Mas também vamos tentar *de novo*. — Inclinei a cabeça para Tag, tentando não rir. Ele estava ridículo. — E, desta vez, outra pessoa vai abrir a janela.

Os quatro meninos assentiram. Assim que Alex fechou a janela, eles se mexeram. Esperei três batidas do coração, então ergui o punho e bati no vidro. A pessoa do outro lado não perdeu tempo.

— E aí, caubói? — falei assim que ficamos cara a cara.

— Como vai? — respondeu Tag, e fiquei sem ar quando ele riu.

Era como se o tempo tivesse parado. Ele parecia ainda mais ridículo com uma camiseta virada do avesso, mas, ao mesmo tempo, nunca estivera mais bonito. Os ombros largos de nadador, aqueles olhos de esmeralda e o jeito como o cabelo caía na testa.

Tudo em mim derreteu. Taggart Swell, Taggart Swell, Taggart Swell! Eu queria gritar o nome dele no meio do Círculo. Porque eu o amava. Eu o amava da cabeça aos pés, plenamente e fielmente — e, ousaria dizer, *para sempre*.

Mas nada daquilo saiu da minha boca. Eu estava tão encantada que não conseguia falar.

Após alguns momentos, Tag pigarreou.

— O que você está fazendo aqui? — perguntou ele, a voz cheia de nervosismo.

— Fazendo valer a pena — respondi, também nervosa.

Tag beijou minha bochecha. Apenas um beijo simples, doce e delicado, mas foi o suficiente — o suficiente para torcer meu coração. Eu queria beijá-lo. Eu queria tanto beijá-lo.

Sua respiração quente roçou meus lábios.

— Amarelinha?

Quase assenti e me inclinei para beijá-lo até ficar sem ar. Quase. Afinal, não havia nada nos impedindo.

Exceto...

— Eu sei que ainda temos muito o que conversar — murmurei, virando-me para que ele segurasse meu rosto —, mas preciso dizer uma coisa.

Tag assentiu.

— Tudo bem.

— Eu não estou fingindo. Eu sei que tudo mudou, mas ao mesmo tempo, nada mudou, pelo menos para mim. — Engoli em seco. — Estou apaixonada por você, Tag. Profunda e perdidamente apaixonada por você.

Com um leve sorriso, Tag me puxou para seus braços e para o parapeito da janela. Ele me abraçou até nossos batimentos cardíacos sincronizarem.

— Temos muito para conversar — disse ele depois de um tempo. — Tenho muitas perguntas, mas... — Ele respirou fundo. — Eu também não estou fingindo. Nem um pouco. — Ele encostou a testa na minha. — Também estou apaixonado por você. Eu amo você e só você, Amarelinha. É você. Não importa o que tenha acontecido... — Sua voz falhou. — Você sempre foi a única para mim.

Meus olhos ficaram marejados e as lágrimas começaram a escorrer pelo meu rosto. Tag as enxugou, sua digital deixando uma tatuagem invisível na minha pele.

— É tudo minha culpa — sussurrei. — Nós desperdiçamos tanto tempo.

— Mas algo me diz que o melhor ainda está por vir — disse ele, então me abraçou mais forte e murmurou em meu ouvido: — E que vamos fazer valer a pena.

VINTE E CINCO

Minha mãe e eu tomamos café da manhã no Hub na segunda-feira de manhã. Ela estava cansada, mas com esperanças de ficar desperta, já que era a última semana de aulas. Os formandos estavam comemorando — o plano era nos graduarmos no sábado e sairmos do campus o mais rápido possível para as festas de formatura —, mas os estudantes mais novos ficariam para trás e enfrentariam vários dias de provas. Eu sabia que minha mãe estava se preparando mentalmente para intensas reuniões, além de sessões noturnas de revisão do conteúdo.

— Isso é inaceitável — disse Josh quando passou pela nossa mesa para confiscar o Red Bull que minha mãe tinha acabado de abrir. — Não são nem oito da manhã, Leda.

Ela gemeu.

— Cafeína, Josh. Eu *preciso* de cafeína.

— Então vou buscar um café para você.

— Eu odeio café.

Josh cruzou os braços, franzindo a testa.

— Sério? Odeia? Porque em todos esses anos que nos conhecemos, não me lembro de você ter mencionado...

— Certo, chá — cortou ela, impaciente. — Chá preto com um pouco de leite.

Um sorriso surgiu nos lábios de Josh antes de ele se inclinar para beijar a cabeça da minha mãe.

— Quer açúcar?

Ela respondeu agarrando a manga dele e puxando-o para um beijo de verdade. Um grupo de alunos gritou e assobiou enquanto Pravika gritava:

— Por favor, se casem logo!

Já estão com a data marcada!, pensei comigo mesma, de repente desejando que eles dessem logo a grande notícia para a Ames. Não importava se eu estava me formando, se era "o meu ano". Eu queria que minha mãe e Josh celebrassem abertamente o noivado. Nada me faria mais feliz.

Embora, no momento, eu estivesse bastante feliz.

Muito feliz.

— Oi! — falei, aparentemente para ninguém em especial, quando cheguei ao auditório para a nossa reunião matinal da escola. Era a última do ano, o que significava que era a minha última reunião da Ames.

— Olá! — respondeu Tag.

Ele estava parado com Alex debaixo da sombra de uma das colunas brancas do prédio, mas entrou no sol, sorrindo.

Meu estômago parecia dar cambalhotas. Se eu tivesse asas, eu as abriria e voaria até ele. Mas, em vez disso, meus saltos plataforma me mantinham presa ao chão, de forma que eu não podia me mover tão rápido. Tag, porém, teve muito mais facilidade em diminuir a distância entre nós com as botas *chukka* que estava usando. Flores pareceram brotar no meu peito quando ele me pegou em seus braços e me girou antes de me beijar alegremente. Tínhamos Alex e uma plateia, mas mal notei. *Olá, meu amor*, pensei enquanto ria e o beijava de volta. *Eu senti saudades*.

Nosso relacionamento tinha florescido de novo, mesmo após toda a sinceridade sofrida do dia anterior. Alex tinha ido embora para que Tag e eu pudéssemos conversar sobre tudo. Eu me sentara em sua janela enquanto ele arrastava a cadeira de escritório pelo quarto para ficar perto de mim. Stevie tentara se aninhar em seu colo, mas Tag a entregara para mim para poder puxar minhas pernas penduradas para o seu colo.

As mãos dele na minha pele nua tinham me deixado tonta. O carinho de Tag — *Meu Deus*. Eu tivera que piscar várias vezes para me controlar, e só depois fizemos contato visual.

— O que aconteceu, Amarelinha? — perguntara ele. — O que aconteceu com a gente? Eu sei que algumas coisas foram reveladas quando estávamos no abrigo de barcos, mas quero juntar as peças do quebra-cabeça. — Ele traçara um círculo lento no meu joelho. — Por que terminamos?

Meu coração tinha começado a bater acelerado. Eu já suspeitava que a pergunta fosse inevitável, mas ainda assim era tão assustadora que esperei vários segundos antes de responder.

— Senti você se distanciando de mim. — Eu tinha dito, baixinho.

Tag suspirara.

— Mas eu senti você tentando me afastar.

— Acho que ambos os nossos pontos de vista são verdadeiros. Embora eu só possa falar do meu, assim como você só pode falar do seu.

Tag estendera a mão para mim, e eu entrelaçara nossos dedos. Um sinal silencioso de que nenhum de nós iria a lugar algum.

— Continue — dissera ele. — Estou ouvindo.

Eu assenti.

— Você ficou superpopular quando começou a quebrar recordes na natação, o que me deixou muito orgulhosa. — Eu tinha engolido em seco. — Mas a popularidade me deixou tão insegura, Tag. Do nada, havia meninas por todo o lado. — Uma pausa para respirar fundo. — No começo, elas pareciam abelhas zumbindo no meu ouvido, só irritantes, mas logo começaram a flertar com você bem na minha frente. Eu me sentia tão desconfortável. Você não retribuía nenhum flerte, mas você é você... tão charmoso e espontâneo... que meio que parecia que você *estava* flertando. Você não afastava nenhuma delas. E então... — Um nó se formara na minha garganta. — E então surgiu a *Blair*.

— Lily, espera...

Eu tinha balançado a cabeça negativamente, querendo continuar.

— A Blair bagunçou a minha cabeça. Aquelas outras garotas não eram *nada* perto dela. Ela fingiu ser minha amiga para começar a ser amiga de nós dois, e depois esfriou a amizade falsa comigo para tentar esquentar a relação com você. Eu me lembro de cada momento... — Minha voz falhara. — Você falava dela o tempo todo, estudava cada vez mais com ela. Sei que pareço uma namorada possessiva demais, mas ela me deixou ansiosa a esse ponto. Eu ficava preocupada, Tag. Muito preocupada. Eu sabia que ela gostava de você e, do jeito que as coisas estavam indo, eu estava preocupada achando que fosse só uma questão de tempo até você perceber que gostava dela também. — Meu estômago se retorcera. — Foi aí que comecei a afastar você. Eu estava tão paralisada duvidando de mim mesma que sabia que não poderia ser uma oponente à altura de Blair. Eu comecei a afastar você para aliviar a pressão e, quando isso não funcionou, terminei o namoro. Somos humanos, então todos nós temos nossas inseguranças, mas não sou uma *pessoa* insegura. A Blair me transformou em uma, e, por mais que eu ame você, sabia que precisava terminar para voltar a ser *eu*.

Depois de eu parar de falar, Tag tinha ficado quieto e contemplativo, e tínhamos continuado em silêncio, ouvindo o vento do mar assobiar, pelo que pareceram horas. E então ele se levantara, pondo um cobertor em volta dos meus ombros trêmulos antes de falar.

— Verdade, você não é uma pessoa insegura — concordara ele enquanto meu coração batia forte no peito. — Todos os seus amigos e familiares sabem disso... inclusive eu. — Ele fizera uma careta. — E é por isso que nunca me ocorreu que aquelas garotas poderiam incomodar você. Admito que passei a gostar da atenção, especialmente depois que você começou a ficar mais distante. Mas *nunca* foi minha intenção me afastar de você, magoar você desse jeito. — Ele tirara a mão do meu joelho e a passara pelo cabelo. — Meu Deus, Lily, fecho os olhos agora e vejo que sou o maior babaca. Desculpe, eu deveria ter percebido. Nunca vou me perdoar por não ter percebido como você se sentia.

— Teria sido mais fácil se eu tivesse *falado* como eu me sentia. Nossas habilidades de comunicação foram pelo ralo.

— Então alguém ligou o triturador de lixo e as destruiu... — murmurara Tag antes de fazer contato visual comigo. — Blair... Lily, eu nunca vi Blair desse jeito até depois de a gente terminar. Ela era apenas uma amiga inesperada, só isso. Você sempre me chamava de desligado, e você tem razão, eu sou mesmo. Sinceramente, eu não fazia ideia das segundas intenções dela enquanto estudávamos estatística ou quando ela escreveu aquela entrevista idiota para o jornal. Eu era *seu*, Amarelinha. A ponto de que, mesmo quando você não estava presente, eu ainda podia sentir você em mim. — Sua voz tinha baixado. — Você *sempre* vai estar em mim.

Eu não tinha respondido, os olhos cheios de lágrimas e o coração transbordando. Eu sentia o mesmo.

— Blair e eu namoramos. Ela deu em cima de mim bem rápido, e eu não quis ir mais devagar porque precisava de uma distração, porque estava sentindo a sua falta. *Nossa*, como eu sentia a sua falta. — Ele abrira um sorriso triste. — Ela sabia disso. Blair não é tão confortável e confiante como todo mundo pensa. Seu nome aparecia em nossas brigas e causou vários dos nossos términos. — Ele dera de ombros. — Junto com uma série de outros problemas.

— Então por que vocês sempre reatavam? — Eu finalmente havia questionado, depois de ter me perguntado aquilo por tanto tempo. — Se havia tantos problemas?

Tag pensara um pouco antes de responder.

— Porque ela era minha amiga. Acredite ou não, temos algumas coisas em comum. Nosso ódio pelo dever de casa de matemática, por exemplo, mas também o fato de termos pais ausentes... Acabamos nos aproximando por isso... — Uma pausa. — Foi ela quem sugeriu que eu procurasse um terapeuta. Sabe, a terapeuta que meu pai mencionou durante a audiência.

Eu tinha franzido a testa.

— Sério?

— Sério. — Ele assentira. — Foi durante uma discussão, então ela não sugeriu da maneira mais sensível do mundo, mas sugeriu. — Os lábios dele tinham se contraído. — A dra. Perzi tinha algumas opiniões interessantes. Ela disse que outro motivo provável para eu e Blair ficarmos nesse vai e vem era que eu deveria ter passado um tempo sozinho depois de terminar com você, mas eu estava infeliz solteiro e queria alguém. Embora esse alguém fosse você, você não parecia querer ou precisar de ninguém.

— Porque eu não queria. Eu não queria nem precisava de ninguém. Eu queria e precisava de você, ardia de paixão por você.

Tag me olhara.

— Você acabou de citar *Bridgerton*?

Eu o olhara de volta.

— Você acabou de admitir que viu *Bridgerton*?

Ele corara.

— Você sabe que Alex é quem controla o controle remoto.

Balançando a cabeça, eu havia rido — sério, realmente *rido*. Logo Tag tinha começado a rir também, e então lágrimas doces de riso correram por nossas bochechas.

— Você...

Eu interrompi o que estava dizendo ao ver Tag se levantar da cadeira e sair correndo pelo quarto em direção à estante de livros. As três câmeras estavam na prateleira de cima.

— A luz — dissera ele, pegando a câmera antiga que adorava. — Lily, olha, a luz está linda.

A *golden hour*?, eu havia pensado, porque aquela era a hora do dia favorita de Tag, mas, quando me virei, vi que o sol havia quase desaparecido do céu. Em vez disso, o mundo estava tingido de rosa com feixes de azul fluorescente.

— Não é o pôr do sol... — Eu tinha murmurado.

— Não, não é o pôr do sol. — Tag se juntara a mim na janela. — Já passamos dele. — Ele sorrira, erguendo a câmera e apontando-a para mim. — É o crepúsculo.

Não havia lugares marcados nas reuniões na escola, mas claro que os formandos se sentavam nas primeiras fileiras e os alunos do nono ano, no fundo. Encontrei Pravika e Zoe em nossos assentos de sempre, na terceira fileira do lado esquerdo. Às vezes Maya sentava com a gente, mas ela devia estar com seus amigos artistas naquele dia.

— O que você está fazendo aqui? — perguntei, surpresa ao ver Tag conversando com Zoe.

— Sendo um namorado gentil e solícito — disse ele, gesticulando para que eu ocupasse o lugar vazio entre ele e Zoe. Ele se sentou e pegou minha mão para beijá-la.

Arrepios agradáveis percorreram meu braço.

— Atencioso, também — notei.

Ele deu uma piscadela.

— Sempre.

— Juntos de novo e brutais — disse Zoe, balançando a cabeça antes de se virar e começar a conversar com Pravika.

— Cadê o Alex? — sussurrei rapidamente.

— No lugar de sempre. — Tag apontou para o setor central, onde Alex ria com os amigos que eles tinham em comum. — Concordamos em não sentar juntos — explicou ele. — Aparentemente, Rivera ainda está de olho nele e, se nos vir sentados *um do lado do outro*, suspeito que...

— Ele vai atrás de você — completei, porque algo me dizia que a diretora Bickford ter julgado que Tag não estava envolvido no trote do Coringa não significaria nada para Daniel. A única pessoa em quem ele acreditava era nele mesmo.

— Exato.

Tag assentiu.

— Se ele me vir com você, a única explicação lógica é que eu sou...

— Um namorado gentil e solícito — repeti.

Tag levantou o descanso de braço para poder abraçar a minha cintura.

— Não se esqueça de *atencioso* — murmurou ele, a respiração quente contra meu pescoço.

— Talvez vocês devessem ir embora — sugeriu Zoe quando eu corei de vergonha. — Ir lá pra baixo ou algo do tipo?

As luzes piscaram alguns minutos depois, e o reitor DeLuca caminhou pelo palco em direção ao pódio de mogno. Ele nos parabenizou por chegarmos à reta final, mas ninguém estava prestando atenção direito. Parecia que todo o ar estava sendo sugado para fora do auditório enquanto o pai de Anthony revisava a programação da semana. Daniel seria o próximo a falar, e todos estavam aguardando ansiosamente o que ele tinha a dizer sobre os anuários desaparecidos.

Já haviam se passado três dias, afinal. Nenhum trote havia durado três dias.

— Feliz segunda-feira, Ames — disse Daniel assim que o reitor lhe passou a palavra, então parou para se recompor. Ele não estava com uma cara boa. Tudo nele parecia meio *amarrotado*: o paletó, a calça cáqui, o cabelo escuro. — Quero aproveitar esta oportunidade para falar sobre os almanaques. — Ele suspirou. — Infelizmente, eles ainda não foram localizados...

Pelo canto do olho, vi Tag tirar o celular do bolso da calça discretamente e diminuir o brilho após desbloquear a tela.

— O que você está fazendo? — sussurrei.

— Preparando-me para mandar uma coisa — respondeu, abrindo o Gmail.

Daniel pigarreou.

— Estou me dirigindo a você, Coringa. — Os olhos de Daniel percorreram as fileiras do meio do auditório e, como já era de se esperar, pararam em Alex, que não se intimidou. — Embora o roubo tenha sido engraçado no início, eu imploro para que devolva os anuários. Com eles, cada ano termina em alta. Você não quer ser responsável por estragar isso, quer? — A voz dele tremeu. — *Por favor*, devolva-os.

Em resposta, Tag tocou na tela do celular.

— Ninguém fica olhando o celular durante as reuniões — murmurei.

— Uma pessoa fica — murmurou ele de volta.

— Ai, meu Deus! — exclamou Blair Greenberg depois de três segundos, agitando o iPhone no ar. — O Coringa!

Tag abriu um breve sorriso para mim antes de virar o celular para eu ver o e-mail.

Para: grupo_todos_os_alunos@ames.edu
De: coringa23@gmail.com
Assunto: Reunião da escola

Presidente Rivera,

Você me suplica para "devolver" os almanaques?
Se for o caso, devo educadamente recusar. Simplesmente devolvê-los nunca esteve nos planos. Conforme minha última comunicação, eu disse que *ajudaria* a resolver o mistério. Não que o resolveria sozinho.
Ames, o que me diz? Está na hora de oferecer o meu auxílio?

Atenciosamente,
O Coringa

— *Sim!* — ressoou a resposta pelo auditório em diferentes vozes.

Alguns berraram e bradaram, outros caíram na gargalhada. Os polegares de Tag voaram pela tela, enviando outra mensagem.

Se assim desejam, dizia.

Então, eu o vi apagar a conta de e-mail do Coringa.

～

Todos na escola passaram o resto do dia agitados, não mais focados apenas em descobrir quem era o Coringa, mas se perguntando que tipo de ajuda ele providenciaria.

— Talvez um mapa? — sugeriu Pravika quando ela, Zoe e eu fomos até a Provisions para almoçar.

De alguma forma, Zoe conseguiu manter a expressão neutra, mas eu quase engasguei com o meu sanduíche. Ela estava tão perto da verdade.

Tag, quando você vai esconder a primeira pista?, perguntou Maya em nossa conversa em grupo mais tarde. Depois da aula?

Não, respondeu ele. Estou nadando, depois volto à prisão domiciliar.

Nenhum dos ajudantes respondeu.

Não se preocupem, completou ele, nos tranquilizando. Tenho um plano.

Que envolve...?, escrevi, mas não recebi uma resposta até Tag e eu nos demorarmos perto da casa de Bunker depois da aula de latim. Daniel tinha saído correndo do jardim de inverno assim que a aula terminara.

— Que envolve você colocar a pista — disse Tag. — Tudo bem?

— Eu! — Minhas costas se endireitaram. — Você quer que *eu* esconda a pista? Por que eu?

— Porque precisa ser você, e você é a única você.

Ele sorriu de leve enquanto tirava algo do bolso do blazer: um envelope preto e familiar com **PISTA UM** em letras de revista coladas. Notei que o "U" lembrava a fonte icônica em caixa alta da *Vogue*. Minha mãe tinha comprado a última edição ao sair para resolver coisas na rua no dia anterior.

Por aí, lembrei de Tag dizendo quando perguntei onde ele tinha conseguido as revistas para criar as pistas da caça ao tesouro.

— Pensei que Alex deixaria o envelope lá — falei.

Eu estava nervosa, apesar de aquela missão envolver apenas colocar o envelope na caixa de correio de Daniel. Ele costumava verificar a correspondência no caminho para a biblioteca depois do jantar. Deveria ser fácil, mas, quando olhei para o céu nublado, pensei melhor. O tempo ia virar, o que significava que, em vez de ficar no Círculo naquela noite, todo mundo se refugiaria no Centro Estudantil.

Tag concordou quando mencionei aquilo.

— É por isso que Alex não vai colocar a pista — explicou ele. — Ele está cuidando da distração que vai garantir que ninguém veja você disfarçada de carteira.

Franzi a testa.

— Qual é a distração?

— Ele vai convidar Anthony para o baile.

— Mentira! — exclamei, surpresa. — Ele vai fazer um convite público para o baile?

— Sim, e aparentemente envolve a banda de jazz.

Eu gemi de infelicidade. Anthony adorava jazz.

— Mas eu não quero perder isso...

Tentei manter a confiança durante as últimas aulas e enquanto abria meu guarda-chuva após o último sinal. Parecia que todos os alunos estavam migrando em direção ao Hubbard Hall. Fiquei preocupada quando vi Daniel, mas por sorte Maya praticamente o arrastou para dentro do Hub.

— Vamos tomar milk-shake! — disse ela. — Você precisa esfriar a cabeça, Dan.

Havia estudantes na sala de correio, então fiquei esperando em um nicho próximo, ansiosa, até que saíssem. Pravika estava entre eles, folheando lentamente a correspondência ao lado de uma lata de lixo. Eu a vi passar os olhos por um trabalho avaliado, amassar o papel e jogá-lo fora.

Anda logo, pensei. *Anda logo, anda logo, anda logo!*

Em determinado momento, o som de um saxofone chamou a atenção das pessoas. Eu também queria me virar para olhar, mas não podia me distrair. Mesmo quando o trompete, o contrabaixo e a bateria da banda começaram a tocar, mantive o foco no que precisava fazer. O êxodo em massa da sala de correio finalmente aconteceu quando alguém gritou:

— Olhem só, Alex Nguyen está em cima do piano!

Então, eu o ouvi começar a cantar.

Porque é claro que Alex sabia cantar.

Com a pulsação acelerada, corri até a caixa de correio de Daniel. Minhas mãos tremiam um pouco enquanto eu abria a mochila e tirava a hilária e misteriosa primeira pista. Antes de enfiá-la na caixa de ferro, me peguei estudando o envelope de novo. O "P" parecia uma daquelas letras com serifa da *People*. E era em preto e azul, da vez em que Ryan Reynolds tinha sido eleito o Homem Mais Sexy do Mundo. Minha mãe e eu adorávamos o Ryan Reynolds.

Será que é a nossa?, me perguntei, meio atordoada. *Será que é a nossa revista?*

Enfiado no cós da saia, meu celular vibrou de repente, fazendo meu coração dar um salto. Praguejei e enfiei a pista na abertura da caixa antes de correr em direção ao banheiro, passando por Alex e Anthony, que estavam recebendo aplausos de pé da multidão.

— Mãe, oi — atendi assim que a porta do cubículo bateu atrás de mim. — O que foi?

Ela ignorou minha pergunta para fazer outra.

— Você ainda está no campus?

— Sim. Estou no Centro Estudantil. Alex acabou de...

— Você se importaria de passar na minha sala? — pediu ela. — Precisamos conversar.

Conversar?, pensei. Sobre o que precisávamos conversar? Eu não tinha feito nada de errado. Bem, quer dizer, nada de errado além de me envolver no trote, mas minha mãe já sabia disso. O tom dela também não tornava as coisas mais fáceis de entender. Ela não parecia chateada, mas "calma" também não era o adjetivo certo.

Minha mãe suspirou.

— Precisamos conversar, minha querida filha, sobre o que Tag fez com a nossa coleção de revistas.

VINTE E SEIS

Meus passos ecoavam no piso de taco do prédio de inglês, e subi a escada o mais devagar possível, pensando nas revistas. Lembrei-me do jantar improvisado que minha mãe organizara na semana anterior. Eu até havia reparado na ausência delas da nossa mesinha de centro, mas estava tão desconcertada com o convite do Coringa que não pensara muito sobre o desaparecimento delas.

Tag pediu a ela, percebi. *Ele deve ter pedido as revistas emprestadas.*
Mas será que ela já sabia que ele era o Coringa?
Eu duvidava.
Limpei os pés no capacho da entrada da sala de aula dela — BEM-VINDOS AO CHILI'S!, dizia — antes de girar a maçaneta e entrar. Minha mãe estava sentada à mesa de canto com o laptop, os materiais de revisão já separados na grande mesa de carvalho.

— Oi — cumprimentei, sentando-me como se fosse uma aluna no primeiro dia de aula. — Cheguei.

Ela fechou o laptop e se juntou a mim.

— Só tenho quarenta e cinco minutos até a minha sessão de estudo com os alunos do primeiro ano antes do jantar — informou ela. — Vamos direto ao ponto, não há tempo a perder com besteiras.

— Desculpa — juntei as mãos, nervosa. — É minha culpa ter alguma besteira em primeiro lugar.

Minha mãe riu.

— Ah, não, Lily. Eu sempre quis usar essa frase, só isso. — Ela segurou minha mão para desfazer o entrelaçar de dedos nervosos. — Relaxa, estamos só conversando.

Assenti. Ela estendeu a mão pela mesa para pegar algo da pilha de materiais. Senti meu coração acelerar. Era a nossa *Vogue* mais nova. Taylor Swift estava na capa, passando uma energia Gatsby com um visual de melindrosa dos anos 1920.

— Tag passou aqui algumas semanas atrás — disse minha mãe com naturalidade —, perguntando se podia usar nossas revistas em um projeto. — Ela me olhou. — Por favor, me diga que ele não vai precisar de outras.

Fiz que não com a cabeça.

— As que você deu para ele foram suficientes.

— Certo, graças a Deus.

Ela mostrou um sorriso aliviado, mas logo ele sumiu para que ela pudesse arquear uma sobrancelha inquisitiva.

— Pode me explicar que projeto é esse?

— Você quer saber sobre o trote? — perguntei, endireitando as costas. Desde que ela dissera que estava tão desapontada que nem queria saber dos detalhes, eu estivera *esperando* que ela mudasse de ideia.

— Isso. Eu sei que você ajudou o Coringa a roubar os almanaques...

— Junto com Alex, Zoe, Maya e Manik. Eles também foram recrutados.

Minha mãe piscou, surpresa.

— Mas você e Tag foram os únicos pegos — observou, antes de afirmar que precisava de uma bebida. Ela se levantou para pegar um Red Bull na geladeira escondida sob sua mesa. Eu suspeitava que ela preferiria que fosse uísque. — Certo, então vocês seis executaram esse plano absurdo e hilário. Mas, obviamente, está acontecendo uma segunda parte agora, então como as revistas entram na história? — Ela manteve contato visual comigo. — Me dê uma pista, Lily.

Não consegui evitar e caí na gargalhada. *Me dê uma pista.*

Ela não poderia ter me dado uma deixa melhor.

— O quê? Qual é a graça?

— Você — falei, ainda dando risadinhas. — Você é engraçada. Porque as revistas, mãe... Tag usou as revistas para criar pistas. Pistas de uma caça ao tesouro! Nós roubamos os almanaques e depois espalhamos um monte de pistas pelo campus. Para escrever as mensagens, Tag usou letras recortadas das revistas. Parecem...

— Bilhetes de resgate esquisitos — concluiu ela. Havia um leve sorriso nos lábios dela enquanto ela balançava a cabeça. — Nunca deixo de me surpreender com a astúcia dele.

— Cada pista é um enigma — acrescentei. — São sete ao todo, e a última conduz aos almanaques. Levamos um tempo para esconder todas, e tivemos... complicações. A maior delas... — Parei porque ela já sabia.

A maior delas, a hipoglicemia de Tag.

Minha mãe tomou um gole do Red Bull.

— Você memorizou as pistas?

Mostrei a língua para ela. Claro que eu sabia as pistas de cor; eu era atriz. A memorização era uma das minhas habilidades mais treinadas.

— Está bem, me conte como foi a noite — disse ela.

Então, eu contei. Falei sobre como saí às escondidas para encontrar o Coringa e os outros ajudantes à meia-noite, cheia de empolgação. Mas, quando cheguei ao ponto da história em que nosso grupo tinha diminuído e Tag havia minimizado seus sintomas, minha voz começou a fraquejar.

— A última pista está no prédio do departamento de admissões. Estávamos só Tag, Alex e eu naquela hora. Tentamos correr quando vimos os faróis do sr. Harvey, mas o Tag não conseguia se mexer. — Eu engoli em seco. — Forcei o Alex a se esconder, mãe. Eu sei que ele era tão culpado quanto a gente, mas não queria que fosse pego. Ele até discutiu, não querendo abandonar o amigo, mas eu o obriguei.

Eu fiz uma careta.

— E foi isso. O sr. Harvey nos pegou.

Minha mãe tinha permanecido com uma expressão estoica durante a história e, depois de eu contar tudo, ela exalou tão profundamente que parecia até que tinha prendido a respiração o tempo todo.

— Caramba, eu tenho tanto para dizer... Tanto para dizer, mas não vai ser em ordem cronológica.

— É muita coisa — falei.

Ela tocou minha bochecha.

— Conversei com o Tag depois da audiência disciplinar dele, mas preciso que você saiba que a diversão *nunca* vem antes da segurança. Ele jamais deveria ter ignorado os sinais, e, quando eles apareceram, você deveria ter parado tudo e me ligado. Acho que eu tinha apagado ouvindo um podcast quando você voltou para casa escondida, mas não entendo por que não subiram para me pedir ajuda. — Ela balançou a cabeça. — Vocês dois não são assim.

Um nó se formou em minha garganta.

— Eu sei. Não somos assim, mãe, e sinto muito. De verdade. Acho que estávamos sentindo uma pressão absurda para fazer o trote dar certo e ficamos tão ansiosos que nosso bom senso falhou.

Ela se levantou da cadeira.

— Terrivelmente, né?

Eu também me levantei.

— Isso.

Minha mãe abriu os braços e eu me joguei neles, a visão embaçada de lágrimas enquanto ela me abraçava apertado. Os abraços dela às vezes me faziam desejar nunca ter crescido. Eu amava o calor dela e o cheiro sempre familiar do perfume de rosas combinado com o sabonete de eucalipto. Eu amava como os cachos dela faziam cócegas no meu rosto. Eu amava tudo nela.

— Você pagou um preço alto — sussurrou —, mas, caramba, que orgulho!

— Obrigada — sussurrei de volta.

Ela se afastou, sorriu e arrumou uma mecha do meu cabelo antes de juntar as mãos.

— Agora, quando Daniel vai receber a primeira pista?

— Alex disse que Anthony encontrou nosso carrinho de golfe — contou Tag pela nossa chamada de vídeo naquela noite. — Depois de sua corrida pelo bairro, ele foi correr ao longo da praia e o encontrou nas dunas. Como tínhamos deixado as chaves no porta-copos, ele o levou de volta para o setor de manutenção e paisagismo e o deixou do lado de fora da garagem. Acho que o pessoal de lá não estranhou.

— Nossa. — Assobiei devagar. — Graças a Deus que Anthony existe.

— Verdade — concordou Tag. — Santo Anthony.

Nós rimos. Contei a ele sobre a conversa com minha mãe, e ele relatou como tinha sido a dele também.

— Foi logo depois da minha audiência. Ela me pegou pelo braço, me arrastou até a biblioteca da Penny e, antes que eu tivesse tempo de piscar, ela já tinha tirado os sapatos e estava andando de um lado para o outro e me repreendendo em sussurros...

Um tempo depois, perguntei:

— Você acha que o Daniel está com a pista?

— Tenho um pressentimento de que sim. Ainda mais porque muitos professores estão devolvendo nossos últimos trabalhos esta semana. Não ficaria surpreso se ele estivesse olhando a caixa de correio várias vezes ao dia. — O pragmatismo de Tag mudou para sarcasmo. — Mas, ah, se nós conhecêssemos alguém que pudesse descobrir com certeza... Quem a gente conhece que tem experiência no campo da espionagem?

Eu ri.

— Nenhum especialista.

— Eu disse especialista? — Ele sorriu. — Acho que não especifiquei o tanto de experiência.

Eu sorri de volta.

— Bem, nesse caso, conheço a pessoa perfeita para o trabalho!

Ele ainda está acordado, informou Manik às onze da noite. **Ele está assistindo a** *Curb*, **e estou sendo obrigado a ouvir porque a porta entre nossos quartos está aberta e ele perdeu os fones de ouvido.**

O que é *Curb*?, perguntou Zoe enquanto todos os outros reagiam com um polegar para baixo à mensagem de Manik.

— Blerg, não gostei de *Curb Your Enthusiasm* — comentou minha mãe.

Estávamos acomodadas na cama dela tomando chá de hortelã. Eu a convencera a não ficar trabalhando até tarde e, em vez disso, assistir a *Orgulho e preconceito* — embora já tivéssemos visto tantas vezes que poderíamos murmurar as falas de Lizzy junto com a personagem. Enquanto o filme passava, minha mãe jogava Wordscapes e eu trocava mensagens com meus amigos.

— Tá, mas você adora *Seinfeld* — apontei. — O Larry David não está por trás dos dois?

— Sim, mas nada supera *Seinfeld* — respondeu ela. — Quer dizer, lembra da Elaine dançando?

Pulei da cama para imitar a famosa dança ridícula da Elaine. "Uma pessoa com ânsia de vômito ao som de uma música", diria George Costanza.

Minha mãe riu e começou a fazer cócegas em mim quando me joguei de volta na cama. Foi só quando o sr. Darcy ajudou Lizzy a subir em sua carruagem que ficamos imóveis.

— Ele flexionou a mão! — gritamos.

Ele está indo dormir, informou a mensagem de Manik. **Repito: ele está indo dormir!**

O que significa que você deveria "estar indo dormir" também, respondeu Tag.

Manik enviou um emoji de polegar para cima. Depois disso, a conversa em grupo ficou em silêncio. Eu conseguia imaginar Tag e Alex jogando sinuca no quarto deles para passar o tempo. Mesmo depois de uma xícara de chá e uma ida à cozinha para comer um pudim de chocolate e aliviar o estresse, continuei tensa. Está chovendo muito lá fora, dizia minha mensagem para Tag às onze e quarenta e cinco, quando ainda não tínhamos recebido notícias de Manik. Talvez ele tente amanhã?

Porque Daniel já deveria ter começado a procurar. A pista um o instruía a pegar a pista dois à meia-noite, e o observatório ficava a pelo menos quinze minutos de caminhada do dormitório dele. Além disso, era ele quem precisaria evitar os postes de luz, a atividade noturna nos dormitórios e o formidável esquadrão da Campo.

Tag logo respondeu, mas, antes que eu pudesse ler, Manik mandou uma nova mensagem no grupo. Ele saiu!, dizia. Ele fechou nossa porta, mas eu o ouvi sair pela janela e descer pela escada de incêndio (pareceu que ele escorregou).

MENTIRA, reagiu Zoe ao mesmo tempo que Maya escreveu: KKKKK

Rei do meu coração, escreveu Alex.

E Tag: Que comecem os jogos.

~

Eu não conseguia decidir se deveria ficar acordada esperando. As janelas do quarto da minha mãe davam para o gramado da frente, mas não havia como saber quando ele chegaria à pista seis. Tag e eu só tínhamos chegado a minha casa por volta das quatro horas da manhã, depois de passar por inúmeros obstáculos pelo caminho. Que problemas Daniel enfrentaria? A chuva com certeza não ajudaria.

— Espero que ele tenha um guarda-chuva! — Foi a última coisa que minha mãe disse antes de desligar o abajur ao lado da cama e se aconchegar em seu travesseiro.

Será que eu passaria a noite toda acordada?

Tag e eu trocamos mensagens por um tempo, fazendo piadas sobre a localização de Daniel — *Ainda tentando pular a grade do terraço do observatório!* —, mas Alex confiscou o celular dele por volta de uma e meia da manhã. Taggart já teve tempo de tela demais, dizia a última mensagem. Boa noite.

— Lily, vá dormir... — murmurou minha mãe depois que eu saí da cama e pisei acidentalmente em uma tábua de assoalho que rangia. Eram duas e quarenta e cinco.

— Vou fazer um lanche — sussurrei.

Um instante depois, ela acendeu a luz.

— Que lanche?

Eu trouxe a tigela inteira de pudim de chocolate de volta para cima.

— Ele já veio cometer o crime federal dele? — perguntou minha mãe enquanto comia uma grande colherada.

— Crime federal?

Ela me olhou.

— É ilegal ler a correspondência dos outros.

Fiz que não com a cabeça e terminamos o pudim juntas. Josh ficaria horrorizado quando visse a tigela vazia na pia no dia seguinte.

— Certo, isso não tem sentido — disse minha mãe uma hora depois de estarmos de volta debaixo das cobertas. — Se vamos fazer isso, vamos fazer *direito*.

Dois minutos depois, estávamos vigiando o jardim pela janela. Fui buscar as duas almofadas do sofá para sentarmos, e ela abaixou as persianas o suficiente para que Daniel não nos visse espionando. Minha mãe me parabenizou com tapinhas nas costas por eu ter pensado em deixar as luzes acesas do lado de fora e, enquanto esperávamos, contei a ela sobre como Daniel se recusara a ajudar Tag na primavera anterior e sobre como ele tinha me culpado por quase arruinar a reputação dele.

— Ele acha que escapou por pouco — expliquei. — Porque, se estivéssemos namorando, meu estilo de vida escandaloso não pegaria bem... para *ele*!

Minha mãe deu uma risada de escárnio.

— Pode ficar com ele, Harvard.

A chuva parou às três e meia.

— Você acha que ele foi pego? — Esfreguei os olhos. — Será que o Gabe e o sr. Harvey...

— Olha!

Ela segurou meu braço, e eu arfei de surpresa quando vi Daniel Rivera *finalmente* se aproximando da nossa casa. O pavimento molhado brilhava, mas ele não. O presidente do conselho estudantil era uma poça ambulante, o cabelo grudado na testa e as roupas encharcadas pela tempestade.

— Acho que ele está carregando pelo menos dez quilos a mais em água — observou minha mãe enquanto o víamos caminhar até a nossa caixa de correio, pingando.

— No mínimo — concordei.

Os passos de Daniel eram lentos, desajeitados e não muito sorrateiros. Era seguro dizer que ele estava exausto depois de enfrentar a chuva e os ventos do mar a noite toda.

Ah, e sua aventura talvez tivesse sido um pouco cansativa também.

Fiquei olhando enquanto ele abria a caixa de correio. Não encontrou a pista de cara, então acendeu a lanterna do celular. Meu coração bateu mais animado quando ele pegou o envelope.

— Sr. Presidente! Sr. Presidente! — entoei. — Está convocado para uma reunião urgente!

— A pauta contém uma grande questão — completou minha mãe, adotando o mesmo tom teatral. — Os anuários da Ames, onde estão?

Eu abri um sorrisinho. Como ele reagiria à pista?

A resposta foi: não muito bem.

Nós rimos como duas garotinhas quando Daniel amassou a pista e a jogou no gramado antes de repensar sua estratégia.

— Eu achei que ele fosse mostrar as pistas para todo mundo... — sussurrei enquanto Daniel atravessava a grama molhada. — Mas acho que não vai. O Coringa não só fez a escola rir, mas rir do *presidente* estudantil. — Meus lábios se curvaram num sorriso. — Daniel não vai...

— *Miau*.

— Meu deus — falei, chocada. — Puck está lá fora.

Nosso gato estava rodeando Daniel, miando cada vez mais alto a cada passo suspeito.

— Não, não, vá embora — sussurrou Daniel. — Sai daqui, droga!

Minha mãe correu até o interruptor de luz do quarto. Trocamos sorrisos malvados.

— Pronta? — perguntou ela.

Eu a saudei.

— Pronta.

— Já! — exclamamos juntas.

Assim que ela acionou o interruptor, a luz forte brilhou através das persianas e assustou Daniel. Será que havia alguém acordado?!

É melhor correr, Rivera, pensei enquanto ele disparava pela rua. *Você tem que encontrar aquela última pista...*

Para: grupo_todos_os_alunos@ames.edu
De: DRivera@ames.edu
Assunto: ATUALIZAÇÃO URGENTE SOBRE O ALMANAQUE

Pessoal,

É com prazer que anuncio que os almanaques foram recuperados com segurança! Eu os encontrei antes do café da manhã e prometo que alguém estará de olho neles até a tão aguardada distribuição hoje à tarde. Eu não ficaria surpreso se o Coringa tentasse nos roubar de novo.

Tudo de bom,
Daniel

VINTE E SETE

A escola inteira correu para o auditório após as aulas, mas convoquei uma reunião primeiro. Alex, Zoe, Maya, Manik e eu nos encontramos no Pátio Real, onde nossa brincadeira com o Coringa tinha começado. A capela coberta de hera brilhava ao sol e os pássaros cantavam enquanto eu e meus colegas conspiradores nos reuníamos em volta da estátua de bronze de Kingsley Ames. *Ainda não está nada impressionado?*, pensei, me divertindo ao ver a carranca da estátua. *Mesmo depois de conseguirmos?*

Eu não era de fazer discursos, então apenas mostrei o cantil que tinha pegado emprestado da minha mãe. Alex soltou um grito de incentivo quando abri a tampa e o ergui.

— Ao Coringa — falei, sorrindo.

— Ao Coringa! — ecoaram meus amigos.

— E a nós — acrescentei. — Porque ele reuniu um grupo fantástico de ajudantes.

— E a nós!

— Saúde.

Sorri e tomei um gole antes de passar o cantil para Alex. Ele deu um sorrisinho, presumindo que seria a Coca Diet do Tag. Mas todo mundo recuou quando ele cuspiu um líquido claro, chocado.

— Lily Hopper! — exclamou ele. — Isso é o que eu estou pensando? *Champanhe?*

— Champanhe sem álcool — corrigi. — Precisamos manter nossa lucidez, não é mesmo?

Alex riu. Depois que nosso grupo tomou goles de celebração, partimos para o auditório. Zoe e Maya nos deixaram para trás, disparando juntas, e Manik também saiu correndo para ver como estava indo a distribuição.

— O editor é quem deveria ser o responsável por distribuir os almanaques — comentou Alex. — Ou pelo menos *ajudar*.

— Nunca se sabe; a oportunidade pode surgir. Distribuir trezentos anuários sob o sol escaldante tendo dormido só por duas horas? — Dei de ombros. — Daniel pode até estar desesperado para ter ajuda.

Alex ficou quieto por um momento.

— Eu queria que o Taggart estivesse aqui.

— Eu também — sussurrei, sentindo uma pontada no peito.

Tag tinha decidido faltar à natação naquele dia, mas aquilo significava que ele teria que ir direto para o quarto depois das aulas.

A fila de alunos serpenteava pelo terraço de pedra do auditório. Era tão longa que saía para a calçada e continuava ao longo da rua.

— Precisamos passar o tempo com um jogo — disse Alex quando chegamos ao fim da fila. — Não posso só ficar aqui parado... ah, graças a Deus!

Segui o olhar dele e vi o Anthony — aproximadamente mil pessoas à nossa frente. Ele estava acenando.

— Pode ir — falei para Alex. — Eu espero.

Alex me olhou.

— Você tem certeza?

— Sim. — Assenti. — As pessoas vão deixar você passar na frente porque é o par dele no baile, mas não vão gostar se eu furar a fila.

— Ah, a etiqueta adequada de se furar uma fila... — Ele piscou. — Me desculpe por nunca ter pensado nisso.

Sorri enquanto ele se juntava a Anthony. Até onde pude ver, ninguém reclamou. Pelo contrário, todos ficaram em volta dele, interessados.

Nunca houve um mascote escolar mais apropriado do que a nossa gaivota, pensei.

De alguma maneira, passei mais de uma hora na fila. Pravika me encontrou e passamos um tempo conversando, embora eu não conseguisse tirar os olhos do pesado anuário dela. A capa era linda, azul-clara com um mapa do campus em dourado e O ALMANAQUE impresso por cima, em vermelho.

— Você pode olhar se quiser — ofereceu ela, mas eu não queria spoilers.

Foi uma vitória quando finalmente cheguei ao terraço. Tirei os olhos do meu Wordscapes recém-baixado e vi um arco de balões elaborado. Quando me ergui na ponta dos pés, meu coração se aqueceu. Manik estava à mesa, sorrindo enquanto entregava o resultado de meses e meses de trabalho árduo para os alunos. *Sim!*, comemorei em silêncio. *Isso, Manik!*

Mas, para minha tristeza, foi Daniel quem me entregou meu exemplar. Eu me perguntei se alguém tinha comentado sobre as pesadas olheiras azul-acinzentadas sob seus olhos.

— Obrigada — agradeci, antes de perguntar educadamente se poderia pegar o almanaque de Tag também.

Daniel parou, riscando meu nome da lista.

— Você quer o exemplar de Swell?

Dei de ombros.

— Ele não pode vir buscar.

— E a culpa disso é de quem? — resmungou Daniel enquanto largava o almanaque de Tag nos meus braços. — Mande minhas lembranças.

— Pode deixar, sr. Presidente. — Saí da fila depois de ver Daniel revirar os olhos, mas, antes de fugir do terraço, senti a mão de alguém no meu ombro.

Um toque familiar.

— Eu sei que foi você — disse Daniel quando me virei.

— Oi? — perguntei, fingindo normalidade.

— Eu sei que foi você — repetiu ele, a voz ainda mais gélida. — Você é...

— Daniel! — gritou alguém.

— Que foi? — respondeu ele, visivelmente irritado.

Era Blair Greenberg.

— Baile? — perguntou ela.

Daniel assentiu o mais rápido que pôde.

— Ótimo. — Ela jogou o cabelo por cima do ombro. — Meu vestido é...

— Oi, Blair! — cumprimentei antes que pudesse me conter, mas ela ergueu uma sobrancelha quando eu não disse mais nada.

Meu coração começou a martelar no peito. O que eu queria dizer?

Eu não guardo rancor de você, pensei. Sim, eu tinha colocado a culpa em Blair pelo meu término com Tag, mas, verdade seja dita, a responsabilidade tinha sido minha. Não dela. Os sentimentos dela por Tag tinham me deixado maluca, mas isso não significava que ela não tivesse o *direito* de senti-los. Ambas tínhamos o direito de gostar de Tag, o mesmo direito. Ela só escolhera tomar uma atitude quando Tag e eu parecíamos estar nos afastando. Embora o relacionamento deles não tivesse sido saudável, não tinha sido o motivo da ruína do meu.

Blair fez uma bola de chiclete.

— Lily?

— Parabéns por ser a oradora — falei rapidamente. — Mal posso esperar pelo seu discurso.

— Obrigada. — Ela sorriu de volta, um sorriso sincero. Algo me dizia que ela sabia. — Depois de vários rascunhos, acho que vai ficar ótimo.

Sorri de volta.

— Que maravilha.

E foi só.

— Você estava dizendo...? — perguntei para Daniel quando Blair se foi.

Ele me olhou feio.

— Lily, eu só fui dormir às cinco da manhã.

Fingi não entender.

— E por que a sua insônia seria culpa minha?

— Porque você é o Coringa! Swell ajudou você a roubar os almanaques na quinta-feira e ontem à noite você me mandou em uma caça ao tesouro doentia...

— Espera, uma caça ao tesouro? — Eu ri. Aquela era a minha melhor atuação. — Você teve que fazer uma *caça ao tesouro* para encontrá-los? Parece um pouco infantil.

— É, acredite, foi. Mas só você poderia ter feito isso.

— Por quê? — perguntei em tom de desafio. — Porque sou uma "filhote"?

A expressão de desdém dele desapareceu do rosto.

— Minha mãe cuida muito bem das chaves dela, Daniel. Eu também não tiro vantagem de morar no campus. — Coloquei a mão no peito em um gesto amoroso. — Eu só aproveito ao máximo.

Então dei meia-volta para sair.

— O Swell! — exclamou Daniel enquanto eu ia embora. — O Swell...

— Brigou com a FedEx para vocês receberem os almanaques, lembra? — respondi, mostrando meu almanaque para enfatizar o que dizia. — O Swell salvou você!

Os alunos tinham se espalhado pelo Círculo e pelo Crescente para folhearem os almanaques, mas eu corri para os salgueiros da Casa Grundy.

— Excelente — sussurrei quando vi que meu esconderijo secreto ainda estava intacto sob os galhos balançantes.

Rapidamente, peguei tudo e fui, sorrateira, até a janela de Tag e Alex. Meu corpo estava agitado de emoção quando coloquei o anuário dele e a surpresa, o champanhe, em cima. Eu tinha escrito *Vida longa ao Coringa!* em uma caligrafia caprichada em volta do gargalo da garrafa.

Como toque final, adicionei o chapéu de Coringa verde, amarelo e roxo de Tag. Algo me dizia que Daniel não iria querer guardá-lo de lembrança, então eu havia entrado escondida no pequeno depósito assim que a pirâmide de caixas de anuários fora desmontada e levada de volta para a sala. Daniel tinha jogado o chapéu em um canto empoeirado, mas, ainda assim, lá estava ele, me esperando. O Coringa do próximo ano teria que comprar o próprio chapéu, porque aquele era o troféu de Tag.

— Oi — disse Tag depois que voltei escondida para as árvores e liguei para ele. — Me diga que você não continua parada naquela fila que suga a alma.

Sorri.

— Como você sabe que ela suga a alma?

— Conhecimento prévio — disse ele. — Experiência anterior.

— Bem, talvez você devesse abrir sua janela... — Eu me balancei no lugar, pronta para guardar aquele momento na memória — ... e ver você mesmo.

VINTE E OITO

Alex não ficou nada feliz com a minha roupa para o baile.

— Lily, você não podia ter se arrumado pelo menos *um pouco*? — Ele apontou para o meu short gasto da J. Crew, a camiseta favorita do Tag da *Dave Matthews Band* e minhas alpargatas listradas. — Quero dizer...

— Que diferença faz? — perguntei enquanto tirava uma foto de Zoe e Maya. O macacão branco da minha amiga era lindo de morrer, e Maya estava incrível em seu vestido turquesa-escuro. — Hoje estou nos bastidores — observei, afastando os olhos da lente da câmera. — Quem se importa?

— *Eu* me importo — disse Alex. — Não é profissional. Parece que contratamos você como nossa fotógrafa quinze minutos atrás.

— Foi literalmente o que você fez — lembrei, segurando a Nikon de Tag perto do peito.

Havia vários fotógrafos contratados pela escola transitando pelo Círculo para registrar o desfile de entrada do baile de formatura da Ames, mas meus amigos vaidosos queriam um só para si. Eu estava disponível, afinal de contas, e Tag tinha mais de uma câmera para emprestar. Ele me dera uma aula rápida para eu relembrar tudo antes de me deixar pôr a bolsa da Nikon no ombro e me apresentar para o serviço.

O sol ainda estava alto, já que eram apenas quatro da tarde. Depois do ensaio fotográfico, os alunos do último ano e qualquer acompanhante mais jovem entrariam no ônibus de luxo para viajar uma hora e meia até Boston. Desde sempre, o baile acontecia em um hotel chique na cidade.

— Podemos ir até lá tomar chá um dia desses — dissera Penny mais cedo, sabendo que eu estava chateada por perder aquela noite. — Eles fazem um chá da tarde maravilhoso...

— Ah, mas que merda! — exclamei quando meu grupo de repente se dispersou. — Não posso tirar fotos de vocês se estiverem cada um em um lu...

— Olha o linguajar — advertiu alguém, e me virei para ver dois professores acompanhantes de braços dados sorrindo para mim.

Minha mãe roubava a cena em um vestido preto de um ombro só que fazia parecer que ela havia viajado no tempo, vindo direto dos anos 1920. Ia até um pouco além dos joelhos e era coberto com intrincados redemoinhos de contas de prata que combinavam perfeitamente com o diamante art déco *naquele* dedo.

— Por favor, anunciem logo o noivado! — Eu havia implorado a ela e a Josh na outra noite. — Vai ser o ponto alto do meu ano!

As pessoas os estavam parabenizando sem parar.

— Você tem certeza de que vai ficar bem hoje à noite? — perguntou minha mãe depois de eu tirar algumas fotos deles. Ela alisou carinhosamente o cabelo de Josh. — Porque, lembre-se, a sra. DeLuca disse que você é bem-vinda para jantar.

— Vou ficar bem — garanti. — Vou testar uma nova receita de taco de peixe...

Josh imitou um beijo de chef.

— ... e devo fazer uma chamada de vídeo com Tag enquanto assisto a Netflix.

Minha mãe assentiu.

— Deixei minhas chaves, caso você precise de alguma coisa.

— Obrigada — respondi com um nó na garganta.

— Ai, filha... — Ela me abraçou. — Sinto muito que você tenha que perder o baile. Sei como você estava ansiosa por ele.

— Mas, olhando pelo lado bom — disse Josh —, você não vai precisar enfrentar uma viagem de três horas, comer uma refeição nada criativa, torcer para que o DJ seja decente e impedir que os alunos saiam escondidos juntos.

Revirei os olhos.

— Por que você se ofereceu para ser acompanhante mesmo?

Ele ajeitou a gravata-borboleta.

— Eu não me ofereci. Uma das acompanhantes me convidou.

Nós três rimos, e eu os abracei antes de me afastar para deixar um grupo de meninas admirar o anel de noivado da minha mãe.

Eu ainda não havia tirado uma foto de Pravika e seu par, então comecei a procurar por ela na multidão. Antes de avistar o vestido laranja pôr do sol dela, vi outro par de acompanhantes. O sr. Rudnick, de óculos, estava conversando com Penny Bickford na beira do Círculo. Assim que eles se separaram, fui em direção à árvore de bordo. O cabelo loiro platinado de Penny estava preso em um coque clássico e eu sabia que o terninho dela daquela noite teria que ser da Chanel.

— Lily, querida — cumprimentou ela. — Olá...

— Ele está sozinho! — exclamei.

Penny piscou.

— Quem?

— Tag — falei, sem fôlego, embora não houvesse motivo para isso. — O sr. Rudnick é o supervisor de dormitório dele. Se ele está acompanhando os formandos, o Tag vai estar sozinho no Grundy.

— Ah — disse Penny. — Minha nossa.

— Sim!

— Bem, isso foi um descuido da nossa parte — disse Penny depois de um momento. — Um *grande* descuido. — Ela olhou para os ônibus, em direção aos alunos embarcando, antes de tocar carinhosamente minha bochecha. — Estaremos de volta à meia-noite.

— Eu sei. — Eu fiz que sim com a cabeça. — Mas o Tag...

Penny sorriu.

— Meia-noite — repetiu ela. — Ele vai estar sozinho até meia-noite.

Meu coração pulou de repente. *Sozinho não significa apenas "sozinho"*, percebi. *Também significa "sem supervisão".*

Eu abri um largo sorriso enquanto a diretora ia em direção a um dos ônibus, digitando o que eu sabia ser um e-mail para todos os professores. Não só ela estava avisando que Tag estava sem supervisão, como também estava lhe dando *autorização* para ficar sem supervisão. A palavra da diretora Bickford estava acima de tudo.

Meia-noite, disse para mim mesma. *Nós temos até meia-noite.*

~

Liguei para o Tag depois de atravessar a ponte coberta.

— Oi — atendeu ele. — Eu estava prestes a mandar um print do e-mail que a diretora Bickford me encaminhou...

Deixei as palavras saírem da minha boca. Assim como ele tinha feito no nono ano.

— Tag Swell? — comecei. — Quem fala é Lily Hopper. Como você está? — Eu não lhe dei tempo para responder. — Estou bem, mesmo odiando história. O debate hoje foi terrível, não foi? Foi muito parado. Mas você foi incrível, realmente incrível. De qualquer forma, eu estava pensando... — Eu fechei os olhos. — ... você gostaria de ir ao baile comigo?

Tag ficou em silêncio por um segundo... depois dois, depois três.

— Sim — disse ele após cinco segundos. — Seria legal.

Eu sorri.

— Eu mencionei mesmo aquele debate? — perguntou ele. — Quando convidei você para o baile?

— Sim. Você mencionou.

Eu ri, ouvindo o gemido de reação dele.

— Caramba, por que você aceitou?

— Porque eu tinha esperado o ano inteiro para ouvir sua voz ao telefone.

Mais uma vez, Tag ficou quieto.

— Vou passar para buscar você às seis e meia — avisei antes de desligar na cara dele e sair correndo.

Eu tinha muito a fazer.

Meu vestido para o baile de formatura era lindo, mas a ideia de tirá-lo do cabide e vesti-lo não me entusiasmava. Eu sabia o porquê.

Daniel.

Eu havia comprado o vestido azul-claro depois de ele me convidar para o baile, então tinha me imaginado naquele vestido tirando fotos e dançando com ele. Então por que eu o usaria com Tag? Talvez um dia eu não pensasse em Daniel ao olhar para o vestido, mas ainda não.

Além disso, eu tinha algo muito melhor para usar. Minha respiração acelerou enquanto eu vasculhava meu armário. Soltei um longo suspiro quando encontrei o vestido esporte fino ainda pendurado na embalagem de lavanderia.

— Olá — falei depois de rasgar o plástico. — Por favor, caiba em mim.

Tive que prender a respiração para fechar o zíper. O vestido estava um pouco mais curto, mas de resto ficou perfeito. Eu amava o tom de ouro mais escuro, o tecido jacquard com estampa floral delicada e o decote com alças finas cruzadas.

— Você parece um sonho — dissera minha mãe no dia em que o havíamos encontrado na Nordstrom. — Tag vai perder a cabeça quando te vir.

Acredito que ele *de fato* tenha perdido a cabeça três anos antes — tropeçara em uma pedra solta na entrada da nossa garagem —, mas, quando cheguei à Casa Grundy mais tarde naquele dia e o vi esperando do lado de fora, eu é que quase me esqueci de desligar o carrinho de golfe antes de sair para cumprimentá-lo.

Esse é o meu homem, pensei.

— Belo vestido! — disse ele enquanto eu cambaleava nos saltos prateados da minha mãe. Ele me abraçou pela cintura. — Amarelinha, você parece...

— Um sonho — completei após beijá-lo. — Você parece um sonho, Tag.

Ele riu, o que o deixou ainda mais bonito. O cabelo castanho-escuro dele estava ajeitado com algum produto, os olhos verdes brilhavam e, em vez do tradicional smoking preto, Tag optara por um terno branco. Eu me derreti como uma Bond Girl.

— Vai por mim, não sou nenhum 007. *Você* que arrumou nosso meio de transporte. — Ele segurou minha mão e me escoltou até o carrinho de golfe. — Para onde vamos?

Graças a um teste anterior, eu sabia que as trilhas na floresta eram largas o suficiente para o nosso carrinho de golfe. Alguns trechos eram mais estreitos, com galhos de pinheiro roçando em nós e as rodas batendo no terreno irregular, mas eu seguia em frente apertando o volante, animada. Tag não sabia nosso destino. Na verdade, eu o havia vendado com um lenço antes de sairmos do dormitório dele.

— Esse lenço tem o seu cheiro — disse ele —, então não estou reclamando, mas por quanto tempo devo permanecer envolto por esse mistério?

— Finalmente! — anunciei depois de um tempo, desacelerando o carrinho de golfe e colocando-o em ponto morto. — Chegamos! — Desci e contornei o carrinho às pressas para ajudá-lo a descer do banco. — Está pronto?

Ele assentiu, ansioso. Assim que tirei o lenço, ele piscou algumas vezes. A expressão no rosto dele foi de decepção.

— Eu sabia que a gente estava na floresta — murmurou ele —, mas pensei que você estivesse cortando caminho até o percurso de cordas. — Ele engoliu em seco. — Não trazendo a gente para o santuário das esculturas. — Ele apontou para a passarela de madeira, que eu havia decorado com luminárias de papel. O sol ainda não havia se posto, mas estava escuro o suficiente sob as árvores. — Nunca imaginei que você fosse querer voltar aqui.

— Bem, imaginou errado — respondi. — Eu não me importo com a Blair, Tag. Eu me importo com *você*. E sei que você adora este lugar. Você sempre adorou. — Minhas bochechas coraram. — Você até fez um desejo aqui no primeiro ano. Nós deixamos de assistir ao pré-baile e viemos para cá. Você jogou uma moeda na fonte e desejou me levar ao baile. Embora não estejamos em um ônibus para Boston, dei um jeito para que isso se tornasse realidade. — Eu apontei para o caminho iluminado. — Então, se você não se importar...?

— Não me importo. — Tag balançou a cabeça. — Nem um pouco.

Eu respirei aliviada, mas depois arfei de surpresa quando ele me pegou e me jogou por cima do ombro. Tag só me colocou no chão quando chegamos ao santuário. O setor de manutenção e paisagismo tinha concordado em acender as pequenas luzes do local, que aparentemente haviam sido instaladas debaixo dos bancos do deque, assim como os refletores para todas as obras de arte. Eu havia pendurado luzinhas em torno da fonte ligada e montado uma mesa de jantar para dois. A sra. DeLuca tinha me emprestado as toalhas de mesa e preparado um arranjo de flores para o centro. Conectei o Spotify do meu celular à minha caixa de som via bluetooth. Música para criar um clima.

— Isso é felicidade — disse Tag em tom reverente. — Felicidade, e tudo por sua causa.

Senti meu coração se encher de alegria. Havia o Tag sério, o Tag bobo, o Tag atencioso e o Tag nerd. Mas também havia o Tag fofo. Eu tinha sentido falta dele.

— Está com fome? — perguntei.

Eu não tivera tempo de cozinhar um jantar elaborado, então havia pedido comida chinesa. Dividimos as embalagens ainda aquecidas na bolsa térmica do Josh. Eu tinha pedido um arroz frito como um acompanhamento a mais para Tag.

— Me avise quando acabar — pedi, cobrindo os olhos enquanto ele colocava um monte de ketchup em cima do pobre arroz. — É nojento.

— É uma religião — retrucou ele.

Depois do jantar, Tag usou sua bomba para aplicar o bolus, e especulamos se Alex sofreria uma lesão na pista de dança antes de abrirmos uma garrafa de espumante. Sem álcool, é claro.

Tag começou a cantarolar depois de tomarmos pelo menos duas taças, tamborilando na mesa no ritmo da música.

— Por que não, *junge Dame*? — perguntou ele quando neguei com a cabeça. — Temos música. — Ele apontou para a minha caixa de som, depois circulou o dedo apontando para o deque hexagonal. — E este é um gazebo improvisado bem decente. Tem bancos e tudo.

Revirei os olhos.

— *Herr* Swell, não vou reprisar esse personagem. Foi há dois anos. Nós tínhamos *dezesseis*.

Ele deu de ombros.

— Tudo bem! — exclamei. — Tudo bem, então você prepara a música enquanto eu tiro esses sapatos torturantes...

Dois minutos depois, Tag e eu tínhamos sido transportados de volta para *A noviça rebelde*. Ambos lembrávamos a letra de "Sixteen Going on Seventeen", mas decidimos pular a versão instrumental para podermos cantar e dançar juntos. Nossa coreografia era uma tragédia. Rolf perseguia Liesl ao redor dos bancos antes de agarrar a cintura dela. Depois ele corria na outra direção enquanto ela pulava em suas costas e passava as mãos pelo cabelo dele.

A música estava tocando pela segunda vez, já na metade, quando o beijo deles terminou.

Parecia que meu coração ia pular para fora do peito. Tag estava corado quando nos separamos. Ele se virou para nossa mesa e pegou o champanhe falso.

— Quer mais uma taça?

— Quero — falei, ofegante. — Mas podemos tomar em outro lugar?

Nós levamos a garrafa, mas não as taças. Tag manteve a mão em meu joelho enquanto eu dirigia pelo bairro dos professores e estacionava o carrinho de golfe de qualquer jeito na entrada da minha garagem antes de corrermos até a praia. Tirei os sapatos enquanto Tag suspendia as descargas de insulina de sua bomba antes de enrolar o cordão da cânula ao redor do dispositivo e guardá-lo em seu sapato.

— Pronta?

A lua perolada brilhava com constelações cintilantes circulando o céu.

— Obrigada — agradeci quando Tag me ofereceu o champanhe.

Poderia não ter álcool, mas ainda despertava um calor especial em mim. Eu podia sentir o borbulhar em minhas veias. Tag tomou um gole enquanto atravessávamos a areia em direção à maré noturna. As ondas oscilavam e nós corríamos, chutando a areia molhada, rindo e fugindo antes que a água fria do mar nos alcançasse.

— Puta merda! — exclamei quando deixei a garrafa cair, então me abaixei antes que ela pudesse entornar o pouco de líquido que restava. Eu queria que bebêssemos tudo para depois guardar a garrafa ao lado da outra, da Maratona de Chicago, na minha estante de livros.

Um dos ombros de Tag roçou no meu quando ele se deixou cair ao meu lado, e ele teve que gritar sobre o rugido do Atlântico.

— Que péssimo lugar para se sentar!

Eu abri um largo sorriso.

— Que belo lugar para cair!

Então, caí para trás e deixei a água do mar me molhar. O oceano estava tão gelado que meu corpo protestou de dor, mas tão rápido quanto a água chegou, ela se foi. Olhei de relance para Tag. Nossos olhares se encontraram sob o luar e ficamos nos encarando. Ainda não tinha vindo outra onda, mas de repente senti como se fosse afundar, me afogar e morrer.

— Que belo lugar para cair — repetiu ele após um momento, e foi o bastante.

Rolei por cima de Tag, segurei aquele rosto maravilhoso entre minhas mãos molhadas e beijei os lábios salgados dele antes que o oceano nos engolisse de novo. Daquela vez, não senti o frio me atravessar; apenas os braços de Tag me apertando para que não nos separássemos.

Se fôssemos acabar como náufragos em algum lugar, precisava ser na mesma ilha.

Não duramos mais do que cinco minutos antes de os nossos dentes começarem a bater.

Com minha mãe e Josh no baile, havia apenas um leve brilho iluminando minha casa: as luzinhas em meu quarto. Tag e eu estávamos cobertos de areia, mas não paramos para nos lavar na torneira do quintal. Estávamos embriagados demais um com o outro.

— Toalhas — murmurou Tag enquanto cambaleava escada acima no escuro, minhas pernas ao redor de sua cintura e suas mãos fortes me segurando pelas costas. — Devíamos pelo menos pegar toalhas.

Beijei seu maxilar.

— Elas estão no banheiro.

— É mesmo? — perguntou ele, a boca em minha clavícula. — No banheiro?

— É. — Eu assenti. — No banheiro.

— Nossa, nunca teria imaginado.

Fomos direto para o meu quarto. Tag me colocou no chão com cuidado assim que desenroscou os dedos do meu cabelo de sereia. O dele também estava bagunçado, despenteado em todas as direções. Nossas roupas encharcadas haviam se tornado uma segunda pele depois que deixamos a praia e estavam grudadas em nosso corpo. Tag sorriu e me beijou, enviando uma deliciosa descarga elétrica pela minha pele. Eu sabia que ele sentia o mesmo, porque de repente estávamos despindo um ao outro em movimentos apressados. Ele tirou o paletó enquanto eu desfazia freneticamente sua gravata-borboleta antes de começar a abrir os botões de sua camisa.

— Tire isso — pedi, sem fôlego. — Por favor.

Virei de costas para que ele abrisse meu vestido, o peito arfando.

— Você deveria ter visto a dança que fiz mais cedo na hora de colocar — comentei.

Depois de ele deslizar o zíper e tirar o meu vestido pela cabeça, eu virei de volta, radiante.

— Tcharam!

Tag me encarou. Olhos verdes arregalados e a cabeça inclinada de leve, como se estivesse maravilhado. Tentei agir com naturalidade.

— O que foi? — Levantei uma sobrancelha sugestiva. — Você já me viu assim antes.

Ele balançou a cabeça em silêncio.

Desabotoei meu sutiã sem alças.

— Sim, Tag, tenho certeza de...

— Lily.

Meu coração parou quando ele disse meu nome. Tudo o que pude fazer foi olhá-lo, também sem camisa, só de cueca molhada. *Isso é diferente*, percebi com uma dor saudosa e profunda. *Depois de um ano, depois de tanto tempo apaixonada em segredo, é diferente.*

Nos aproximamos de novo, mas não demorou muito para eu afastá-lo gentilmente. Precisei de toda a minha força de vontade. Ele estava beijando meu pescoço, e minhas mãos estavam puxando o cabelo dele.

— Aonde você... não... espera — Ele não conseguia falar frases completas. — Espera... Amarelinha...

— Calma, só vou buscar uma coisa — falei, e então dei um tapinha em seu ombro. — Uma coisa que o Coringa não tinha pensado em levar no outro dia.

As pontas das orelhas de Tag ficaram vermelhas, lembrando-se do nosso *quase* durante o trote. Eu ri e abri a gaveta superior da minha cômoda para pegar a pequena caixa de preservativos. Depois de dormir com Tag pela primeira vez (e de uma conversa honesta sobre o assunto), minha mãe a deixara no meu quarto com um bilhete. *Apenas com alguém que você ame, Lily!*

Para mim, Taggart Swell era o único alguém para amar.

— O que foi? — perguntei após me deitar na cama com ele. Ele havia suspendido a insulina mais uma vez e olhava para mim com uma expressão divertida enquanto colocava a bomba na minha mesa de cabeceira. Eu sorri. — O que é? Estou com algas marinhas presas no cabelo?

Tag beijou minhas covinhas.

— Sim — sussurrou, pegando a embalagem lacrada de mim. — Na verdade, está.

Eu ri baixinho contra seu pescoço.

— Me poupe das piadas com *A pequena sereia*.

— Vamos botar uma música? — sugeriu ele, sentando-se e abrindo a embalagem do preservativo. Tracei círculos lentos ao redor das sardas nas costas dele. As algas poderiam ficar onde estavam. — Não era seu sonho de infância interpretar Ariel no palco?

Eu não tinha uma resposta. Nada engraçado ou minimamente espirituoso me veio à mente, ainda mais quando ele se virou e sorriu para mim.

Aquele sorriso. Meu Deus, aquele sorriso travesso.

— Estou tão feliz por estarmos aqui — disse ele um minuto depois, nossos braços e pernas entrelaçados sob os lençóis. — Eu sei que não foi fácil, mas...

Ele encontrou meu olhar.

— *Aut viam inveniam aut facium.*

— Encontre um caminho ou crie um — concordei, e então nos beijamos antes de encontrarmos um ritmo que me fez chegar ao ápice como uma onda do mar.

VINTE E NOVE

— Não podemos pegar no sono — sussurrei.

— Não vamos pegar no sono — sussurrou Tag de volta, embora seus olhos estivessem fechados e eu conseguisse sentir seu coração desacelerar enquanto as pontas dos dedos acariciavam minhas costelas. — Temos algo a fazer.

— Eu sei — falei, com o coração um pouco apertado. — Temos que levar você de volta.

Porque, de acordo com meu antigo alarme, eram onze e quinze. Josh devia estar com os dentes cerrados no ônibus do baile de formatura. *Só mais quarenta e cinco minutos!*, imaginei minha mãe cantarolando no ouvido dele.

Liguei meu abajur e vi Tag bocejando.

— Não, não — respondeu ele. — Quis dizer que temos uma coisa para fazer antes disso. — Ele passou a mão pelo cabelo. — Esta pode ser minha última chance, na verdade.

Ele beijou meu ombro antes de sair da cama e, enquanto eu admirava a vista, vi a postura dele desabar.

— Merda, minhas roupas. — Ele suspirou e apontou para o bolo de roupas molhadas no chão. — Acho que vai ser impossível vestir esse terno de novo.

— Bem — falei em tom alegre —, se você me der mais algumas informações sobre essa missão secreta, não vai precisar tentar...

Saímos da minha casa parecendo que estávamos indo encontrar o Coringa no Pátio Real. Eu usava um moletom escuro — com o capuz levantado para esconder as marcas de chupão que estavam surgindo em meu pescoço — e Tag usava a camisa de flanela xadrez que havia me emprestado na noite do trote. Também não demorei muito para encontrar uma calça de moletom preta que ele esquecera no meu armário no ano anterior. Ele assumiu a direção do carrinho de golfe e eu dei um tapa no braço dele depois de passarmos voando por cima do quebra-molas do bairro dos professores.

— Onde você está com a cabeça? — provoquei. — Esta é uma área residencial! Há crianças brincando nas ruas!

Ele riu e desligou o carrinho assim que chegamos ao Hubbard Hall. Após um grande floreio com o crachá de professora da minha mãe, entramos furtivamente e seguimos para a sala de correspondência. Eu observei Tag abrir sua caixa de correio e balancei a cabeça quando ele pegou o que parecia ser uma carta de baralho. Tinha sido presa ao teto com fita.

— Eu queria que já estivesse pronto quando chegasse a hora — explicou ele.

— Faz sentido — concordei. — Aqui estamos, e chegou a hora.

Tag sorriu.

— Este ritual é extremamente sagrado — contou ele. — Cada Coringa recruta seu sucessor passando isso aqui. — Ele me mostrou a carta do coringa. — Nunca me perguntei quem me recrutou.

Eu o encarei.

— Sério?

Ele deu de ombros.

— Sério.

— Mas não parece certo eu estar aqui — observei. — Eu não sou o Coringa.

— Não, mas você ainda está no baralho — argumentou Tag.

Ele apontou com o queixo para a esquerda. Entendi a mensagem e abri minha caixa de correio. Lá estava outra carta.

Ele riu.

— Ei, Bunker chamou você de "joia da nossa coroa"!

Guardei a rainha no meu bolso de trás. Qualquer um diria que era bobagem, mas eu também achava poético. Tag e eu tínhamos rompido, e aquelas cartas haviam nos unido de novo.

— Mas, na verdade, eu não sou uma rainha. Não importa o que Bunker pense, definitivamente não sou. Eu sou apenas a Lily. — Segurei sua mão. — Eu sou apenas a Amarelinha.

Tag soltou um longo suspiro.

— Entendo — disse ele. — Porque não quero mais ser o Coringa... Talvez em ocasiões especiais, mas mal posso esperar para que outra pessoa assuma o posto. Eu preciso voltar a ser eu mesmo.

Eu dei uma piscadela.

— E aí, quem será?

— Essa é *a* questão... — refletiu ele. — Embora ambos saibamos que há apenas uma resposta.

E então ele foi em frente e colocou a carta do coringa na caixa de correio de Anthony DeLuca. O primeiro Coringa filhote — eu já estava orgulhosa dele. *Sem corpo, sem crime*, pensei antes de desaparecermos da sala de correspondência como fantasmas.

As estrelas ainda brilhavam lá fora, então decidimos voltar a pé até o dormitório. Ele queria segurar minha mão, mas não conseguia agarrá-la. Eu mantinha cinco passos de distância entre nós, andando para trás e sorrindo para ele.

— Ah, para com isso — disse ele, estendendo a mão para mim. — Vem cá.

Respondi esticando o braço dramaticamente. Nossos dedos ainda não se tocavam.

Ele gemeu.

— Amarelinha!

Mesmo irritada, a voz dele era tudo.

— Que tal outra brincadeira?

Eu sorri, mas, como o amava, parei de provocar e de andar para esperá-lo... ou pelo menos foi o que ele pensou. Eu tinha outras intenções.

— Está com você! — exclamei quando ele estendeu a mão, e dei um beijo rápido nele antes de sair correndo pela rua.

Eu sabia que ele me seguiria.

Ele me alcançou em dez segundos, passando o braço ao redor da minha cintura e me puxando para perto. Arrepios agradáveis e arrebatadores percorreram meu corpo.

— É — murmurou ele, os lábios roçando minha orelha. — Estou com você.

AGRADECIMENTOS

Tudo bem, este livro precisou de uma aldeia para ser escrito e quase uma década para eu descobrir como escrevê-lo, então, por favor, me dê alguns minutos...

Vamos começar pelo gênio criativo na sala: Taylor Swift. Você nunca vai ler isto, mas eu queria que lesse. Eu cresci cantando suas músicas, e ainda canto — mas agora também a admiro ardentemente e me inspiro em você. Se tenho bloqueio de escritora, é você quem me ajuda a superá-lo. Incorporar (legalmente) seu trabalho ao meu tem sido um desafio divertidíssimo!

Obrigada à minha fabulosa agente, Eva Scalzo. Você não só é a agente mais amável e atenciosa do mundo, mas também a amiga mais amável e atenciosa do mundo. Quando precisei que segurassem minha mão no ano passado, você a apertou com força. Obrigada por responder a todas as minhas mensagens e me dar conselhos de vida tão ponderados. Foi uma honra espalhar fragmentos seus por todo este livro.

Para Annie Berger, minha editora: não acredito que estamos juntas há três livros! Como sempre, obrigada pela orientação e perspicácia. Aprendi muito com você e estou ansiosa pela nossa próxima colaboração — embora eu peça desculpas antecipadamente por todos os detalhes extras e flashbacks que tenho certeza de que estarão presentes no meu primeiro rascunho.

A todos da Sourcebooks! Thea Voutiritsas, Madison Nankervis, Gabbi Calabrese, Laura Boren e minha capista, Josephine Rais. Foi um prazer trabalhar com vocês e dar vida à história da Lily. Um agradecimento especial a Steph Bohrer por uma revelação de capa tão incrível!

Sou mais do que grata às minhas leitoras beta: Kelly Townsend, por ficar acordada até altas horas da noite lendo. Nunca pare de me enviar mensagens de fluxo de consciência! Sarah DePietro, você ainda é minha consultora criativa mais confiável (e uma madrinha maravilhosa demais para ser descrita em palavras). E Kismet Jamison, obrigada por ler um documento do Word pela metade e me encorajar a continuar. Você não faz ideia de como eu precisava desse estímulo.

Meus agradecimentos a Micheal Perzi por ser uma mulher tão incrível! Embora nossa parceria como dupla dinâmica tenha sido muito curta, gostei de cada conversa e considero você uma mentora até hoje. Eu lhe desejo tudo de bom.

Obrigada à minha família na Barnes & Noble. Sei que falo sem parar sobre o bom, o mau e o feio da minha escrita, e que sou muito preciosista com a organização das prateleiras, mas obrigada por abraçarem isso! O apoio de vocês significa o mundo para mim. Paul Byrne, você é uma das pessoas mais gentis que conheço, e sou muito sortuda por tê-lo no meu time.

Agradeço a Anthony Brambilla pela direção artística e por passar horas trabalhando no meu site (ainda não consigo acreditar que paguei você apenas com comida chinesa). Obrigada pelas brincadeiras, pelas discussões visuais e por ser meu amigo. #Yentas

Michael Atkins, lembro-me do tempo que você passou no meu dormitório enquanto eu redigia meu manuscrito de novata. De certa forma, parece que foi ontem, mas, como você adora me lembrar, na verdade foi um milênio atrás. Essa hipérbole me faz sorrir, agradecida por você ainda ser um dos meus confidentes mais próximos.

E Dan Heintz, pela última vez, o personagem não se chama Daniel por sua causa! Você vai acreditar em mim agora que está escrito nos agradecimentos? Mas tudo bem, claro, obrigada pela tatuagem do Tag (e por amar tanto a minha irmã).

Para sempre grata a Madison Darby Palmer; não há ninguém a quem eu me sinta mais grata pela amizade. Eu soube depois daquela tarde de *tie-dye* que nossa amizade seria uma maratona, não uma corrida rasa. Você é o Alex do meu Tag, o Tag do meu Alex. Beijos, K.

Christopher: e aí, parceiro? O azul-marinho pode ser a melhor cor, mas estou tão feliz por estar na névoa de lavanda com você (abra uma nova guia e pesquise). Você me vê, me ouve e me apoia — e, nossa, como você me faz rir. Eu me esforço para fazer o mesmo por você, com abraços revigorantes e tudo mais.

À minha família — Ross e Mary Lou Webber, obrigada por hospedarem tantos retiros de escrita! Os fins de semana prolongados em Haddonfield fizeram maravilhas pelo meu trabalho, e o fato de termos assistido às Olimpíadas juntos sempre terá um lugar especial no meu coração. Como uma entre dezoito netos, me senti mimada por ter meus avós só para mim.

Timmy e Tommy Tibble, meus irmãos: amei a infância com vocês, mas talvez ame ainda mais a vida adulta com vocês. Vocês são inteligentes, confiantes e seres humanos excepcionais. É um privilégio testemunhar vocês trilhando os próprios caminhos no mundo, mesmo que ainda me provoquem sempre que podem!

Obrigada, mãe, por sempre me encorajar a retornar à premissa deste livro. Você é a defensora incomparável dele e, depois de tantas caminhadas pelo canal e pela praia, aqui estamos nós — segurando-o em nossas mãos. Nada disso teria sido possível sem seu amor e seu apoio. Vendi o relacionamento de Leda e Lily como o de Lorelai e Rory, mas, em cada uma das cenas, imaginei Jen e Kaethe.

Pai, o Coringa original. Você viveu uma vida tão intensa e era um exímio contador de histórias. Não é de admirar que pedíssemos para você "contar sobre aquela vez em que roubou os anuários!" com tanta frequência à mesa de jantar. Dói saber que você não pode ler este livro, mas me conforta eu ter compartilhado a primeira versão dele com você. Lembro-me de você rindo e me dizendo que eu tinha algo ali, e até hoje sei que você se orgulha de mim.

Por fim, à turma de 1982 da St. George's School: desculpem por não ter respondido até a reunião de dez anos, mas não valeu a pena no fim?

Impressão e Acabamento:
GEOGRÁFICA EDITORA LTDA.